고원에 피어난 사랑

고원에 피어난 사랑

1판 1쇄 인쇄 | 2017년 04월 20일
1판 1쇄 발행 | 2017년 04월 25일

지은이 | 루이제 린저
옮긴이 | 박정윤
펴낸이 | 윤옥임
펴낸곳 | 한비미디어

서울시 마포구 독막로 28길 34
대표전화 (02)713-3734, 팩스 (02)706-9151
등록 제 2003-000077호

© 2017 by Brown Hill Publishing Co. 2017, Printed in Korea

ISBN 978-89-90167-80-4 03850
값 12,000원

고원에 피어난 사랑

루이제 린저 | 박정윤 옮김

| 여성의 숭고함과 위대함은 참되다 |

한비미디어

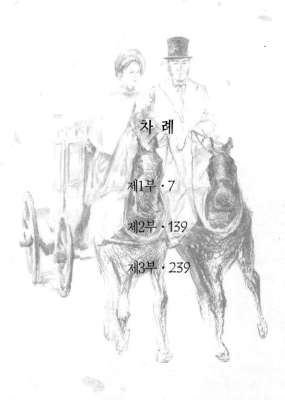

차 례

제1부

새벽녘에 유리안느는 전보에 적혀 있는 낯선 소도시에 도착했다. 부친이 몹시 위독하다는 소식을 접하고 밤새 차를 타고 왔던 것이다.

그녀는 피곤에 지쳐 덜덜 떨면서 역을 벗어나, 밤나무가 빽빽이 서 있는 길로 접어들었다. 2월 초였으나 눈은 내리지 않았다. 유리안느는 털모자를 눌러쓰고 토시 속에다 손을 깊숙이 넣고 외투 깃에 달린 털목도리에 턱을 파묻었다.

그녀는 천천히 걸었다. 아무런 생각도 없이 걷다가 이따금 물구덩이에 빠지기도 했다. 아버지가 누워 있을 호텔로 가는 길이지만 그리 서두르지는 않았다.

어머니가 돌아가신 후에 그녀는 제네바에 있는 기숙사로 보내졌으며, 그 후 한 번도 아버지를 만나보지 못했다. 아버지에 대한 추억이래야 별달리 좋은 것도 나쁜 것도 없었지만,

사실 아버지 생각은 거의 하지 않고 지냈었다.

그런데 갑자기 어린 시절의 한 기억이 떠올랐다. 그것은 아버지가 어머니를 윽박지르던 장면인데, 그때 어머니는 아무 저항도 하지 않고 아버지를 비웃는 태도를 보였었다. 그러다 보니 오히려 아버지가 초조해 하는 기색을 보이다가 방을 나가 버렸다.

"아빠가 왜 화를 내?"

어린 그녀가 묻자, 어머니는 어깨를 으쓱하며 말했다.

"화를 내다니? 그런 게 아니란다. 아버지는 마음이 약해서 그런단다. 약하고 어수룩한 거지."

그때 마루에선 짤깍하고 문 닫히는 소리가 들렸고, 그 문소리는 틀림없이 어머니의 마지막 말이 옳다는 생각이 들도록 했었다.

여태껏 까맣게 잊고 지냈던 그 광경이 뜬금없이 떠올라, 유리안느는 하마터면 호텔을 그냥 지나칠 뻔했다.

호텔 입구에서 그녀가 관리인에게 아버지인 브렌톤 씨를 만나러 왔다고 하자, 관리원은 자꾸만 헛기침을 해댔다. 구레나룻을 쓰다듬으며 속으로 이것저것 따져보다가, 갑자기 결심이라도 한 듯 좁고 우중충한 복도에서 서성거리는 웨이터를 불렀다.

"이 아가씨를 15호실로 모셔라!"

"하지만…… 그 손님께서는……."

웨이터가 더듬거렸다.

"아가씨를 모시고 올라가라니까!"

관리인이 명령조로 퉁명스럽게 말했다.

"브렌톤 씨는 어떤가요?"

유리안느는 삐걱거리는 계단을 올라가면서 웨이터에게 물었다.

"돌아가셨습니다. 아주 가셨단 말입니다."

웨이터는 덤덤하게 말했다. 그리고는 더 이상은 아무 말도 하지 말라는 듯이 입에다 손을 대며 계단 위에서 아래를 내려다보았다.

유리안느는 그 말을 듣고서도 이상할 정도로 놀라지도 않았고 고통스럽지도 않았다. 그저 뭔가 답답할 뿐이었다.

15호실 문을 열자, 망치 소리가 시끄러운 가운데 소독약 냄새가 역하게 풍겼다. 작업복 차림의 두 사나이가 검은 관에다 뚜껑을 덮고 있는 중이었다.

"관은 곧 실려 나갈 겁니다."

웨이터가 말했다.

유리안느는 입구에 그대로 서 있었다. 관에 못질이 끝나고 사나이들은 무심히 그녀 옆을 지나쳐 방 밖으로 나가 버렸다. 남은 건 검은 관과 그녀뿐이었다. 관은 무척이나 초라해 보였고, 방도 역시 그랬다.

왜 아버지는 이토록 초라하게 살아오셨을까? 그녀는 이해할 수가 없었다. 돈도 꽤 있었는데……. 그녀는 아무렇게나 대패질을 한 관 위에다 손을 가만히 얹어 보고는 현관으로 내려갔다.

관리인은 헛기침을 하다가 금세 슬픈 표정을 지었다.

"심심한 조의를 표합니다, 아가씨."

이어서 그는 덧붙였다.

"아가씨는 여기서 기다려야 될 겁니다. 헤클리프 씨가 곧 올 테니까요."

"헤클리프라니요?"

유리안느는 미간을 찌푸리면서 반문했다.

"그 사람이 도대체 누군데요?"

관리인은 어깨를 으쓱했다.

"아무튼 곧 올 겁니다."

관리인은 자기 자리로 되돌아갔고, 유리안느는 대리석 테이블 곁에 놓인 낡은 빌로도 의자에 앉았다.

지하실로 사라졌던 웨이터가 더러운 수건을 팔에 감은 채 그녀 곁으로 다가왔다.

유리안느는 아침 식사를 주문한 후 식탁 위에 놓인 술잔 밑의 찌꺼기, 가구의 얼룩, 낡은 커튼과 너저분한 식닥보, 벽에 걸린 저속한 유화(油畵) 따위를 둘러보았다. 그러나 웨이터가 식사를 날라 왔을 때는 이미 머리를 팔걸이에 기댄 채 잠이 들어 있었다.

불안한 자세였지만 아무튼 깊은 잠에 빠져 있어서, 어떤 사람이 오랫동안 그녀 앞에 서서 내려다보고 있는 것조차 알아차리지 못했다.

키도 몸집도 큰 남자였다. 너무 커서 복도에 있는 하나뿐인 창문을 거의 막을 정도였기 때문에, 복도 전체가 컴컴해졌다.

사나이는 잠자는 사람의 얼굴을 내려다볼 양으로 몸을 약간 굽히고 있다가, 이내 놀란 듯 뒤로 물러섰다. 아무래도 그 얼굴을 쳐다보는 것이 그에게는 두려운 모양이었다.

관리인이 머리를 내밀고 그의 이런 동작을 이상한 듯 바라보다가, 낯선 사나이가 다시 유리안느의 잠든 얼굴 위로 몸을 굽히자 더욱 의심스럽다는 표정을 지었다. 그러는 동안 잠자는 여인은 그의 그림자 속에 들어가 버렸다.

사나이는 의자의 팔걸이에다 주먹을 얹은 채 그녀가 깨어나기를 조용히 기다렸다. 관리인이나 웨이터가 쉴 새 없이 보내는 눈길은 아랑곳하지도 않은 채……

그때였다. 검은 예복에다 실크 모자를 쓴 네 명의 사나이가 현관으로 들어섰다. 그들은 관리인의 안내를 받으며 묵묵히 계단을 올라갔다가 잠시 후에 그 초라한 관을 메고 내려왔다.

마지막 계단을 밟을 때 그중의 한 사람이 기우뚱했고, 그 퉁탕하는 소리에 유리안느는 잠에서 깨어났다.

그녀의 시선은 관 위에 머물렀다. 관은 그녀 옆을 지나서 현관 쪽으로 운반되는 중이었다. 그리고 그녀는 자기 옆에 서 있는 말없는 사나이의 존재를 알아차린 것 같았다.

그녀는 깜짝 놀라며 땅에 떨어진 스카프를 집어 헝클어진 갈색 머리를 감쌌다.

"의사 헤클리프입니다."

그 낯선 사람이 그녀를 외면한 채 말했다. 그리고는 질문을 해도 좋다는 듯 잠시 입을 다물었다.

하지만 그녀는 말없이 그를 냉랭하게 쳐다보기만 했다.

그러자 그가 불쑥 그녀의 팔을 잡으며 말했다.

"갑시다."

잔뜩 찌푸린 하늘에서는 드디어 비가 내리기 시작했다.

그녀는 어깨를 움츠린 채 묵묵히 낯선 남자의 뒤를 따랐다. 어디로 가느냐고 묻지도 않았다.

사나이가 어느 카페의 문을 밀고 들어갔다. 카페는 텅 비어 있었고, 바싹 마른 여종업원 하나가 창에 기대서서 빗발을 내다보고 있을 뿐이었다.

헤클리프는 커피와 술을 주문한 다음 쉰 목소리로 말했다.

"내 이름을 들어 보셨는지 모르겠군요."

그리고는 머뭇거리다가 덧붙였다.

"혹시 어머니한테서 말입니다."

"아뇨."

유리안느는 그를 빤히 쳐다보았다.

"아니라……."

그는 우울한 듯 되뇌며 고개를 끄덕였다.

"내가 아가씨의 후견인이 되었습니다."

"그러세요?"

"그렇소."

헤클리프는 어색한 듯한 표정으로 말을 이었다.

"아가씨의 부친께서는 나를 찾아오시는 중이었어요. 도중에 그만 병이 나서 슈타인필트까지 오시지 못한 겁니다. 나는 그곳에서 살고 있습니다."

그는 어딘가 좀 주저하는 듯한 몸짓을 했다. 그런 동작을 보고 있노라니, 유리안느는 슈타인필트라는 곳이 마치 세상 끝에나 있는 듯한 기분이 들었다.

여종업원이 커피와 포도주를 날라 오자, 헤클리프는 단숨에 잔을 비웠다. 그리고는 계속 얘기를 했다.

"내일 정오에 장례식이 있습니다. 그때까지는 도워리히 부인 댁에 있으면 됩니다. 그 부인이 상복을 준비해 줄 겁니다. 장례식 전에 데리러 가겠습니다."

말을 끝낸 다음 그는 편지 봉투 하나를 내밀었고, 그녀는 열어 보지도 않은 채 덤덤하게 그 봉투를 주머니에 넣었다. 그리고 한참 동안 침묵이 흘렀다.

헤클리프는 그 사이에 술을 여러 잔 비웠고, 유리안느는 그를 찬찬히 뜯어보았다.

그녀의 짐작으로, 그는 대략 40세가 조금 넘어 보였다. 햇볕과 바람에 그을어서인지, 갈색의 얼굴은 보면 볼수록 우울하고 거친 인상을 주었다. 그녀는 공연히 혐오감 같은 것이 느껴져서, 순간 몸을 떨었다.

성인(成人)이 될 때까지 이 남자에게 매달려 지내야 된다는 생각이 들자 몸 전체에 저항감이 일었다.

그는 갑자기 그녀에게로 몸을 돌리면서 그녀의 손이라도 잡으려는 듯한 동작을 취했다. 그러나 빈 잔을 잡은 채 더 이상 움직이지 않았고, 얘기를 하는 동안에도 그 빈 잔을 내려놓지 않았다.

유리안느는 무표정하게 그의 눈을 들여다보았다. 지나치게 푸르고 커 보이는 눈이었다.

"아버지는 나를 찾아오는 길이었죠. 뭔가 잘못된 일이 생겼다는 겁니다."

그녀는 그가 얘기를 계속하는 동안, 꼼짝도 하지 않은 채 그를 바라보고 있었다.

"아가씨의 부친께서는 돈을 완전히 날렸어요."

그녀는 눈썹을 찡그리며 아랫입술을 내밀었다. 그런 표정 때문에 그녀의 얼굴은 다소 거만한 어린애 같은 인상을 풍겼다. 그녀는 그의 말에 몹시 놀랐지만, 겉으로는 전혀 내색을 하지 않았다.

"그랬군요."

그녀는 한숨을 쉬며 헤클리프의 얘기에 계속 귀를 기울였다. 그는 얘기를 다시 하기 전에 그녀를 찬찬히 살펴보았다.

"이제는 돈이 한 푼도 없습니다. 아가씨의 학비도 댈 수 없게 되었습니다."

그녀가 입을 벌린 채 눈을 휘둥그렇게 뜨면서 그를 쳐다보았으나, 그는 우울하고 냉담한 표정으로 그녀를 응시할 뿐이었다.

"이제부터 내 집에서 지내도록 하세요. 난 슈타인펠트에서 의사 노릇을 하고 있습니다. 아가씨는 내 병원에서 일을 거들어도 됩니다. 식구는 아무도 없습니다."

유리안느는 머리를 흔들었다. 처음에는 천천히, 그리고는 세차게……. 그녀의 목소리가 너무 높았기 때문에 꿈속을 헤매던 종업원조차 깨어났다.

"아니에요, 선생님과 함께 가지 않겠어요."

그녀는 말도 되지 않는다는 듯이 식탁을 주먹으로 치기까지 했다.

헤클리프는 아무렇지도 않은 듯했으나 그의 눈동자에는 순간 섬광 같은 번득임이 지나갔다. 그는 유리안느가 식탁에서 주먹을 거둬들일 때까지 아무 말도 하지 않았다.

그의 시선에 불안감을 느낀 듯, 그녀는 스푼을 들어 커피를 젓기 시작했다.

그가 다시 입을 열었다.

"그렇다면 뭘 할 생각이죠?"

그녀는 커피를 더욱 세차게 저으면서 도전하듯 말했다.

"모르겠어요. 하지만 선생님을 따라가진 않겠어요."

"왜죠?"

그는 대수롭지 않다는 표정으로 물었다.

"그건…… 하여간 그러고 싶지가 않기 때문이에요. 간섭받기가 싫거든요. 선생님으로부터, 아니 다른 누구에게라도 말이에요."

그는 수수께끼 같은 말을 했다.

"그렇군."

그러고는 종업원을 불러서 계산을 했다.

유리안느도 자기 몫의 돈을 꺼내 식탁 위에 놓았다. 그러자 그가 그걸 옆으로 밀쳤지만, 그녀는 말을 듣지 않았다.

그들은 밖으로 나갔다. 그녀가 고집이 세다는 것을 알아차린 그는 빙그레 웃었다. 물론, 유리안느는 그 미소를 보지 못했다.

그들은 온 길로 되돌아갔다. 초라한 집들이 늘어서 있는 좁은 골목길로 접어들자, 아래층에 고물상이 있는 집이 나타났다.

쭈글쭈글한 노파 하나가 헤클리프에게 정중하게 인사를 하면서 놀라고 당황한 시선으로 유리안느를 훔쳐보았다.

헤클리프가 유리안느를 노파의 집에다 남겨 두고는 금방 가 버리자, 노파는 좁은 계단을 올라 그녀를 작은 방으로 안내했다.

문을 열면서 노파는 약간 화가 난다는 듯이 말했다.

"방이 좀 좁아요. 하지만 갑작스러운 일이라……."

노파는 그 말도 채 끝내지 않고 빠른 어조로 물어왔다.

"커피나 차라도 한잔하지 않으려우?"

"괜찮아요."

노파가 나가 버리자 그녀는 꼼짝도 하지 않고 방 가운데 서 있었다. 빗줄기가 유리창을 때리면서 쉴 새 없이 흘러내렸다.

천장이 낮은 그 방은 유리그릇이며 옷장이며 의자들로 가득 차 있었다. 의자에는 회색 커버가 씌워져 있고 옷장 위에는 백자(白磁)로 만든 중국 여인상이 놓여 있었는데, 머리와 손발이 움직이게 되어 있어 마루를 조금만 울려도 여인상은 살아 움직였다. 여인상은 손을 흔들면서, 딱 벌린 입 속에서 붉은 혓바닥을 날름거렸다.

유리안느는 그걸 바라보며 몸서리를 쳤다. 그녀는 여인상으로부터 등을 돌리고 창밖을 노려보았다.

그녀는 헤클리프가 건네준 봉투를 꺼내서 마루에다 내동댕이치고는 침대에 몸을 던진 다음 베개에 얼굴을 파묻었다.

그러다가 때때로 눈물로 얼룩진 얼굴을 들어 불안에 떨면서 여인상을 응시했다. 그 상은 이제는 미동도 하지 않고 냉랭한 표정으로 희뿌연 옷을 입은 채 거기에 서 있었다.

오후가 되자 헤클리프가 유리안느의 짐을 날라 왔다. 그는 위층에 귀를 기울이다가 아무 소리도 들리지 않자, 노파더러 올라가 보라고 채근을 했다.

그는 노파가 위층으로 올라가고 난 후 초조한 표정으로 안절부절못했다. 책상 위에 놓인 물건들을 이것저것 집었다가 들여다보지도 않고 제자리에 다시 놓곤 했다. 결국 그의 손에서 조그마한 자기(磁器) 접시 하나가 바닥에 떨어져서 깨져 버렸다.

노파가 돌아왔다. 노파는 걱정스럽다는 듯한 목소리로 소곤거렸다.

"아가씨는 자고 있더군요. 옷을 입은 채로요. 베개가 흠뻑 젖도록 울었나 봐요. 가엾게도……."

헤클리프는 초조한 듯 어깨를 움츠렸다.

"깨거든 저녁밥이나 잘 챙겨 먹이세요."

그는 테이블 위에 지폐를 놓고는 나가 버렸다.

유리안느는 깨어나자 정신이 몽롱해서 주위를 살펴보았다. 방 안은 완전히 어둠에 싸여 있고, 백자의 중국 여인상만이 희미하게 빛을 내고 있었다.

순간 자신의 처지가 생각났다. 방 가운데에 헤클리프가 준 돈이 든 봉투가 보였다.

그녀는 다시 베개에 얼굴을 묻고는 밤이 될 때까지 꼼짝도 않고 그대로 누워 있었다. 울음도 나오지 않았다. 아무래도 기분이 나아지지가 않았다. 당연하게 생각했고 믿었던 모든 것으로부터 배반당하고 버림받은 기분이었다.

이제는 음울하고 난폭해 보이는 낯선 사람에게, 고독하고 비참한 생활에 자신이 내던져졌다는 사실이 겨우 인식되는 것 같았다.

갑자기 그녀는 어떤 결심을 한 듯이 침대에서 뛰어내렸다. 그녀는 서둘러 옷을 입은 다음, 헤클리프의 돈을 발로 밀어놓고는 무거운 짐을 들고 계단을 살금살금 내려갔다.

발을 내디딜 때마다 바짝 마른 마루에서 삐걱거리는 소리가 나서 몇 번이나 걸음을 멈춰야만 했다. 왠지 누군가가 망을 보는 것만 같아서 불안했다.

그녀는 겨우 가게에까지 내려왔을 때야 거리로 통하는 출입문이 잠겨 있다는 것을 알았다. 빗장이 걸려 있을 뿐더러 자물쇠까지 채워져 있었다.

그녀는 한참 동안 망연히 서 있다가, 손으로 더듬거리며 창문 쪽으로 걸어갔다. 온갖 잡동사니가 진열되어 있는 곳이라, 불을 켤 수조차 없는 노릇이었다.

그녀는 소리를 죽여 진열장에서 물건을 하나하나 땅바닥으로 끄집어 내렸다. 마침내 진열장이 텅 비게 되자 창문을 열어보았다. 아직도 골목길에는 짙은 어둠이 깔려 있었다.

유리안느는 짐을 창틀 위에 올려놓은 다음 밖으로 뛰어내리고는 다시 창문을 조심스레 닫았다.

그녀는 짐을 든 채 골목을 벗어나 역으로 갔다. 길은 멀고 짐은 점점 무거워졌지만 그런 것을 느낄 경황조차 없었다.

역은 아직 텅 비어 있었고, 불은 꺼져 있었으나 새벽빛이 희미하게 번져가고 있었다.

유리안느는 기차 시간표를 읽었다. 점심 때 떠나는 바젤행 급행열차가 있었다.

그녀는 짐을 화물 보관소로 들고 갔으나 그곳도 대합실과 마찬가지로 잠겨 있었다. 그녀는 별 수 없이 골목길 구석으로 짐을 끌고 가서 거기에 올라앉았다.

헤클리프가 거기에서 그녀를 찾아냈을 때는 몇 시간이나 지난 뒤였다. 그는 얼굴이 땀으로 뒤범벅된 상태에서 숨을 헐떡거렸다. 긴 가죽 외투는 풀어 헤쳐졌고, 바짓가랑이는 흙투성이였다. 유리안느를 발견한 순간 그의 얼굴이 약간 밝아졌지만, 그것도 한 순간이었다. 그는 고통스러운 듯 얼굴을 찌푸렸다.

유리안느는 벌떡 일어나 벽 쪽으로 몸을 피했다. 그들은 꼼짝도 하지 않은 채 한동안 서로의 눈을 노려보았다.

결국 헤클리프가 먼저 말을 꺼냈다.

"가려는 거예요?"

"그래요."

"어디로?"

"제네바로 돌아가겠어요."

"거기 가서는?"

그는 의아하단 표정을 지으며 그녀를 바라보았다.

"일을 하죠."

그녀는 화가 난 듯한 몸짓으로 헝클어진 스카프를 고쳐 맸다.

"일을 한다고? 일이라면 내 집에서도 얼마든지 할 수 있을 텐데요?"

그녀가 입을 다물어 버리자, 그는 몸을 약간 굽히면서 걱정된다는 듯한 눈으로 물었다.

"왜 나를 피하는 건가요?"

그녀는 몸을 떨며 어깨를 으쓱했다. 잠시 후에 그가 다시 말했다.

"한 시간 후면 장례식입니다."

그는 대답을 기다리지도 않고 그녀의 짐을 들고 앞장서 걸어갔고, 그녀는 저항하지 않은 채 그의 뒤를 따랐다.

그들이 밤나무 골목에 이르렀을 때 그녀가 짐을 빼앗아 들며 말했다.

"무슨 생각을 하시는 거죠? 거지 신세가 됐다고 맘대로 하실 수 있다고 믿는 거예요? 선생님의 돈은 받지 않아요. 도움도 싫고요. 돈은 도워리히 부인 댁에 그대로 뒀어요."

그녀가 역 쪽으로 몸을 돌리려 하자, 그가 무거운 장화발로 그녀의 짐을 누르면서 태연하게 말했다.

"나는 아가씨의 후견인입니다."

"그래서요?"

그녀는 경멸에 찬 목소리로 소리를 질렀다.

"강제로 붙잡아 두려는 거예요?"

그녀가 이어서 화를 내며 쏘아붙이자, 그는 장화 발을 떼면서 고통과 절망이 뒤섞인 시선으로 그녀를 바라보았다.

그녀도 그를 노려보았다.

"좋아요. 장례가 끝날 때까지만 남아 있겠어요."

그는 말없이 고개를 끄덕이며 짐을 들고 앞서서 걸어갔다. 보도 위에 시선을 떨어뜨린 채······.

그들이 도워리히 부인의 가게에 도착했을 때는 정오가 다 되어 있었다.

노파가 잡동사니 속에서 기어 나왔다.

"의사 선생님!"

노파는 소리를 지르다가 유리안느가 있는 것을 보고 얼른 입을 다물었다.

유리안느는 진열장을 바라보았다. 물건들은 전처럼 말끔하게 정리되어 있었다.

노파는 흥분된 목소리로 말했다.

"상복은 어떻게 하죠? 점심때가 되어서 가게란 가게는 모두 닫혔거든요. 검은 외투와 모자쯤은 어디서 빌릴 수 있겠지만."

"난 또 뭐라고······."

헤클리프가 초조하게 말을 받았다.

"이젠 갈 시간이 되었어요."

유리안느를 데리고 그는 조그마한 가게를 떠났다. 뒤에서 노파가 혀를 찼다.

"상복도 없이 아버지 장례식에 참석하다니······. 불쌍한 아가씨가 어쩌자고······."

헤클리프와 유리안느는 거리를 한참 걸어갔다.

드디어 그들은 반쯤 열린 대문 앞에서 걸음을 멈췄다. 대문 위에는 검은 글자로 '어둠 속에서 불빛이 빛나리.'라고 새겨져 있었다.

헤클리프는 뭐라고 몇 마디 중얼거리면서 자신의 외투를 추켜올렸다.

복도에 있는 커다란 창문 앞에 검은 상복을 입은 부인 세 명이 서 있었다. 부인들은 얼굴을 유리창에 바짝 대고 밖을 내다보고 있었다.

헤클리프가 중얼거렸다.

"저분들이 고모님들입니다."

유리안느는 희미하게나마 고모들이 기억났다. 그들은 어느 소도시의 조그마한 집에서 함께 살고 있었는데, 이제 너무도 늙어 보였다.

헤클리프가 헛기침을 하자, 고모 한 사람이 갑자기 몸을 돌려 호기심에 번뜩이는 눈으로 들어서는 두 사람을 쳐다보았다. 그러나 그녀는 헤클리프도 유리안느도 기억을 하지 못하는 듯, 두 사람에게서 등을 돌려 버렸다.

헤클리프는 그들에게로 바짝 다가서서 큰 소리로 말을 걸었다.

"이 아가씨가 브렌톤 양입니다."

세 자매는 한꺼번에 몸을 돌리고 그녀를 찬찬히 뜯어보았다. 그 시선을 보자, 세 사람이 유리안느의 기억에 다시 떠올랐다.

키도 눈도 작은 쪽은 빌헬름 고모이고, 비쩍 마른 욕심꾸러기가 프레데리케, 언제나 우울한 쪽은 헬렌 고모였다.

헤클리프는 잠시 그대로 서 있다가 입을 열었다.

"저는 의사 헤클리프입니다. 유리안느 양의 후견인이지요."

그때 실크 모자를 쓴 네 명의 사나이가 복도로 들어왔다. 세 여자들은 새삼스레 흐느끼기 시작했다.

프레데리케 고모가 어린애를 다루듯 유리안느를 붙잡자, 유리안느는 화를 내며 손을 뺐다. 그러자 고모는 베일을 쳐들고 놀란 표정으로 그녀를 노려보았으며, 그녀는 헤클리프 쪽을 돌아보았다.

헤클리프는 손에 모자를 든 채 저만큼 떨어져서 그들을 따라오는 중이었다.

그들은 관이 놓여 있는 홀로 들어갔다. 신부가 복사(천주교회에서 미사를 드릴 때 옆에서 사제를 돕는 사람)와 함께 들어오자, 어디에선가 오르간 소리가 들려왔다.

신부는 코끝에 걸린 안경을 밀어 올리며 막 잠에서 깬 것처럼 졸린 목소리로 기도문을 외웠다. 그 기도문은 물론 죽은 사람을 위한 애도였지만, 홀 안 사람들의 표정과는 전혀 어울리지 않았다.

사람들은 저마다의 화젯거리로 여기저기에서 수군거렸고, 한쪽 구석에서는 동전 떨어지는 소리까지 들려왔다.

"저런, 맙소사! 상복도 입지 않았군."

헬렌 고모가 흐느끼면서 중얼거렸다.

"불쌍하고 가엾은 것 같으니라고, 상복을 챙겨 주는 사람도 없게 되었으니……."

헬렌은 재차 이렇게 말하면서, 멀찍이 떨어져서 걷고 있는 헤클리프 쪽으로 몸을 돌려 못마땅하다는 듯한 눈초리로 쏘아보았다.

무덤은 새로 만든 언덕에 자리를 잡았으나 초라한 비석과 나무 십자가뿐이어서 매우 썰렁했다.

몇 사람이 이미 거기에 와 있었는데, 장례식이라면 어디에나 나타나는 노인네들과 요양원에서 온 과부들이었다.

유리안느의 아버지가 숨을 거둔 호텔에서 시중을 들던 웨이터도 그들 곁에 서서 계속 유리안느를 훔쳐보고 있었다.

멀리서 종이 울리기 시작했다. 관은 무덤 속으로 쿵쾅거리며 들어갔다. 유리안느의 눈은 헤클리프를 찾고 있었으며, 그도 그녀만을 바라보았다.

그러던 그가 얼른 몸을 돌리고 저 너머 하늘로 시선을 돌렸다.

매장이 끝나고 종소리도 그쳤다. 세 자매는 아직도 무덤 곁에서 서성거렸다. 그들은 이제 울지 않았다.

프레데리케가 다른 자매들에게로 몸을 굽히고 소곤거렸다.

"기가 막힌 장례군. 부자였는데도, 슬퍼하는 사람도 하나 없으니…… 그리고 저애는 울지도 않는군. 우는 걸 봤어? 무서운 아이야."

유리안느에게도 소곤거리는 말소리가 들려왔다. 그녀는 무덤에서 몸을 돌려 헤클리프를 찾았다.

그는 저만큼 멀리 떨어져 있는 비석에 몸을 기댄 채 기다리고 있었다.

주위를 두리번거리던 프레데리케 고모가 근처에 유리안느와 헤클리프가 보이지 않자, 또다시 소곤거렸다.

"헤클리프란 사람은 아무래도 정신이 제대로 박힌 사람 같지가 않아. 그렇지 않아?"

빌헬름이 고개를 끄덕이며 맞장구를 쳤다.

"그래, 틀림없어. 왜 저런 사람을 후견인으로 삼았는지……."

세 자매는 헤클리프 쪽으로 몸을 돌렸다가 다시 한번 무덤으로 눈길을 보냈다. 이어서 자매들은 천천히 돌아가기 시작했다.

빌헬름 고모가 역시 낮은 소리로 말했다.

"그 사람과 얘기를 좀 해야겠어."

다른 자매들이 동시에 고개를 끄덕였다.

자매들은 그들과 헤클리프 사이에서 서성거리는 유리안느

를 둘러쌌다.

"안됐구나."

헬렌이 말을 꺼냈다.

"이젠 모든 게 끝났단다."

"그래요."

유리안느는 대답하면서 헤클리프를 바라보았다.

그는 장화발로 길에 깔린 자갈을 툭툭 차고 있었다.

"제네바로 돌아가겠지? 그렇지?"

빌헬름 고모가 물어왔다.

"아니에요."

"아니라고?"

세 자매가 동시에 소리쳤다.

"안 가요."

"그러면 뭘 할 작정이냐?"

"헤클리프 씨를 따라갈 거예요."

유리안느는 담담하게 대답했다.

"뭐라고? 그게 정말이냐?"

그들은 아무래도 뭐가 뭔지 모르겠다는 듯 서로를 쳐다보았다.

"정말이에요."

"공부를 계속하지 않을 작정이냐?"

유리안느가 싫다는 몸짓을 해 보이자, 세 자매는 그녀에게로 다가갔다. 그리고는 생각을 돌려 보라고 설득하기 시작했지만, 유리안느는 초조한 듯 어깨를 으쓱하며 말했다.

"이유를 아시고 싶다면 말씀드리겠어요. 돈이 없어요. 아버지는 파산하셨어요."

세 자매는 너무나 놀라 뒤로 흠칫 물러섰다.

"저런!"

그녀들은 소리를 질렀다.

"그래서 장례식이 이렇게 약식이었던 것이군 그래. 관도 형편없고……."

가장 먼저 정신을 차린 프레데리케가 이렇게 말을 하고 나서 멍하니 서 있는 유리안느를 찬찬히 훑어보았다. 그러자 헬렌 고모가 유리안느를 끌어당기며 눈물을 흘렸다.

유리안느는 초조해 하며 몸을 빼고는 얼른 발걸음을 옮겨 옆으로 비켜섰다.

프레데리케가 생각에 잠겨 있다 중얼거렸다.

"모두 날렸다고? 물론 베티나 탓이겠지?"

유리안느는 화를 내며 몸을 돌렸다.

"어머니는 벌써 6년 전에 돌아가셨어요."

세 자매는 당황했다.

"그건…… 그렇지."

그리고는 헬렌이 거기에다 덧붙여 말했다.

"그렇지. 우리도 그건 알고 있단다, 얘야."

유리안느는 아직도 자갈을 툭툭 차고 있는 헤클리프에게로 다가갔다.

프레데리케가 다른 자매들에게로 얼른 몸을 돌리면서 소곤거렸다.

"헤클리프가 저 아이를 맡는다니 다행이군. 그 사람이 아니면 누가 하겠어? 겨우 이자 돈으로 먹고사는 우리로서야……."

그러면서 프레데리케 고모는 어깨를 으쓱했다.

유리안느는 헤클리프 앞에까지 갔다.

"고모들이 작별 인사를 하고 싶으신가 봐요"

그는 세 부인을 내려다봤다. 부인들이 그를 쳐다보려면 머리를 뒤로 젖혀야만 할 정도로 그는 컸다.

프레데리케가 약간 째지는 목소리로 말을 했다.

"우리 조카딸을 맡아 주신다니 고맙군요. 조카한테서 들었습니다."

"그렇습니다."

헤클리프는 말을 하면서도 시선은 여전히 유리안느 쪽을 향하고 있었다.

"그래요?"

빌헬름이 소리쳤다.

"그건 안됐어요. 고아가…… 어떻게 하든 음악 공부는 계속 해야 할 텐데."

프레데리케가 걸걸한 목소리로 말을 받았다.

"이제 돈은 한 푼도 없는 건가요? 우리 조카딸이 어떻게 공부를 계속할 수는 없을까요?"

"없습니다. 한 푼도 없으니까요."

세 자매는 머리를 흔들었다.

잠시 후 프레데리케가 말했다.

"장례비는…… 어느 분이?"

"제가 냈습니다. 그런 걱정은 마십시오. 모든 게 잘 마무리 됐습니다."

그리고 유리안느 쪽으로 몸을 돌리면서 물었다.

"이젠 떠나야 할 것 같은데요?"

유리안느는 고모들과 악수를 나눈 다음 헬렌 고모와는 내 키지 않는 마음으로 키스를 했다.

그녀는 헤클리프를 따라갔다. 그는 벌써 묘지 문을 나서고 있었다.

뒤에서 빌헬름이 소리를 질렀다.

"꼭 제 어밀 닮았어. 불쌍한 오빠를 닮은 데라곤 한 군데도 없어."

"없고말고."

프레데리케가 걸걸한 목소리로 대꾸했다.

"저 애는 브렌톤 집 아이가 아니야."

헤클리프는 고개를 숙인 채 곧바로 공동묘지 광장을 가로질러 좁은 골목길로 접어들어 갔다.

유리안느는 그가 사라진 묘지 입구까지 따라갔다. 명령하는 듯한 그의 목소리와 말발굽 소리가 들려왔다.

입구에서 기다리는 동안, 고모들에게 품었던 반항심과 헤클리프에게 매달리겠다고 결심했던 패기는 사라지고 말았다. 자신이 어떤 절망적이고도 불확실한 것에 내맡겨져 있다는 생각뿐이었다.

그녀는 문 앞에서 서성거리기 시작했다. 멀리 떨어져서 이제는 포기해 버린 도시와 학교의 영상이 생생하게 밀어닥쳐 왔다. 명랑한 교실, 공원, 교외에서 가졌던 축제, 즐거웠던 친구들의 모습이 떠올랐다.

그녀는 고집스럽게 그런 값비싼 추억에 매달렸다. 다른 것들은 모두가 무의미해 보였다.

그때 마차의 덜커덩거리는 소리가 들려오고, 말고삐를 끌고 출구로 나오는 헤클리프가 보였다.

역마차 말과는 거리가 멀어 보이는, 둔하게 생긴 짐마차 말이 검은 가죽 포장이 덮인 고풍스런 이륜마차를 끌고 있는

데, 시내 산보용으로는 어림도 없는 것이었다.

마차 바퀴에는 더러운 진흙이 덕지덕지 붙어 있었고 뚜껑에는 오물이 뒤덮여서, 전체적으로 보아서는 검다기보다 오히려 점토 빛깔이었다.

헤클리프는 골목길에다 마차를 세웠다. 그는 검은 모피 외투에 몸을 감싸고 모자를 깊숙이 눌러 썼다.

'안 되겠어. 저 사람을 따라갈 순 없어. 갈 수 없다고 지금 말해야겠어.'

유리안느는 몸을 떨면서 생각했다.

그때 헤클리프가 그녀의 짐을 마차로 들어올린 다음 그녀에게로 몸을 돌리며 말했다.

"이제 출발해도 되겠습니까?"

그녀는 얼른 뛰어올라가서 그의 곁에 자리를 잡았다. 그는 모피 외투를 펴서 그녀의 무릎을 덮어 주고 두툼한 털장갑을 건네주었다. 그리고 다시 그녀의 등에다 쿠션을 대준 후 고삐를 잡았다.

육중한 말이 움직이기 시작하자, 마차는 울퉁불퉁한 길 위를 털털거리며 굴러갔다.

유리안느는 구멍투성이의 덮개를 쳐다보았다. 비라도 온다면 틈새로 물이 마구 흘러내릴 것만 같았다. 시가지의 하늘에는 옅은 안개가 덮여 있었다.

그들은 돌다리 하나를 건너서 교외로 빠져나갔다. 오르막 길로 접어들기 시작했고, 안개는 계곡으로 밀려갔다.

유리안느에게 걷잡을 수 없는 피로감이 몰려왔다. 최근 며칠 사이에 겪었던 사건들과 이별의 슬픔들이 그녀를 녹초가 되게 했던 것이다. 아무 생각도, 얘기도 할 필요가 없다는 것이 이제는 다행스럽게 여겨졌다.

그들은 나무가 듬성듬성한 숲을 지나갔다. 숲은 갈수록 메마른 발가숭이로 변해 갔고, 길은 점점 가팔라지면서 황무지가 나타났다. 집 한 채, 사람 하나도 눈에 띄지 않았다.

가파른 언덕길로 들어서기 전에 헤클리프는 마차를 멈추고 잠시 말을 쉬게 했다. 그리고 외투 주머니에서 사과 몇 개와 계란빵을 꺼내어 유리안느에게 건네주었으나, 그녀는 그것들을 받아서 그냥 옆에다 놔두었다.

다시 마차는 계속 달렸다. 길 좌우에는 넓은 채석장이 군데군데 있었는데, 멀리 떨어진 그곳에서 망치 소리와 서로 불러대는 조잡한 사투리가 들려왔다. 유리안느는 하나도 알아들을 수가 없는 소리들이었다.

"대리석이지요."

헤클리프가 채찍으로 채석장을 가리켜 보였다.

마지막 오르막길이었다. 마차는 나무 한 그루 없이 황량한 고원 위를 굴러갔다. 회오리바람이 스쳐지나가는 고원을……

36

고지는 키 작은 억센 풀로 덮였고, 울부짖는 바람 소리가 길 아래까지 들려왔다. 무언가 비탄하는 소리 같았다.

어디에나 검붉은 바윗덩이가 산재해 있었고, 길바닥에는 붉은 자갈이 깔려 있었다.

갑자기 헤클리프가 먼 곳을 가리키며 말했다.

"슈타인필트입니다."

그가 가리킨 곳에는 한 채의 높고 긴 지붕과, 거기에서 약간 떨어진 곳에 있는 여러 채의 나지막한 지붕들이 있었다. 지붕 위로 솟은 나무들도 보였다.

'저곳에는 얘기라도 나눌 수 있는 사람들이 살고 있을 거야.' 라고 유리안느는 생각했다.

그렇게 생각하자, 새삼스럽게 먼 도시와 학교에 대한 추억이 고통스럽게 덮쳐 와 그녀는 낡은 쿠션에다 얼굴을 파묻었다.

헤클리프가 그녀에게로 고개를 돌리고 한참 동안 그녀를 응시하고 있었으나, 그녀는 그것을 알아차리지 못했다.

마을을 보자 말이 갑자기 제멋대로 달리기 시작했다. 갑작스런 말의 질주 때문에 유리안느는 좌석에서 퉁겨지며 흔들렸다. 돌투성이의 밭과 울타리를 친 과수원 사이로 난 길에 들어섰다는 걸 알 수 있었다.

마을의 집들은 평평한 널빤지 지붕으로 만들어진 정육면체였다. 지붕 위엔 커다란 돌멩이가 얹혀 있었다.

첫 번째 집에서 마차를 멈추자, 그는 '여기'라는 말만 하고는 마차에서 뛰어내렸다. 유리안느도 그렇게 하기를 기다리는 듯 그녀를 쳐다보지도, 거들어 주지도 않았다.

마차에서 짐을 풀어 땅에 내려놓은 다음 말은 마구간에, 마차는 헛간으로 밀어 넣었다.

유리안느는 그동안 줄곧 길에 서 있었다. 오랜 여행에 시달려 아무 생각도 할 수가 없었다.

그녀는 헤클리프의 집을 바라보았다. 마을의 다른 집들과 별 차이가 없었다.

거친 잿빛 돌로 지은 다음 그 위에다 생석회를 발랐는데, 돌 틈으로 석회가 그대로 삐져나와 있었다. 출입문과 창문은 모두 붉은 대리석으로 틀을 했는데, 좁은 창문은 두꺼운 벽 속에 깊이 박혀 있어서 마치 조그마한 요새 같은 느낌을 던져주었다.

헤클리프는 마구간과 헛간 문을 닫고 유리안느의 짐을 들고는 앞서서 계단을 올라갔다. 그녀도 느릿느릿 그 뒤를 따랐다.

그가 문을 열고 소리를 질렀다.

"카타리나!"

그 소리는 온 집안에 울려 퍼졌지만 대답은 없었다. 그는 어깨를 으쓱하곤 문을 닫았다.

유리안느는 넓은 현관을 둘러보았다. 하얀 칠이 되어 있는 현관에는 그림 한 장, 가구 한 점 보이지 않았다. 소름이 돋도록 추웠다. 현관 좌우에는 여러 개의 출입문이 달려 있었는데, 거칠거칠한 나무로 짠 것이지만 오래되어서 짙은 회색으로 변해 있었다.

그중 열려 있는 한 출입문을 통해 흰 래커 칠을 한 가구와 의료 기구가 들어 있는 유리창, 흰 천이 덮여 있는 소파가 보였다.

"카타리나!"

헤클리프가 또 한 번 불렀다. 어디선가 조용하게 문이 닫히는 소리가 들려왔지만, 들어오는 사람도 대답하는 사람도 없었다. 그러자 헤클리프가 차례로 문을 열었으나 아무도 보이지 않았다.

유리안느는 그의 어깨 너머로, 어디나 깨끗하게 정돈된 방들을 들여다보았다.

그들은 깨끗하게 닦인 계단을 올라가, 위층에 있는 한 방으로 들어갔다. 유리안느가 쓸 방인 모양이었다.

헤클리프는 짐을 내려놓고 뭔가 말을 하고 싶은 눈치였으나, 농부들처럼 모피 모자를 벗어 만지작거리기만 했다. 불안해하면서도 왠지 흥분한 것 같은 기색이 얼굴에 떠올랐다.

유리안느도 긴장한 표정으로 그를 쳐다보았지만, 그는 아무 말도 없이 문 쪽으로 걸어갔다.

문지방에 이르러서야 그는 겨우 이렇게 말했다.

"끝나거든 내려와요."

혼자가 되자, 그녀는 잠시 방 가운데 선 채 우울하게 바닥을 내려다보았다. 그리고는 머리를 들어 이제는 자신의 것이 된 방을 여기저기 둘러보았다.

그녀의 시선이 벽에 있는 커다란 타원형의 얼룩 자국에 닿았다. 그림이 걸려 있었던 자리 같았다. 그 검은 얼룩은 바로 침대 위쪽에 있었다.

침대보는 너무나 깨끗해서 딱딱한 느낌마저 들었고, 방에 온기라곤 조금도 없었다. 크고 푸른 오지 난로에도 불기는 없었다. 방에는 옷장 하나와 책상 한 개, 의자 두 개, 벽거울, 낡고 어두컴컴한 유화의 초상화 두 점뿐으로 처녀에게 필요한 건 아무것도 없었다.

'마치 수녀원 같구나.'

유리안느는 슬픈 생각이 들었다.

그녀는 천천히 방을 가로질러서 이 지방의 메마른 풍경이 반사되고 있는 창문 쪽으로 걸어갔다. 창문을 열자 철책이 있었다. 그녀는 주먹으로 여러 번 철책을 쳐 보았으나 단단해서 구부러질 것 같지도 않았다.

유리안느는 속이 상한 나머지 신경질적인 웃음을 터뜨렸다. 나머지 다른 창문들에도 철책이 쳐 있을 것 같았다.

그녀는 의자에 주저앉아 책상에 팔과 머리를 올려놓은 채 자신의 처지를 곰곰이 생각해 보기 시작했다. 생각을 정리할 수가 없었다. 주체할 길 없는 당혹감뿐이었다.

현관에서 들려오는 말소리에 그녀는 정신을 차렸다. 문을 여닫는 소리가 나더니, 이어서 딱딱한 여자의 목소리가 들렸다. 가정부 카타리나일 것이다.

"식사가 준비됐습니다."

헤클리프가 그 말에 대꾸했다.

"아가씨를 모셔 와요."

유리안느는 머리를 빗으려고 거울 쪽으로 걸어갔다.

한참이나 지나서 헤클리프의 말소리가 또 들려왔다.

"아가씨를 데려오라니까……."

그 후로는 한참 동안 잠잠했다.

유리안느는 긴장감에 사로잡혀 귀를 기울였다.

"어떻게 된 거예요?"

헤클리프가 가정부에게 묻는 말소리가 들렸으나 대답은 없었다.

유리안느는 이런 침묵이 뜻하는 적의를 분명히 느낄 수 있었다. 그것은 분명히 그녀에게로 향하는 적의였다.

"얼른 브렌톤 양을 데려오세요!"

차분하나 약간은 날카로운 헤클리프의 목소리가 들렸고,

이어서 방문이 닫히는 소리가 들렸다. 그런 다음에도 얼마를 지나서야 복도에서 발소리가 들려왔는데, 그 소리는 계단에서 한참이나 지체하다가 위층으로 올라왔다.

유리안느는 호기심과 함께 약간의 불쾌감을 느끼며 문 쪽을 바라보았다. 이어 딱딱하고 다루기 힘들어 보이는 여자가 문지방을 들어섰다. 똑바로 가르마를 탄 갈색 머리의 정수리, 청백색의 긴 앞치마, 깨끗하게 씻은 손이 보였다. 여자는 퉁명스레 말했다.

"식사 준비가 됐어요."

그러던 여인의 표정에 갑자기 놀라움이 스쳐 갔다. 눈을 크게 뜨고, 여인은 무의식적으로 손을 가슴 위에 올려놓았다. 온몸에 당혹감이 그대로 드러났다.

유리안느가 놀라서 물었다.

"왜 그러세요?"

"아니에요. 아무것도 아니랍니다."

카타리나는 대꾸를 하면서 머리를 세차게 흔들더니, 문을 닫는 것도 잊어버리고 방을 나가 버렸다.

유리안느는 여자가 계단을 내려가며 중얼거리는 소리를 들을 수가 있었다.

"하지만 그럴 수야 없지…… 아니야, 아니고말고. 그 여자가……."

무슨 말일까? 유리안느는 긴장한 채 거울을 들여다보았다. 하지만 거울 속에 비치는 자신의 얼굴에서 남을 놀라게 할 만한 것은 아무것도 찾아볼 수가 없었다. 약간 창백하지만 균형 잡힌 얼굴에 크고 검은 눈동자가 그녀를 마주 보고 있을 뿐이었다. 예쁜지 어떤지는 한 번도 생각해 본 적이 없는 얼굴…….

유리안느는 머리를 쳐들고 카타리나를 따라 계단을 내려가는데, 계단 바로 곁에 있는 방의 문이 열려 있었다. 한쪽 벽을 완전히 가린 책장들과 책상 한 개, 옷장 하나가 보였다. 그 옷장 밑에 뭔가가 떨어져 있어서, 그녀는 무심코 들어가 그걸 집어 들어 옷장 위에다 올려놓았다. 그리고 몸을 돌리려는 순간 그녀의 시선이 무의식중에 그 위를 스쳤다.

거기에 젊은 여자의 사진이 놓여 있었는데, 너무 오래된 것이어서 얼굴의 윤곽이 분명하지 않았다. 그런데 그 얼굴이 그녀와 너무나 닮아서 자신의 사진을 보고 있는 듯한 기분이 들었다.

그녀는 사진을 들고 자세히 들여다보았다. 그것은 어머니의 젊은 시절 사진이 틀림없었다.

누군가가 들어오는 것도 알아채지 못하고 사진을 보고 있는데, 헤클리프가 그녀 앞으로 다가와 재빨리 그녀의 손에서 사진을 빼앗았다. 그녀는 소스라치게 놀라며 그의 굳은 얼굴을 바라보았다.

헤클리프가 사진을 주머니에 넣어 버렸다.

"옷장 밑에 있었어요."

유리안느는 당황하며 말했다.

헤클리프가 문을 열어둔 채 식당으로 가 버리자, 유리안느는 머뭇거리며 그의 뒤를 따라갔다.

접시에는 감자 푸딩과 돼지고기, 당근이 가득 담겨 있었다. 음식 냄새가 식당 안을 진동시켰다.

헤클리프는 혼자서 먹는데 익숙한 사람처럼 무척 빠른 속도로 식사를 했다. 유리안느는 이런 식사가 처음이어서, 많이 먹을 수가 없었다.

유리안느는 눈길을 떨어뜨리며 물었다.

"우리 어머니 사진이죠? 그렇지요?"

헤클리프는 잠자코 식사를 하고 있다가, 한참이 지나서야 간단하게 대꾸했다.

"그래요."

"그 사진을 제가 봐서는 안 되나요?"

그녀는 뭔가 수상하다는 듯 뾰로통한 얼굴로 다그쳐 물었다.

그는 입을 다문 채 뭔가를 씹는 듯 우물거리다가 낮게 가라앉은 목소리로 대꾸했다.

"안 되다니? 왜 안 됩니까?"

그는 사진을 꺼내 식탁 위에다 놓았다.

유리안느는 그걸 쳐다보지도 않고 고집스럽게 물었다.

"우리 어머니한테서 받으신 건가요?"

그는 아무 대답도 하지 않았다. 그녀는 계속해서 물었다.

"우리 어머니가 사진처럼 젊었을 때부터 두 분은 서로 아는 사이였나요?"

그에게는 그녀의 질문이 무척 고통스러운 것 같았다.

"그렇습니다. 그래요……."

그는 침울하게 대답했다.

그러나 그가 더 이상 대답하지 않으리라는 걸 그녀는 이내 깨달았다.

그러자 갑자기 그가 미워지기 시작하더니, 무언가 고통스러우면서도 난폭함과 단호한 즐거움이 뒤섞인 긴박감이 그녀를 사로잡았다. 한 시간 전만 해도 헤클리프의 집에서 생활해야 하는 그녀의 삶이 끝없이 공허하게 느껴졌는데 말이다.

'이제는 목적을 갖게 되었군. 그가 숨기려는 모든 것을 밝혀 내야지…….'

그녀는 승리감에 도취해서 사과를 깎고 있는 헤클리프를 바라보았다. 그때 문밖에서 쿵쾅거리는 소리가 들리더니, 이어서 카타리나의 발걸음 소리가 들려왔다.

헤클리프는 얼른 자리에서 일어나 식당 밖으로 나갔다. 그

리고 유리안느가 알아들을 수 없는 사투리가 오고간 다음,
그는 아주 집 밖으로 나가 버렸다.

유리안느도 식탁에서 일어나 어머니의 사진을 들고 자기의
방으로 올라갔다. 그녀는 오랫동안 사진과 자신의 모습을 번
갈아가며 거울에 비춰 보았다.

'나도 엄마만큼 예쁠까?'

그녀는 가슴이 마구 뛰었다.

자신이 어머니와 너무나 닮았다는 생각으로, 그녀의 얼굴
에는 홍조가 떠올랐다.

그녀는 거울 앞을 떠나 사진을 책상 서랍에다 넣어둔 다음
창문으로 다가갔다.

밖은 서서히 어두워지기 시작했다. 석양이 두꺼운 구름 사
이로 간간이 비치며, 섬세하게 붉은 빛을 황량한 고원 위에
던져 주고 있었다. 붉은 바위덩어리와 자갈밭이 짙은 담홍색
으로 물들었다.

유리안느는 외투를 벗어 던지고 빠르게 층계를 내려갔다.
현관문을 열자 부엌문이 따라서 열렸으며, 카타리나가 모습
을 드러냈다.

"어딜 가는 거죠?"

카타리나의 목소리는 냉랭했다.

"들판에요."

"나가면 안 돼요."

"나가서는 안 된다고요? 그건 왜죠?"

"이렇게 늦은 시간에 외출해서는 안 된다는 말이에요."

"그래도 나갔다 올 거예요."

유리안느는 소리를 지르며 현관문을 열었다.

"그러면 주인님이 언짢아할 거예요."

카타리나는 참을 수 없다는 듯 소리를 질렀다.

"아무리 그래도 나가겠어요. 난 하고 싶은 대로 할 거예요."

"말릴 수가 없군요. 그렇다면 자신의 행동에 책임을 져야 해요."

"그럴 거예요. 그래요, 무엇을 하든 그건 내 책임이에요."

"주인어른은 아가씨와 생각이 다를 거예요."

등 뒤에서 카타리나의 목소리가 들려왔다.

유리안느는 대문을 닫고, 흥분에 떨며 생각했다.

'잘 됐어……. 그런데 도대체 그 여자가 뭐란 말인가? 혹시 그가 시킨 건 아닐까?'

유리안느는 화가 나서 어쩔 줄 몰라 하며 현관 앞 돌층계를 내려갔다.

마을로 이어지는 골목길을 걷자, 서늘한 바람이 마주 불어왔다. 주위는 점점 어두워져 갔고 마을은 죽은 듯 조용했다. 골목길에는 구럭을 든 노인 하나와 몰려다니는 개떼 말고는 살아 있는 거라고는 그림자도 보이지 않았다.

개들은 긴 다리로 쉴 새 없이 몰려다녔다. 어떤 개는 짖지도 않고, 겁을 먹은 듯 유리안느를 슬슬 피해 다녔다.

마을의 집들은 모두가 비슷하게 퇴락의 흔적이 역력했다. 오래되어서가 아니라, 수리할 손이 부족했기 때문이라는 것을 확연히 알 수 있었다.

자립적인 습관이 결여된 사람들이 모든 것을 되는 대로 버려 둔 것처럼 마을 전체는 퇴락하여 쓸쓸해 보였지만, 그런대로 아름다웠던 과거의 흔적만은 남아 있었다.

유리안느는 마차를 타고 올 때 본 성(城)처럼 큰 건물을 찾아보고 싶었으나 조그만 골목길은 궁형(弓形)으로 된 출입문 입구까지 뻗치다가 거기에서 막혀 버렸다.

그녀는 성을 둘러싼 벽 앞에 다다랐다. 성벽은 사람 키의 배나 될 정도로 높았고, 담쟁이와 백당향나무가 뒤덮여 자라고 있었다.

유리안느는 입구를 찾아 정원 안으로 들어가 보고 싶었으나, 문은 한 아름이나 되는 쇠기둥으로 되어 있는데다 육중한 빗장까지 걸려 있었다. 그뿐 아니라 문짝은 고리로 연결되어 커다란 자물쇠까지 달려 있었다. 그러나 출입구 좌우에 있는 다른 여러 개의 기둥들은 퇴락되고 썩은 데다 이끼까지 끼어서 고목처럼 보였다.

유리안느는 철책을 통해 안쪽을 들여다보았으나 야생의 관목들 때문에 시야가 가려졌다. 성주가 어떤 의도로 나무를 그냥 내버려 두었는지는 모를 일이었다.

혹시 출입할 수 있는 다른 문이 있을지도 모른다는 생각으로, 유리안느는 더듬거리며 성벽을 따라 걸어 보았다. 그러나 성 둘레가 너무나 넓어, 그날 밤으로 들어가 볼 생각은 버려야만 했다.

그녀는 헤클리프에게 성과 성주에 대해 물어봐야겠다고 생각하고 일단 집으로 돌아왔다.

그러나 그날 밤에는 헤클리프를 다시 만나보지 못했다. 집에 돌아오자, 현관에 서 있는 카타리나의 모습이 보였다.

"아가씨, 밤늦게 외출하는 습관이 들면 안 돼요."

카타리나는 쌀쌀하게 말했다.

유리안느는 대꾸도 하지 않은 채 그녀 곁을 지나 방으로 올라갔다.

'책과 바이올린이 있으면 좋겠는데……'

그녀는 생각에 잠겼다.

'하지만 언제까지나 이렇지는 않겠지. 결국은 이곳을 떠나게 될 거야. 그러려면 모든 일을 맑은 정신으로 시작해야 되겠지.'

그러면서도 무엇을 어떻게 시작해야 할지 막연하게만 여겨졌다.

유리안느는 잠시 낯설고 차가운 침대에 누웠다. 피곤은 했지만 잠이 오지 않았다. 움직일 때마다 침대가 삐걱거렸다. 베개는 너무 딱딱한 느낌이 들었고, 이불은 아무리 해도 따스한 온기가 스며들지 않았다. 그녀는 될 수 있는 한 몸을 웅크리고 생각에 잠겼다.

그러다가 문득 어떤 생각이 떠올라, 그녀는 한숨을 쉬면서 침대에서 뛰어내렸다. 그녀는 보따리에서 편지지를 꺼내 외투를 뒤집어쓰고 편지를 쓰기 시작했다. 다니던 학교의 학장 앞으로 보내는 짤막한 편지였다.

그녀는 편지에다 부친의 사망과 파산, 친척집에서의 일시적인 기숙에 대해 썼다. 장학금을 얻고 싶었던 것이다.

그녀는 장학금에 대해 '차용 증서라도 쓰겠다. 일 년 동안 학장님의 사무실이나 그 밖에 필요한 곳이 있으면 무보수로 일을 해서라도 빚을 청산할 작정이다.'라고 썼다.

편지 쓰는 것을 끝낸 후, 유리안느는 매우 만족스러운 기분으로 침대에 누웠다.

그때 카타리나의 목소리가 문 앞에서 들려왔다.

"아가씨, 너무 늦게까지 불을 켜 두지 말아요."

유리안느는 실내화 한 짝을 벗어 문으로 던지고는 이불 속으로 기어 들어갔다.

아! 그녀는 생각했다.

'하고 싶은 대로 해서는 안 되겠지……. 참아야지. 헤클리프 씨의 자비심에 매달린 가난한 식객 주제에…….'

그녀는 자신의 비참한 상태가 헤클리프와는 아무 상관도 없다는 것을 잊고 있었다. 때문에 그를 생각하기만 하면 분노가 치밀었다.

유리안느는 불을 켜둔 채 잠이 들었고, 잠을 자면서도 몸을 뒤척였다.

잠시 후 문밖에서 누군가가 들어와서 불을 껐다.

아침 햇살을 받으며 잠에서 깨자, 그녀는 서둘러서 창문으로 다가갔다. 그곳에서 그녀가 본 것은 전혀 뜻밖의 풍경이었다.

자욱하던 전날의 짙은 안개는 말끔히 가시고, 갈색의 고원에는 여러 산등성이가 아침 햇살을 받아 담홍색으로 빛나고 있었다.

잠시 동안이나마 헤클리프와 관련된 온갖 증오심이 녹아 버렸다. 군건하면서도 황량하고 우울한 아름다움으로 빛나는 대지가 그녀 자신과 너무나 일치되어, 지금까지의 행동도 잊은 채 이 땅이 사랑스럽다고 느껴지기까지 했다.

그러나 느닷없이 어젯밤에 있었던 일들과 어머니의 사진이 생각나 아침 공기로 빛나던 얼굴이 어두워졌다.

사진을 넣어두었던 서랍을 열었다. 서랍은 비어 있었다. 카타리나 외에는 아무도 거기에 손댈 사람이 없을 것이다.

유리안느는 문을 열어 젖혔다. 새벽의 정적에 파묻힌 집안 선체를 뒤져서라도 카타리나를 부르려고 마음먹었으나 금세 생각을 고치고는 돌아서 버렸다.

'그 여자가 도대체 무엇 때문에 그 사진에 관심을 가질까? 내가 그걸 갖고 있으면 왜 안 된단 말인가? 혹시 헤클리프 씨가 시켜서 그렇게 한 건 아닐까?'

무엇이든 비밀에 둘러싸인다는 것은 불안한 노릇이지만, 그런 대로 흥분을 자아내게도 했다.

옷을 입은 채 그녀는 잠시 망연히 그대로 서 있었다. 아침 식사를 하라고 누군가가 전갈을 할지 알 수 없었기 때문이다.

그녀는 한참을 기다려도 아무도 부르지 않자, 할 수 없이 아래층 식당으로 내려갔다. 헤클리프의 식탁은 벌써 치워져 있었다. 대신 그녀의 자리에는 텁텁한 귀리죽이 놓여 있었는데, 목에 걸려 넘어가지가 않았다. 그녀는 반을 남겼다.

순간, 자신이 의사의 가난한 식객이란 사실도 잊은 채 카타리나를 불렀다. 하지만 이번에도 아무도 오지 않았다.

그녀는 부엌으로 들어갔다.

"커피나 차를 한잔하고 싶은데요."

"우리 집에선 아침 식사에 차를 마시는 일은 드물어요."

카타리나가 식기를 닦으며 대답했다.

유리안느는 초조하게 한숨을 쉬고는 밖으로 나왔는데, 복도에서 헤클리프와 마주쳤다. 그는 외출복 차림이었고, 생기 있는 얼굴에 푸른빛의 눈이 더욱 빛나고 훨씬 젊어 보였다.

전날보다는 유리안느의 마음에 들었으나, 그런 느낌은 잠시뿐이었다. 다시금 절망에 빠져서 전과 같이 증오감이 들끓었다.

"안녕."

그가 무뚝뚝하게 인사를 해왔다.

"마침 마을로 왕진을 가는데, 함께 가지 않겠어요?"

유리안느는 그게 질문인지 권유인지 명령인지 분간할 수가 없었다.

"네, 가겠어요."

그렇게 대답을 했지만, 선뜻 순종을 한 것에 슬그머니 화가 났다.

"아침에 마차를 달리는 맛도 괜찮겠지. 그리고 창문으로 내다보는 것보다는 풍경이 훨씬 잘 보이겠지."

그녀는 이렇게 혼잣말로 중얼거리며 헤클리프의 조그만 마차에 올라탔다.

그들은 마을을 지나갔다. 날이 밝았는데도 마을은 활기가 없었다. 뿐만 아니라, 문 앞에 누워 있는 잿빛 개들은 마차가 지나가도 머리 하나 까딱하지 않았다.

가방을 메고 학교에 가던 아이들이 헤클리프에게 공손하게 인사를 했다. 느릿느릿한 동작으로 마구간에서 거름을 나르거나 우유 통을 나르던 남자들과 부인네들도 역시 그랬다. 그들은 그를 좋아하는 것 같았다. 사람들의 모습을 통해 그녀는 그걸 확신할 수 있었다.

그들은 성벽을 따라 달렸다. 마차 위에서는 성 안이 전날 저녁보다는 한결 잘 들여다보였다. 빈 담배 파이프를 물고 앞만 바라보고 있는 헤클리프와 얘기를 나누고 싶은 생각은 없었지만, 그녀는 물어보지 않고는 견딜 도리가 없었다.

"이 성의 이름은 뭐고, 누구 거예요?"

그녀는 그 질문을 여러 번 되풀이해야 했다.

"성 말인가요?"

그는 자기 생각에서 겨우 빠져나온 듯한 목소리로 말했다.

"그건!"

그리고는 거기서 말을 중단하더니 이렇게 중얼거렸다.

"이름은 그만두고, 그건 채석장 주인 것입니다."

"성 안에 사나요?"

"아니, 성은 비어 있어요."

"완전히?"

"그래요."

"주인은 어디에 있는데요?"

"외국에."

"왜 다른 사람들을 들어가지 못하게 하나요?"

"알 수 없죠."

"정원에도 출입 금지인가요?"

"그래요."

"유감인데요."

"……."

"그 사람은 다시 돌아올까요?"

말이 개를 겁냈다. 개들이 길에 누웠다가 일제히 말에게 달려들었기 때문이었다. 헤클리프가 개들을 쫓아 버렸다.

그들은 잠시 입을 다문 채 여전히 성벽을 따라 달렸다.

유리안느가 먼저 말을 꺼냈다.

"그 사람을 아세요?"

헤클리프는 그녀를 쳐다보면서 화가 난 듯한 퉁명스러운 목소리로 말했다.

"왜 그런 걸 물어보는 겁니까? 성에는 지금 아무도 살지 않아요."

유리안느는 할 수 없이 입을 다물었다.

길은 성벽으로부터 떨어져서 아래쪽으로 내려가고 있었다. 여기저기 서 있는 목조 가옥들은 마을에 있던 석조 건물보다도 더 초라해 보였다.

헤클리프가 왕진을 하는 동안 유리안느는 집 주위를 서성거리며, 가까이 있는 바위와 골짜기 투성이의 산을 바라보았다.

산 위에서는 쉴 새 없이 차가운 바람이 불어와 그녀의 모피 외투를 파고들었다. 살갗이 얼얼했다.

길거리를 조금 벗어난 곳에 말오줌나무 관목과 소나무 울타리 사이로 쓸쓸한 집 한 채가 보였다. 집 곁을 지나는데 높다란 울타리에서 나뭇가지가 부러지는 소리가 들려왔다. 그녀는 깜짝 놀랐다.

날카롭게 반짝이는 눈과 조그만 얼굴이 울타리 뒤에 숨어 있었다.

"거기 올라가서 뭘 하니?"

유리안느가 소년에게 물었으나, 소년은 이마를 찡그렸다.

"거기 있다가는 바람에 얼어 죽을 거야."

그래도 소년은 세차게 머리를 흔들었다.

"내려와!"

유리안느는 목소리를 부드럽게 고쳤다. 소년은 나뭇가지 사이로 몸을 감춰 버렸다.

유리안느는 주머니를 뒤져 사탕 한 알과 동전 한 닢을 찾아냈다. 그게 주머니에 든 전부였다. 그녀는 소년에게 그걸 보여 주며 말했다.

"내려와. 그러면 이걸 줄게."

그러자 소년은 귀찮게 굴지 말라는 듯 손가락으로 입을 가려 보였다.

　미소를 지어 보였지만 약간 기분이 상해 울타리를 떠난 유리안느는 지나가면서 창문 안을 얼핏 들여다보았다. 어두운 방에 아궁이가 달려 있고, 그 위에 솥이 걸려 있었다.

　유리안느가 천천히 마차 있는 곳으로 되돌아오자, 헤클리프도 왕진을 마친 집에서 나왔다.

　헤클리프는 말고삐를 풀면서 투덜거리듯이 말했다.

　"순박한 사람들이에요. 진찰할 때 함께 들어갔으면 좋았을 텐데……."

　두 사람은 마차에 올랐다.

　유리안느는 집 안의 불결함과 전염병 생각을 하며 말했다.

　"들어가고 싶지 않아요."

　"왜죠?"

　헤클리프가 눈을 치뜨며 쳐다보았다. 그러자 유리안느는 당황한 듯 몸을 돌리며 빠르게 말했다.

　"지저분한 병자 냄새는 싫어요."

　"나를 도와줄 수도 있잖아요."

　헤클리프는 언짢아하는 기색을 감추지 않고 말했다.

　"필요하시다면 함께 들어가겠어요."

　이런 말을 하는 동안에도, 유리안느는 자신이 헤클리프의 요구를 거절할 수 없는 처지라는 생각이 들어서 화가 났다.

그녀는 화끈거리는 얼굴을 돌리고는 주먹을 꽉 쥐었다.

유리안느는 헤클리프의 난폭함에 맞서 마차에서 뛰어내릴까도 생각했지만, 순간 스위스 학교로 보내는 편지가 주머니 속에 들어 있다는 것이 떠올랐다. 그녀는 그걸로 만족할 수밖에 없었다.

"우체통은 어디 있어요?"

헤클리프는 언제나처럼 깊은 생각에 잠겨 그 질문을 듣지 못했다.

유리안느는 되풀이할 양으로 그에게로 몸을 돌렸으나, 초조한 나머지 그에게 자신의 계획을 그런 식으로 암시할 수는 없었다.

그녀는 단도직입적으로 커다란 목소리로 말했다.

"제네바 학교 학장에게 편지를 썼어요."

그러자 헤클리프가 천천히 고개를 들었다. 아직도 무슨 말인지 영문을 모르는 것 같았다.

"그래요? 거기 두고 온 짐을 부쳐 달라는 말도 잊지 말아요."

"아니에요. 그런 걸 쓰지는 않았어요."

그제야 헤클리프가 놀란 듯 쳐다보자, 그녀가 빠른 어조로 말했다.

"비서나 가정교사 자리를 얻고 싶다고 썼어요. 그런데 어디로 가고 있는 거예요?"

유리안느는 고삐를 잡고 마차를 세웠다. 마차는 길을 벗어나 밭에 멈췄다.

헤클리프는 마차에서 내려, 아무 말 없이 말을 다시 길 위로 몰았다. 그리고는 마차를 급히 몰아 붉은 우체통 앞에 멈춘 다음 채찍으로 그걸 가리켰다.

유리안느는 우체통에 편지를 넣고 마차에 다시 올라왔는데, 그녀의 얼굴은 승리감에 취한 표정이었다.

그 표정은 이렇게 말하고 있는 듯했다.

'잠시뿐이다. 모든 건 유령처럼 소리 없이 사라질 거야. 가난과 고독감, 슈타인필트, 헤클리프, 그리고 그 밖의 모든 것들……'

그런 생각들이 좀처럼 그녀에게서 떨어지지 않았던 것이다.

하지만 다음 날도 또 그 다음 날도 똑같은 일의 반복이어서, 어느새 한 주일이 지나간 것도 미처 알아차리지 못했을 지경이었다.

유리안느는 날마다 제네바에서 편지가 오기만을 기다렸다.

우편배달부는 언제나 정오경에 왔다. 오전에 헤클리프와 왕진을 나갔다가 돌아올 때마다 그녀의 눈길은 재빨리 신문이 놓인 테이블 위로 쏠리곤 했다.

3주일이 지났을 때는 오전 왕진을 가는 헤클리프를 따라

나서지도 않고, 방에 남아 창문 곁에 서서 배달부를 기다렸다.

그러나 헤클리프는 가끔 긴장한 눈빛으로 그녀의 얼굴을 바라보기는 했지만 별다른 관심을 나타내지 않았고, 그녀의 얼굴은 나날이 창백하고 초췌해져 갔다.

어느 날 아침, 헤클리프가 유리안느의 방문 앞에 와서 문을 열지도 않고 이렇게 말했다.

"다시 나를 따라 나서도록 해요."

이미 깨어 있던 유리안느가 문을 열었다.

순간 헤클리프는 자기도 모르게 안색이 지나치게 창백해 보이는 그녀의 손을 잡고 맥을 짚었다. 그러자 그녀가 세차게 손을 빼며 말했다.

"걱정 마세요. 절대로 선생님께 폐를 끼치지 않을 테니까요."

"폐가 될 것은 아무것도 없어요."

그의 눈이 살짝 그녀의 얼굴 위를 스쳐 지나가자, 그녀는 입을 다물기로 작정한 듯 아무 말도 하지 않았다.

그가 나가 버리자, 그녀는 창문으로 갔다. 거기서는 우편배달부가 오는 길목을 볼 수 있기 때문이다.

아직도 몇 시간을 기다려야 된다는 걸 알면서도, 누군가가 고원을 넘어올 때마다 그녀는 기대감으로 설레곤 했다. 하지만 넘어오는 사람은 으레 농부거나, 아니면 아이들이거나 노파였다. 그녀는 기대에 어긋날 때마다 실망하면서도, 막상 배달부가 가까이 왔을 때는 달려 나가 편지를 빼앗아 오고 싶을 정도로 미련을 버리지 못했다.

유리안느는 카타리나가 두려웠다. 그녀는 그대로 방에 남아서, 카타리나가 층계를 올라오지나 않나 하고 문에 귀를 대고 엿듣곤 했다. 그러나 시간은 조용히 흘러갔고, 대문은 아무 말 없이 닫혀 버리기 일쑤였다.

몇 주일 뒤에 기다리고 기다리던 편지가 왔다. 하지만 편지를 읽던 그녀의 입에서는 한숨만 새어나올 뿐이었다.

그날, 점심 식사 때가 되어도 유리안느가 식당에 나타나지 않자 서성거리고 있던 헤클리프는 머뭇거리는 걸음으로 층계를 올라갔다. 그런데 유리안느가 방바닥에 쓰러져 있는 것이 아닌가. 그녀는 아무것도 의식하지 못하는 실신 상태에 빠져 있었다.

그녀의 맥을 짚는 헤클리프의 손이 떨고 있는 것처럼 보였고, 물과 알코올을 가지러 계단을 오르내리면서도 몹시 허둥거리는 것이 분명했다. 급기야는 너무나 서두르다가 난간에 걸려 그의 옷자락이 찢어지기까지 했다.

그녀가 정신을 차렸을 때, 바로 눈앞에 그의 얼굴이 보이자 유리안느가 얼떨떨해하며 물었다.

"지금 뭘 하세요?"

"당신은 기절했었어요."

헤클리프가 약병을 열면서 말했다.

"뭐라고요? 잠이 들었을 뿐이에요."

그러자 그녀가 화난 표정으로 쏘아붙였다.

"그래요, 그래. 그러면 이제 식사를 하러 가야겠군요."

그가 너그러운 목소리로 말했다.

헤클리프는 방을 나가 문 밖에 서서, 그녀가 준비를 하고 나서는 소리가 들릴 때까지 기다렸다.

잠시 후 그녀가 식당에 나타났는데, 무언가 새로운 계획을 꾸미고 있는 것 같은 표정을 하고 있었다.

그녀는 오후 시간 내내 편지만 쓰면서 보냈다. 단 한 번 만난 사람이라도 기억에 남은 사람들에게는 편지를 보냈고, 여러 학교의 학장들에게도 편지를 썼다.

우체통에 편지를 넣으려 할 때 우표가 없다는 생각이 났다. 하지만 마을에는 우체국이 없었다.

그녀는 언제든지 떠날 준비를 갖추어 놓은 짐 속에서 돈을 꺼내 헤클리프에게 갔다.

헤클리프는 무관심한 채 돈을 받고 그녀에게 우표를 건네 준 다음 돌아서던 그녀를 불러 세웠다. 그는 우울한 모습으로 서 있는 그녀를 뚫어지게 바라보았다.

"언제나 여기를 떠날 궁리만 하고 있는 건가요?"

유리안느는 갑자기 부드러워진 그의 목소리에 오히려 당황했다.

그녀는 약간의 불안감을 느끼면서 대꾸했다.

"그래요. 그 이유는 잘 아실 텐데요."

"무슨 이유죠?"

"동정받기 싫거든요."

그 말에 그가 벌컥 화를 냈다.

"뭐라고! 내가 동정을 했다고? 동정하는 게 아닙니다. 나를 위해 일을 하는 거고, 그 대신에 필요한 걸 내가 줄 뿐이에요."

"선생님으로부터 독립하고 싶어요."

"세상을 살아가자면 언제나 누구에겐가 매달릴 수밖에 없는 거예요."

"여기에서처럼 억지로 그러고 싶지는 않아요."

그는 눈썹 하나 까딱하지 않았다.

"왜 나를 그렇게 못마땅하게 여기는 거예요?"

그 말에, 유리안느는 머리를 뒤로 젖히며 말했다.

"나를 붙잡아 두려고 하시기 때문이에요."

그는 입을 다물었고, 그녀는 격렬한 어조로 말을 계속했다.

"어떻게 선생님이 후견인이 되신 건가요?"

그녀는 그가 눈썹을 찡그리는 것을 보았다.

"제 질문에 왜 화를 내시는 거죠?"

그의 얼굴에 열병 같은 번쩍임이 스쳤는데, 그는 억지로 정신을 가다듬는 것같이 보였다.

"젊을 때부터 아가씨의 양친과 알고 지냈어요. 그것으로 이유는 충분하지 않을까요?"

그녀는 입을 다물었다. 불안해져서인지 입술을 깨물었다.

그가 말이 없자, 그녀는 어깨를 으쓱하고는 방을 나갔다.

그는 우울하게, 그녀가 편지를 부치러 가는 모습을 창을 통해 내다보고 있었다.

다음 날부터 유리안느는 다시 왕진에 따라 나섰고, 환자가 있는 방 안까지 따라 들어가기 시작했다.

처음엔 방 안의 후텁지근한 악취가 역겨워 밖으로 나오지 않을 수 없었으나, 그것도 점점 익숙해지기 시작해서 며칠 뒤에는 헤클리프가 징그럽게 곪은 종기를 도려내는 모습을 바라보고 있기까지 했다.

그녀는 맘이 내킬 때면 자신이 할 수 있는 일을 해내는 데에 만족감 같은 걸 느끼기도 했다. 하지만 헤클리프가 그녀의 그런 변화에 관심을 갖고 있는지는 알 수 없었다.

하루하루가 지나갔다. 매일 정오 때쯤이면 언제나 편지가 왔다. 편지는 언제나 정중한 거절의 내용뿐이었다.

그러던 중 마침내 한 곳에서 일단 방문해 보라는 내용의 편지가 왔고, 그녀는 그것에 일망의 희망을 갖고 탐욕스러울 만큼 매달렸다.

그녀는 그 얘기를 헤클리프에게 얘기했다.

"그래요? 어떤 건데요?"

"그저 그런 거예요. 물론 가 보겠어요."

그는 이상할 정도로 목청을 높였다.

"좋아요. 가 보도록 해요. 언제 갈 생각이죠?"

"내일. 내일 당장 갈 거예요."

"역까지 데려다 줄게요. 나도 시내에 가야 하니까……."

4월의 새벽녘이었다. 유리안느가 3개월 전에 처음 보았던 그 길로 그들은 마차를 몰고 갔다. 썰렁한 아침 공기에 서리가 끼었지만, 고원에는 부드럽고 여린 풀들이 빛을 내는 가운데 녹색의 가벼운 봄기운이 깔려 있었다. 길이 아래로 내려갈수록 붉은 돌산 뒤의 푸르름이 점점 짙어져 갔고, 시가지 근처에는 벌써 초봄의 관목들이 꽃을 피워 봄이 찾아왔음을 알려 주었다.

알맞은 시각에 역 앞에 도착하자, 유리안느는 헤클리프에게 인사한 후 서둘러서 출구로 향했다. 출구로 들어서기 전, 유리안느는 잠깐 몸을 돌렸다. 그녀의 뒷모습을 바라보고 있는 그의 눈에는 우울과 걱정의 빛이 가득했다.

유리안느도 절망에 빠진 불안스러운 눈빛으로 엉겁결에 그에게 물었다.

"왜…… 무슨 일이에요?"

"저녁에 돌아오는 차를 기다리고 있을 테니 잊지 말아요."

"그러지 마세요. 염려하지 않아도 돼요."

유리안느는 이렇게 소리치면서 출구 문을 세차게 닫았다.

잠시 후 그녀는 삼등칸에 앉아 있었다. 난생 처음으로 노동자들과 아이들 틈에 끼여서 차를 탄 것이다.

기차는 교외로 빠져서 화창한 봄날 속으로 미끄러져 들어갔다. 날씨도 기분 좋았지만, 무엇보다도 헤클리프에게서 해방된 것이 시원해서 날아갈 것만 같았다.

그러나 이내 헤클리프의 우울하고 강한 눈빛이 그녀에게 다가왔다. 그러자 순간이나마 그를 버렸다는 생각이 들어 가슴이 저렸다. 하지만 그런 느낌은 그녀 자신을 놀라움에 빠뜨리면서 몇 가지 사소한 일까지 생각나게 했다. 우선, 그가 정말로 지겨운 야심가인 것만은 틀림없는 것 같았다. 물론 그러한 확신을 믿을 수는 없지만 말이다.

한편으론 그에게 너무나 냉랭하게 대해 왔다는 생각이 들어 미안한 마음이 없지 않았지만, 기차가 역으로 들어섰을 때는 구원이라도 받은 기분이었다.

유리안느는 맨 먼저 출구를 빠져나왔다. 흥분된 발걸음으로 거리를 서둘러서 걸어갔다.

학교 앞에 다다랐다. 학교는 그녀가 알고 있는 다른 모든 학교처럼 잿빛 건물이었고, 기다란 복도는 텅 비어 고즈넉한 느낌을 주었다.

유리안느는 깨끗하게 닦여진 계단을 천천히 올라갔는데, 갑자기 불안감이 몰려왔다. 너무나 익숙한 냄새가 났기 때문이다. 어느 학교에서나 비슷한 왁스 냄새, 스팀 냄새, 상급생이 주로 쓰는 화장품 냄새…… 이런 냄새는 불현듯 그녀 내부에 걷잡을 수 없는 향수를 불러일으켰다.

그녀는 교장실을 노크했다. 한 남자가 큼직한 테이블에 몸을 굽히고 있었는데, 정수리만 보였다.

그 남자가 조심스럽게 말했다.

"앉으세요."

유리안느는 테이블 맞은편 의자에 앉아 어색하면서도 초조한 표정을 감추지 못했다. 남자는 이 돌연한 방문객을 호기심과 궁금증을 가지고 책 너머로 살펴보았다.

그녀는 약간 상기된 목소리로 물었다.

"말씀 좀 드려도 될까요?"

남자는 느릿느릿한 동작으로 책을 치우며 말했다.

"무슨 일이시죠?"

"유리안느 브렌톤이에요. 제 편지에 답장을 주셨더군요."

남자는 손목시계를 들여다보며 형식적으로 말했다.

"기억이 나지 않는데요……."

유리안느는 의심쩍은 눈으로 졸린 듯한 그의 얼굴을 뜯어보았다. 그러면서 자신은 취직자리를 구하고 있다고 그에게 설명했다.

"아, 그 일이군."

남자는 흥미 없다는 표정을 고스란히 드러내며 대꾸했다.

"왜 취직을 하려고 하시나요?"

"편지에 썼는데요……."

유리안느는 놀라서 대꾸했다. 하지만 남자는 뭔가 골똘한 생각에 잠겨 있는 듯 느릿느릿 말했다.

"그래도 무슨 얘긴지 납득이 가지 않는군요."

"분명히 이해가 되는 일일 텐데요."

그녀는 흥분을 감추지 못하고 말했다.

"돌보아 줄 사람도 없으신가요?"

"있어요. 하지만 독립하고 싶어요."

유리안느는 무언지 알 수 없는 부끄러움으로 얼굴을 붉히면서 말했다.

"부모님은?"

그가 그녀 쪽으로 몸을 굽히며 물었다. 내키지는 않았지만 대답하지 않을 수 없었다.

"돌아가셨어요."

그녀의 이 고백이 이 남자에게 굉장한 즐거움을 안겨 준 것 같았다. 그의 얼굴이 갑자기 활짝 펴졌다. 그의 입은 동정심을 나타내는 듯 일그러졌으나 눈이 번득이기 시작했다.

유리안느는 그를 빤히 쳐다보면서, 상대의 태도가 그렇게 갑작스레 돌변한 이유가 무엇인지를 캐 보려 했다.

잠시 시간이 흘러갔다. '이 사람이 대수롭지 않은 호의를 품고 나를 관찰하고 있구나.' 하는 생각이 들었다.

"그렇다면 아가씨는 고아로군요. 젊은이에겐 좀 가혹한 운명이군."

그녀가 완강하게 부인(否認)하는 몸짓을 해 보였음에도 불구하고 그는 계속해서 말했다.

"그런데 뭣 때문에 꼭 취직을 하려 합니까?"

"아아!"

유리안느는 급기야 소리를 지르고 말았다.

"지금 놀리시는 건가요?"

그 남자는 아무렇지 않은 듯이 미소를 지었다.

"여비서나 가발공이 되면 인생이 보다 아름다워질 듯싶은 모양이군요."

유리안느는 속이 뒤집힐 것 같았지만 간신히 추스르면서 어깨를 으쓱했다.

"어떻든 좋아요. 도대체 자리가 있는 거예요, 없는 거예요?"

그 남자는 재미있다는 듯이 껄껄 웃었다.

"너무 그렇게 덤비지 마세요. 거기에 대해 조용히 얘기를 나누어야겠군요. 보조 교사 자리가 있어요. 더 좋은 자리도 있지요. 그런데 지금은 외출 시간이 되어서……."

그가 팔을 높이 쳐들자 커프스가 밖으로 삐져나왔고, 조그만 금시계가 보였다.

"열두 시군."

그 남자는 바쁘다는 표정으로 말했다.

"오늘 밤에 다시 봅시다."

"그건 좀……."

유리안느는 놀라서 소리를 질렀다.

"오늘 밤 안에 집에 돌아가야 해요."

그녀가 또 한 번 얼굴을 붉히자, 그 남자는 즐겁다는 듯이 빙그레 웃었다.

"돌아가야 한다고요? 좋은 자리를 얻자면 그만한 희생은 치러야 되죠. 일곱 시에 내 집에서 기다리겠소."

그 남자는 그녀의 손에 명함을 쥐어 준 다음 모자를 꺼내 쓰고는, 그녀를 앞질러 문 쪽으로 걸어 나갔다.

유리안느는 잠시 동안 텅 빈 복도에 서서 숱한 발자국 흔적이 번쩍이는, 리놀륨을 붙인 복도를 노려보았다. 깊은 절망감에 빠진 그녀는 입술을 꼬옥 깨물었다.

한참이나 지나서야 그녀는 머리를 들어 커다란 창문을 열고 내다보았다. 창에는 시가지의 지붕들과 탑들, 멀리 있는 높은 언덕들이 반사되고 있었다.

유리안느는 가벼운 한숨을 내쉬면서 학교를 나왔다.

길고 긴 오후가 그녀 앞에 놓여 있었다. 그녀는 카페를 하나 찾아냈다. 테라스가 강 위로 뻗쳐 있는 작은 카페였다. 그리로 들어가기 전에 그녀는 잠시 머뭇거렸다. 흰 탁자 위에 꽃이 핀 편도 나뭇가지가 꽂혀 있고, 정원에는 파라솔이 세워져 있어 그곳에 앉은 사람에게 아늑한 분위기를 만들어 주었다.

유리안느는 커피를 주문했다. 속이 쓰렸다. 주머니에는 빵 몇 개쯤 살 만한 돈은 있었지만 도무지 식사를 할 마음이 나지 않았다.

잡지 한 권을 얻어서 읽어 보려고 했으나, 그녀의 시선은 자꾸만 나뭇잎 너머 옆 테이블에 앉아 있는 부인들에게로 옮아갔다.

유리안느는 가만히 주머니에서 손거울을 꺼내 음미하듯 자신의 얼굴을 들여다보았다. 옷은 구겨졌고, 머리핀이 느슨해져 있는 자신의 모습을 볼 수 있었다. 거울을 좀 더 쳐들자 부스스한 머리칼이 보였다. 맥이 빠지고 부끄러웠다. 그녀는 거울을 집어넣어 버렸다.

이런 불쾌한 기분은 얼마 후에 사라졌지만, 그 대신에 방심한 듯한 무관심이 자리를 잡았다. 불현듯 그녀는 자신이 이곳에 소속될 수 없다는 것을 뼈저리게 느꼈다.

그녀는 절망적으로 그런 새로운 깨달음에 사로잡혔다. 그러한 깨달음은 도저히 그 속에서 살아갈 수 없을 것 같았던 세계 속으로 다시 돌아가라고 속삭이고 있었다. 그녀는 자신의 속마음이 슈타인펠트로 돌아가고 싶어 한다는 걸 알아차렸다.

다시금 냉랭하고 김빠진 의사의 집, 죽은 듯 고요한 마을, 완고하고 악착스러운 카타리나, 침울하고 억센 헤클리프의 얼굴 들이 떠올랐다. 그래도 일말의 향수를 떨쳐 버릴 수는 없었다. 그런 느낌이 그녀를 혼란에 빠뜨려서 도무지 갈피를 잡을 수 없는 기분에 젖어들게 했다.

교장 집에 닿았을 때는 여섯 시 삼십 분이었다. 그녀는 조그만 정원에서 서성거렸다. 바깥은 아직 밝아서 창문을 통해 자신의 얼굴이 비쳤다. 그 얼굴은 불안감과 긴장감에 싸인 시선으로 밖을 내다보고 있었는데, 그것이 그녀 자신을 당황하게 했다. 그녀는 어쩔 줄 몰라 머뭇거리며 숲 속으로 몸을 감췄다.

출입문이 열리고 교장이 밖으로 나왔다. 그는 헛기침 소리를 내며 잠시 팔짱을 낀 채 문 앞에 서 있었다. 그 모습은 탐욕스럽게 덮쳐 오려는 동물 같았다.

유리안느는 마음이 상해서 눈을 감았다. 문이 닫히자, 위험한 낌새를 확인한 그녀는 도망치기 시작했다. 그리고 여러 가지 쓰라린 생각이 착잡하게 뒤엉켜서 어떻게 해야 좋을지 몰라 시가지를 배회했다.

우선 잠자리부터 구해야겠다는 생각이 들자 깜짝 놀라 지갑 속부터 계산해 보았다. 아무리 돌아다녀도 호텔에서 빈방을 얻을 수 없게 되자, 그녀는 속으로 오히려 기뻐했다.

어두워졌다. 강에서 올라오는 안개가 온 시가지를 휩쌌다. 오래된 공동묘지 가운데에 있는 조그마한 성당이 보여, 그녀는 그곳으로 발길을 옮겼다. 쌀쌀한 밤바람을 맞으며 길거리에 있기보다는 그곳이 훨씬 따뜻했다.

유리안느는 거기 놓인 의자에 주저앉아 잠이 들어 버렸다. 너무 피곤해서 지쳐 쓰러진 것이다.

그녀가 공동묘지를 떠날 때는 아직 날이 완전히 밝기 전이었다. 메마른 풀이 듬성듬성한 묘지 위에서는 참새들이 먹이를 쪼아대고 있었다.

역에 도착했을 때는 여섯 시가 조금 지난 뒤였다. 반 시간 뒤에 슈타인펠트 행 첫 기차가 있다.

유리안느는 불안하게 역 구내를 서성거렸다. 기차 화통에 그은 육중한 기계창(機械廠) 위로 태양이 서서히 올라오고 있었다. 그리고 화물 열차가 들어와 오랫동안 그대로 서 있었다.

그녀는 화통 곁에 달린 화물칸으로 올라갔다. 차바퀴와 피스톤 사이에서 솟아오르는 증기에서 기분 좋은 온기가 퍼져왔다.

마침내 기다리던 기차가 들어왔고, 그녀는 쉴 새 없이 지껄이는 두 명의 행상인(行商人)과 칭얼대는 젖먹이를 안고 있는 부인 사이에 자리를 잡았다. 시끄러운 속에서도 그녀는 곧 잠이 들었다.

눈을 떴을 때 기차는 벌써 역으로 들어서고 있었다. 그녀는 아직도 잠에 취해서 사람들에게 이리저리 떠밀리며 내렸다.

출구를 빠져나왔을 때에야 비로소 자신이 헤클리프에게 돌아가고 있다는 의식이 분명해졌다.

기쁘지도 괴롭지도 않았다. 그녀는 담담하게 그 사실을 받아들였다. 헤클리프의 집까지는 세 시간의 길이다. 세 시간 동안이나 산길을 걷는 것은 정말로 힘이 들 것이다…… 유리안느는 습관대로 역마차를 탈 생각을 하면서 그렇게 먼 길을 가겠다는 마부를 구할 수 있을지를 걱정했다. 하지만 그와 동시에 그럴 돈이 없다는 데 생각이 미쳤다.

유리안느는 어깨를 으쓱하고는 결연한 마음으로 검고 칙칙한 광장을 지나 걸어갔다. 외투 주머니에 손을 찌른 채 그녀는 빠른 걸음으로 기차역을 빠져나왔다.

앞서가던 사나이의 넓은 등이 순간 시야를 가려 보이지 않았는데, 갑자기 헤클리프의 모습이 나타났다. 그가 층계 앞에서 있는 것이었다. 그들은 서로 뚫어질 듯 바라보았다.

헤클리프의 얼굴빛은 누렇고 움푹한 눈은 충혈이 되었으며 턱과 뺨은 짙은 구레나룻으로 뒤덮여 있었다. 넥타이도, 셔츠 단추도 엉망이었다. 한눈에 그 모든 것이 유리안느의 눈에 들어왔다.

그가 와 있다. 그녀는 자기도 모르게 가슴이 두근거렸다.

'어떻게 된 걸까……. 그는 내가 돌아온다는 걸 어떻게 알았단 말인가?'

그는 파이프에 담배를 담기 시작했고, 유리안느가 그 앞에 가 섰을 때도 쳐다보지 않았다.

헤클리프는 파이프를 물고 불을 붙인 다음 느린 어조로 말했다.

"이제 오는 거예요?"

유리안느는 얼굴이 붉어지는 것을 느끼며 얼른 대꾸했다.

"제가 지금 올 거라는 걸 어떻게 아셨어요?"

"몰랐어요."

"기차 시간에 맞춰 나오신 것 아닌가요?"

"역에 볼일이 있었어요."

그는 땅에 떨어진 말고삐를 주워 올리려고 몸을 굽혔다. 하지만 전혀 서두르는 기색은 없었다.

"아!"

유리안느는 터져 나오는 감정을 억제하기 힘든 듯 갑자기 외마디 비명을 질렀다.

처음으로 그녀의 눈에 눈물이 고였다. 좀처럼 억제할 수가 없었다.

헤클리프가 자기를 보고 있다는 건 문제도 되지 않았다. '그는 나를 기다렸어. 어제 저녁부터 기다린 거야……'

그녀는 눈물로 얼룩진 얼굴을 그에게로 돌렸다. 두 사람의 시선이 마주쳤다. 그런데 그 순간 이상스럽게도 갑자기 무릎에서 힘이 빠져나가는 것 같은 느낌이 들었다.

그녀를 둘러싸고 있는 모든 것 — 회색과 붉은색의 건물들, 골목길의 나무들, 기차와 마차 — 이 아주 멀리 사라져서, 헤클리프만 제외하고는 아무것도 되돌아오지 않을 것처럼 소리도 없이 천천히 밀려가는 것 같았다.

그와 동시에 생소한 어둠이 그녀 위로 몰려왔고, 그녀의 온갖 감정들이 한 점으로 모여들었다. 그것이 너무나 격렬해서 가슴이 아프고 어질어질했다.

유리안느는 헤클리프 쪽으로 한 발 다가갔다. 끝없는 낭떠러지로 떨어지는 기분이었다. 그녀는 허공을 부여잡았다. 그러면서 문득 자신이 무언가 딱딱한 것, 금속 같은 냉기에 매달렸다는 사실을 깨달았다. 또한 확실하지는 않지만, 분명히 무언가를 본 것 같았다.

그녀가 정신을 가다듬었을 때, 헤클리프의 눈은 이미 그녀 앞에 있지 않았다. 그는 느슨한 넥타이를 바로 매고 마차로 뛰어오르고 있었던 것이다.

그 순간에 그가 그녀에게 반말을 했더라도 그녀는 조금도 놀라지 않았을 것 같은 기분이 들었다.

그녀는 기계적으로 그를 따랐다. 그녀가 마차에 오르자마 자 그는 세차게 말을 몰기 시작했다. 지금까지 경험한 적이 없는 빠른 속도로 시가지를 가로질러 달리는 바람에 그녀는 방석에서 미끄러지기도 했다. 하지만 그녀는 한 번도 채찍을 제지하지 않았다. 그런 일은 처음이었다.

길이 가팔라서 도저히 빨리 달릴 수 없는 곳에서도 그는 나는 듯이 거칠게 말을 몰았다. 유리안느는 처음 미끄러졌을 때부터 꽉 잡고 있던 손잡이를 도저히 놓을 수가 없었다.

그녀는 한숨을 쉬었다. 그 한숨소리를 들었는지 헤클리프 가 그녀 쪽을 쳐다보았다. 그러더니 느닷없이 웃음을 터뜨렸 다. 악의나 조롱이 깃든 웃음이 아니라 즐거움과 신바람이 담긴 웃음이었다.

유리안느는 놀라서 그를 바라보았다. 반짝거리는 이빨, 웃 으면서 가늘어지는 두 눈……. 그녀는 두려움과 불안을 완전 히 떨쳐 버리지 못한 채 그를 따라 함께 웃었다.

헤클리프는 천천히 웃음을 거두더니, 뭔가를 가르기나 하는 듯 공중에서 손을 휘저으며 소리를 질렀다. 그리고 갈색의 말 잔등을 노려보았다.

웃음을 띠고 있던 그녀의 얼굴이 점점 굳어져 갔다. 냉기가 엄습해 왔다.

옆에서 보이는 그의 얼굴, 말을 모느라 붉어지고 찌푸린 얼굴, 긴 구레나룻 수염에 뒤덮인 그 얼굴을 그녀는 물끄러미 바라보았다.

유리안느는 다시 한 번 그가 기다려 준 것에 대해 놀라움과 함께 승리감이 뒤섞인 감정을 맛보면서, 어제 하루 동안 있었던 일들을 그에게 들려줘야 할 것 같은 충동에 사로잡혔다. 그러나 꼼짝도 않은 채 노려보듯이 앞만 바라보고 있는 그를 어떻게 불러야 할지 막막해서 그런 충동을 억눌렀다.

정말이지, 그를 어떻게 불러야 할지 난처했다. 그렇다고 '의사 선생님'이라고 부를 수는 없을 것 같았다. 그런 미묘하고도 우스꽝스러운 문제를 해결하는 것은 정말이지 힘들었다.

그런 식으로 그들은 말 한마디 건네지 않은 채 숲과 돌다리를 지나갔다.

유리안느는 말을 꺼낼까 말까 수백 번도 더 망설이면서 자신과 소리 없는 싸움을 벌이고 있었다. 그녀는 생각했다. '어떻게 되든 해야 되겠어. 그에게 모든 걸 얘기하자.'

그러기 전에는 그의 집 문지방을 넘어설 수 없을 것 같았다.

하지만 그녀 자신에게만 관계되는 일을 왜 그에게 얘기해야겠다고 결정했는지, 그 이유에 대해서는 그녀 자신도 확실하게 대답할 수가 없었다.

필요 이상으로 고삐를 꽉 쥐고 있어서인지 유독 힘줄이 퍼렇게 드러난 그의 갈색 손이 보이고, 외투자락 끝으로 그의 손목이 나와 있었다. 그 손목에 흉터가 있는 것을 그녀는 처음으로 보았다. 그 작은 흉터 위로 그녀의 모든 격렬한 감정, 거의 절망에까지 이르게 된 응고된 감정들이 모여들었다. 흉터에는 수술한 자국이 보였다.

'왜 그는 묻지 않을까? 지난밤에 내가 어디 있었건 그에게는 관심 밖의 일이란 말인가.'

그녀는 안타까운 생각이 들어, 갑자기 소리를 질렀다.

"어젯밤엔 기차를 놓쳤어요."

그녀는 자신의 거짓말에 스스로도 깜짝 놀랐다.

'뭣 하러 그런 말을 했을까?'

그녀는 비참한 기분이 되어 자신에게 반문했다.

"그랬군요."

그리고 그는 다시 입을 다물었다.

"그래요. 공동묘지에서 밤을 새웠어요."

그녀가 또 소리를 질렀다.

유리안느는 자신의 시원찮은 농담에 어이없어하며 웃음을

터뜨렸다.

그러나 헤클리프는 환자의 뒤엉킨 열병에서 뭔가 중요한 증세를 찾아내려는 의사처럼, 그녀를 주의 깊게 살피는 것 같았다.

"이상한 취직자리를 얻을 뻔했어요."

그녀는 다시 웃음을 터뜨리며 괴로움으로 일그러진 헤클리프의 얼굴을 살폈다.

그녀는 그에게 소위 '이상한 취직자리'에 대해 설명하고 싶다는 욕망에 사로잡혔다. 하지만 헤클리프는 무척 날카로운 목소리로 일축하듯 말했다.

"그런 덴 흥미 없어요."

그리곤 그는 말에다 채찍질을 해댔다. 덕분에 마차는 가파른 언덕길을 거뜬히 올라갔다.

유리안느는 참을 수 없을 정도로 뜨거운 것이 울컥 치밀어 올라, 헤클리프를 두들겨 줬으면 하는 무의한 욕망에 사로잡혔다.

자기도 모르게 손이 떨렸다. 그녀는 별안간 주먹을 들어 올렸다. 바로 그 순간 그가 몸을 돌렸다. 그녀는 자신의 몸짓을 속일 수가 없었다. 흥분으로 이글거리는 그녀의 눈이 그에게 눈치를 채게 했던 것이다.

그는 멍청한 표정으로 그녀의 조그만 주먹을 바라보다가

갑자기 마차를 세웠다. 그가 이제는 자기를 길 위에 내려놓을 게 분명하다고 생각하자, 그녀는 가슴이 저려오는 만족감을 느꼈다.

그러나 그는 그녀를 한번 쳐다보았을 뿐 더 이상의 변화를 보이지 않았다.

마차는 이제 고원 한가운데 와 있었다. 고원 위로 광활한 하늘이 높이 펼쳐져 있었고, 그 사이로 말똥가리새가 빙빙 돌고, 먼 곳에서는 까마귀가 시끄럽게 울어대고 있었다.

유리안느는 몸을 돌렸다. 갑작스런 흐느낌으로 몸이 흔들렸다. 그녀는 흐느낌을 누르려고 애를 썼으나, 아무 소용이 없었다. 그녀는 너무나 속이 상했지만, 저항하는 것을 포기한 채 방석에 얼굴을 묻고 정말로 섧게 울었다.

헤클리프는 외투 위로 그녀의 팔을 부드럽게 쓰다듬어 주었다. 하지만 그녀는 전혀 그걸 느끼지 못했다.

일그러졌던 그의 얼굴이 점점 펴져 갔고, 막상 그의 입에서 흘러나온 말은 무척 담담해 보였다. 그는 무의식적인 동작만으로도 모든 사념을 떨쳐 버릴 수 있는 것 같았다.

"내 얘기를 들어보겠어요, 유리안느?"

그녀는 방석에 얼굴을 묻은 채 거부하는 몸짓을 해 보였다.

"아무래도 얘기를 나눠야겠어요."

고집스러우면서도 조용한 그의 목소리에 그녀는 자신의 뜻과는 달리 귀를 기울일 수밖에 없었다. 그러나 그녀는 그렇다는 태도를 보이지는 않았다.

유리안느는 눈물에 젖은 얼굴을 고집스럽게 방석에 파묻은 채 구석에 몸을 기댔다.

"당신은 다시 내게로 온 거예요. 현재로는 별달리 좋은 방법이 없어서겠지. 하지만 그게 최선의 길이란 걸 확신한 건 아닌 것 같군요."

그녀는 등의 움직임만으로 그의 말을 부정한다는 시늉을 해 보였다.

"틀림없어요. 오기는 왔지만 당신의 저항심도 함께 갖고 온 거예요. 난 당신이 필요해요. 다시는 동정이니 어쩌니 하는 말을 입에 올리지 않겠다고 결심해요. 이곳 고원은 참을 수 없을 정도로 그렇게 고독하지도 가난하지도 않아요. 당신의 자존심이 상한다는 건 그저 감상일 따름이에요."

그는 유리안느가 화가 나서 거부하는 태도를 보일 때의 모습인 헝클어지고 독특한 그녀의 고수머리를 바라보고 있었다.

새 떼가 길 옆 돌벗나무 덤불 속으로 날아가자 말이 깜짝 놀라 걸음을 멈췄다. 그는 고삐를 잡고 말을 천천히 앞으로 몰아 나갔다.

유리안느는 갑작스런 마차의 진동으로 자세를 바로잡을 수가 없었다.

"요즘 마을에서는 무서운 일이 벌어지고 있어요. 애들이 디프테리아를 앓고 있는데, 아주 악성이라 진찰하기도 어려워요. 목 언저리가 아파서 신음을 하다가 갑자기 고열이 되어 목이 막혀요. 언젠가는 내가 기관지 수술을 해 준 적도 있었지. 마침 제때에 한 거죠. 다른 애들에게는 혈액 주사를 놓아 줬어요. 그래도 두 아이가 그만 때를 놓쳐 버렸죠."

유리안느는 몸을 바로잡고 그의 애기에 귀를 기울였다.

"너무 늦었나요?"

실망한 듯이 그녀가 물었다.

"애들의 영양 상태가 좋지 않아요."

그는 말을 계속했다.

"사람들이 너무나 이해심이 없어요. 게으른 탓이지. 자기 손으로 어떻게 해야 할 판인데 하느님만 찾는단 말예요."

유리안느는 생각에 잠긴 채 입을 다물고 있었다.

"오늘 아침에도 이상한 경우를 봤어요. 아이는 보채는데, 이상한 데라곤 없었거든요. 열도 없고 혀에도 별 탈이 없었어요. 주사를 놔 주지는 않았지요. 단순히 감기일 수도 있으니까. 하지만 안심이 되지 않아요. 내가 떠나온 게 물론 잘못이에요. 당신이 그런 바보짓만 하지 않았더라도……."

'바보짓이라고 하는군.'

그녀는 화가 났다. 그의 우월감 때문에 그녀는 새로운 반항심에 휩싸였다.

헤클리프의 걱정하는 꼴이 유치해 보였다. 그녀는 아무리 해도 반항심을 버릴 수가 없었다.

"저기요……. 저 집에 아이가 누워 있어요."

그는 마을 끝에 있는 어떤 집을 가리켰다.

그녀는 갑자기 불안감에 사로잡혀 소리를 질렀다.

"빨리 달려요!"

마치 그렇게라도 하면 마차를 빨리 달리게라도 할 수 있는 듯 그녀는 방석 가장자리 끝에 바짝 다가앉아 두 손으로 마차를 힘차게 부여잡았다.

다시 한 번 그녀는 헤클리프의 얼굴을 쳐다보았다. 그리고 딱딱하고 긴장된 얼굴로 그 집에서 눈을 떼지 않았다.

그들은 마을 안으로 들어갔다. 문간에는 아무도 보이지 않았다.

유리안느와 말에는 신경도 쓰지 않고, 헤클리프는 집 안으로 서둘러 들어가 버렸다. 유리안느는 말을 매어 놓은 다음, 머뭇거리며 그의 뒤를 따라갔다.

헤클리프는 더러운 소파 위에 누워 있는 아이에게로 몸을 굽히고 비쩍 마른 허약한 가슴 위에다 청진기를 대고 있었다.

큰 키에다 튼튼해 보이는 아이의 어머니가 무릎을 꿇고 그의 다리에 매달렸다. 그는 그 여자를 옆으로 밀어붙이고, 반사경을 꺼내 아이의 입을 벌리고 입안을 살펴봤다.

아이의 아버지는 헤클리프 쪽으로 등을 돌린 채 꼼짝도 하지 않고 창문 곁에 그냥 서 있기만 했다.

유리안느는 창백한 얼굴로 소파 쪽으로 다가갔다. 헤클리프는 반사경과 청진기를 주머니에 넣은 다음 아이의 푸른빛 도는 양손을 가슴에 나란히 올려놓아 주고는 몸을 일으켰다. 그리고는 땀으로 뒤범벅이 된 이마에다 손을 대고는 꼼짝도 않고 그 앞에 서 있었다.

아이의 어머니는 울음을 터뜨렸고, 창문 곁에 서 있던 아버지는 갑자기 몸을 돌리더니 의사인 헤클리프에게로 다가왔다.

그 모습을 보고 유리안느는 무심코 뒤로 물러났다. 하지만 헤클리프는 쳐다보지도 않았다.

아이의 아버지는 순간적으로 헤클리프의 얼굴을 한 대 갈기고는 천천히 그의 곁을 지나 방을 나가 버렸다. 그래도 헤클리프는 꼼짝도 하지 않았다.

유리안느는 조용히 그곳을 빠져나와서 마차 위에 올라앉았다. 그때 잿빛의 큰 개 한 마리가 다가와 문짝을 긁으며 짖어대기 시작했다. 유리안느는 그 소리를 듣지 않으려고 손가락으로 귀를 틀어막고 몸을 잔뜩 숙이고 있었기 때문에 헤클리프가 집에서 나오는 것도 알아차리지 못했다.

그가 마차에 올라타자, 두 사람의 눈이 마주쳤다. 그의 입술이 떨리는 게 보였다.

카타리나는 뒷짐을 지고, 부동자세의 군인처럼 문 앞에서 기다리고 있었다. 그녀는 유리안느를 거들떠보지도 않고, 아무 상관도 없다는 듯한 목소리로 말했다.

"누가 또 왔다 갔어요."

"누가?"

헤클리프가 소리를 질렀다.

"또 왔었다고? 제기랄! 누군지 빨리 말해요!"

카타리나는 대답을 하지 않은 채 멍청하게 입을 벌리고 있었다.

"이건 원 답답해서!"

헤클리프가 카타리나의 팔을 세차게 흔들었다. 하지만 그녀는 여전히 똑같은 자세로 헤클리프의 얼굴을 뚫어지게 바라보고 있다가 겨우 입을 열었다.

"아마 음식점 주인인가 봐요."

헤클리프가 뭐라고 입 속으로 투덜거리면서 그녀를 놓아주자, 카타리나는 신기하다는 듯이 그의 손가락이 닿았던 맨팔뚝에 찍힌 붉은 반점을 들여다보았다.

헤클리프는 망설이지도 않고 마차에 뛰어올랐다. 유리안느는 잠시 머뭇거리다가 그를 따라갔다. 그가 마차를 너무나 빨리 몰았으므로, 울퉁불퉁한 곳을 지나갈 때마다 유리안느는 떨어지지나 않을까 겁이 났다.

그는 어떤 건물 앞에서 마차를 세웠다. 음식점이었다. 비교적 큰 건물로, 멀리서는 그럴듯해 보였지만 가까이 다가가 보니 아주 낡은 건물이었다.

키가 크고 비쩍 마른 부인이 아무 말 없이 헤클리프를 맞이하더니, 널찍한 층계로 앞서 올라가 위층으로 안내했다. 방문을 열었다. 길쭉하고 어마어마하게 큰 방이었다. 냉랭하고 습기 찬 벽 옆에 침대가 놓여 있었다.

부인은 문가에 그대로 서 있었다. 흰 머리가 그녀의 얼굴 위로 헝클어져 흘러내려와 있었고, 유리안느가 그 곁을 지나서 방으로 들어갈 때에도 아무런 희망도 없는 듯한 표정으로 눈을 반쯤 감고 있었다.

유리안느는 지나치게 크고 검은 아이의 눈 때문에, 이내 그가 누구인지를 알아봤다. 고열로 인해 아이의 눈은 더욱 광채를 내고 있었다. 쓰러져 가는 집 근처에서 나무 위에 쭈그리고 앉아 있던 아이였다.

아이는 헤클리프의 동작을 주의 깊게 쳐다보고 있었다. 조그만 것도 놓치지 않으려는 듯한 시선으로 아주 열심히 그의 행동을 살폈다.

아이는 헤클리프가 주사를 놓을 때도 눈썹 하나 찡그리지 않고, 이상스럽다는 듯이 주사 자국을 들여다보았다. 그러다가 신열을 느끼는 듯한 숨을 쉬는가 싶더니, 이내 이불 속으로 파고들었다.

말 한마디 오가지 않는 가운데, 헤클리프는 모든 처치를 끝냈다.

"이걸 매시간 먹이세요. 저녁때 또 오겠습니다."

두꺼운 이불을 걷어 내고 비단 이불 하나와 닭털 이불만 아이에게 덮어 준 다음, 헤클리프는 열에 떠서 벌겋게 된 이마를 쓰다듬었다.

"세바스찬, 네가 할 수 있는 일을 한번 해보자꾸나. 내일 저녁까지는 산에 올라가야지. 힘을 내거라."

소년은 그를 진지한 표정으로 쳐다보며 고개를 끄덕였다.

오후가 되었다. 유리안느는 무릎에 힘이 빠지면서 피곤이 몰려옴을 느꼈다. 그녀는 아직도 식사 전이었다.

"저도 여기 있어야 돼요?"

유리안느가 헤클리프에게 물었으나, 그는 바로 대답을 하지 않았다. 그는 기구들을 가방에 넣은 다음에야 말을 했다.

"우선 식사부터 합시다."

돌아오는 길에 유리안느가 물어보았다.

"그 노부인은 벙어리에요?"

"아니에요."

"그런데 왜 한마디도 말을 안 하죠?"

"말할 필요가 없는 거겠지요."

"이상해요. 왜 그럴까요?"

"모든 게 시들할 테니까요."

"세바스찬의 할머니에요?"

"아니, 어머니랍니다."

"그 부인이요?"

"그렇게 나이가 많은 건 아녜요."

한참 뒤에 그녀가 또 물었다.

"애는 괜찮을까요?"

대답이 없자 그녀는 또 물었고, 그는 칼로 자르듯 말했다.

"모르겠어요."

그리고 사이를 두었다가 덧붙였다.

"지금이 가장 어려운 때예요."

유리안느는 얼굴이 확 달아오르는 것 같았다.

집에 도착한 다음, 그들은 점심 식사를 했다. 그녀는 따뜻한 음식을 정신없이 먹어댔다. 첫날에도 나왔던 기름지고 먹음 직스런 감자튀김이었다. 그동안에 벌써 이곳 음식에 익숙해 진 것이다.

그들이 겨우 식탁에서 물러났을 때는 벌써 두 사람이 의사를 모셔가기 위해 기다리고 있었다.

그들은 새 주사기와 약품을 꾸려서 곧 마을로 달려갔다.

길이 울퉁불퉁해도 눈이 자꾸만 감겨, 그가 마차에서 내릴 때 그녀는 잠이 들어 있었다. 그는 담요로 그녀의 무릎을 덮어 주고는 집 안으로 서둘러 들어갔다.

잠에서 깬 그녀는 마차에 혼자만 남겨졌다는 것을 깨닫자 부끄러웠다. 마차에서 내려 안으로 들어가려는데, 마침 나오고 있는 헤클리프와 문간에서 마주쳤다. 그의 얼굴은 몹시 우울해 보였다.

"사람들은 언제나 일이 늦은 다음에야 온단 말이야……."

그리곤 괴로움과 절망이 담긴 시선으로 뒤를 돌아보았다. 그녀는 마을에서의 그의 생활이 얼마나 고달픈가를 순간이나마 이해할 수 있을 것 같았다.

"세바스찬이나 다른 애들 집에 가서 제가 할 일이 뭐가 있죠?"

유리안느는 차분한 목소리로 물었다.

다음 환자에게로 가는 동안, 헤클리프는 그녀가 해야 할 일을 서둘러서 말했다. 그리고는 소독약 한 병과 몇 개의 유리관을 가방에 넣어 준 다음, 그녀를 어떤 집에다 내려놓고는 계속 달려갔다.

그녀는 손잡이를 잡은 채 문 앞에서 머뭇거리다가 결연한 자세로 문 안으로 걸어 들어갔다.

복도는 연기로 가득 차 있었고, 아이들이 법석거리는 부엌의 나무 침대 위에 병든 소녀가 누워 있었다. 아궁이에 걸린 커다란 솥에서는 역한 냄새가 계속 피어올랐다.

유리안느는 너무나 놀라고 화가 나서 선뜻 다가서기가 겁이 났다.

"의사 선생님이 보내서 왔어요."

유리안느는 이상스럽다는 듯이 쳐다보는 부인에게 말을 건넸다.

"그러세요!"

"아이는 어때요?"

부인은 어깨를 으쓱했다.

"애가 부엌에 있는 걸 의사 선생님도 보셨어요?"

그 말에, 여자는 당황해서 치맛자락으로 얼굴을 문지르며 말했다.

"여기가 더 따뜻해서요."

"그래요. 따뜻하겠지요!"

유리안느가 소리를 질렀다.

"연기는 어떻겠어요? 아이에게 좋겠어요? 다른 곳으로 당장 옮겨요! 방은 어디에요?"

그래도 여인은 머뭇거리기만 했다. 유리안느는 결심이라도 한 듯 문 쪽으로 다가갔다. 그곳은 침실이라기보다는 쓰레기 창고에 가까웠다. 조그마한 창문에는 더덕더덕 때가 끼어서 어두컴컴했고, 침실에서 풍기는 악취로 구역질이 났다.

유리안느는 창문가로 달려갔다. 창문은 뒤틀려서 여는 것이 힘들었다.

"여길 조금 정리합시다."

유리안느가 여자에게 말했으나, 여인은 멍청한 표정으로 그녀가 침대를 손질하는 걸 바라보고만 있었다. 더러운 침대보를 건드리는 순간, 유리안느는 눈을 감아야만 했다. 구역질이 올라왔던 것이다.

눈치를 보면서 아이들이 가까이로 몰려와 손가락을 빨면서 낯선 그녀를 흘깃흘깃 쳐다보았다. 유리안느는 그중 제일 큰 아이에게 소리를 질렀다.

"물통을 가져다가 여기를 깨끗하게 닦아요. 빨리!"

소녀는 어머니의 눈치를 보았다. 어머니는 그러라고도, 말라고도 하지 않았다. 소녀는 곧 물통과 걸레를 갖고 돌아와, 뾰로통한 표정으로 바닥에다 물을 퍼부으며 빗자루와 걸레로 훔치고 닦았다.

유리안느는 고개를 설레설레 저으며 소녀를 바라보았지만, 뭐라고 말을 하지 않고 그대로 보고만 있었다. 어떻게 됐든 바닥은 깨끗하게 되었기 때문이다.

물이 뚝뚝 떨어지는 너덜너덜한 의자를 문 밖으로 내놓자, 문 앞에 앉아 있던 여인이 불만이 섞인 어조로 말했다.

"그건 늘 거기 있던 거예요."

유리안느가 대꾸했다.

"아이가 얼른 병이 낫기를 바라시겠죠?"

여인은 할 수 없다는 듯 묵묵히 의자를 치웠다. 방도 깨끗해졌고, 침대는 뜨거운 굴뚝의 열기로 인해 따뜻해져 왔다. 병든 소녀를 부엌에서 옮겨 올 수 있게 된 것이다.

가냘픈 소녀는 팔에 안겨서도 잠을 잤다. 그 모습을 보자, 유리안느는 이상한 감정에 사로잡혔다. 잠시나마 묘한 느낌이 스쳤던 것이다.

무언지 분명하지는 않은 감정이었다. 그러면서 헤클리프가 생각났다. 동시에, 그녀의 팔에 안긴 연약한 어린 소녀의 몸이 느껴졌다. 여기 일은 그녀 자신이 책임져야 할 것 같다는 생각이 들었다.

설명할 수 없는 그 감정으로 인해 그녀는 잠시나마 행복감에 잠겼다. 그러나 환자에 대한 걱정으로 그녀의 이러한 행복감은 이내 물거품처럼 사라져 버렸다. 건강한 애들에게도 예방주사를 맞히는 게 어떻겠냐고 헤클리프에게 물어봐야겠다는 생각을 했다.

유리안느는 주사를 놓기 전에 체온을 재고 카드에 적어서 침대에 매달아 두었다.

다음은 세반스찬에게 서둘러 갔다. 썰렁한 복도에 젊은이 하나가 기대 서 있었다. 젊은이의 얼굴을 똑똑히 보지는 못했지만 사납고 무서운 얼굴이었다. 사내는 우울하게 가라앉은 눈빛을 번뜩이며 층계를 오르는 그녀의 뒷모습을 바라보고 있었다. 문이 닫히기 전에, 그 사내가 한 달음에 따라오는 소리를 그녀는 듣지 못했다.

아이가 누워 있는 냉기 도는 방 안은 몹시 어두컴컴했다. 아이의 부릅뜬 눈이 벽 위를 헤매고 다녔다. 얼굴은 열에 들뜨고 숨을 쉴 때마다 얇은 속옷이 부풀어 올랐다. 열은 거의 40도를 넘어서고 있었다.

유리안느는 어쩔 줄 몰라 하며, 헤클리프가 걸어올 거리를 내려다보았다.

그때 먼지가 끼어 검은 거울처럼 된 유리에 사내의 모습이 투영되어 보였다. 사내는 그녀에게로 살금살금 다가오고 있는 중이었다.

유리안느는 소리를 질렀다.

"의사 선생님에게 빨리 가 보세요. 빨리요! 빨리 오셔야 한다고 하세요."

"곧 오겠죠."

사내는 시큰둥한 목소리로 대꾸했다.

그녀는 화가 나서 고함을 질렀다.

"아이가 죽을지도 몰라요."

그러자 그는 어깨를 으쓱했다. 유리안느는 어처구니없어

하며 말했다.

"도대체 누구세요?"

"아담이오."

"이 집 식구예요?"

그 말에, 그가 웃음을 터뜨렸다.

"내가 그 애의 형이지."

"형이라고요?"

유리안느는 흥분으로 몸을 떨었다.

"그런데도 의사에게 가지 않겠다고요?"

그는 맥 풀린 손짓을 하며 말했다.

"저 애는 죽지 않을 거요."

매정한 목소리지만 냉랭하다거나 적의는 느껴지지 않았다. 피곤에 지친 무관심일 뿐이었다.

얼마 뒤, 헤클리프의 이륜마차가 굴러오는 소리가 들렸다. 유리안느는 안도의 숨을 내쉬면서 서둘러 문간으로 마중을 나갔다.

헤클리프는 아이의 목과 맥박을 짚어 보고는 유리안느를 향해 말했다.

"이제는 돌아가서 자도록 해요."

"아직은 괜찮은데요……."

"집으로 가시오. 내일 아침 일찍 다시 옵시다."

그날 밤 그녀는 오랫동안 잠을 이룰 수가 없었다. 녹초가 될 정도로 피곤했으나 잠은 오지 않았다. 그녀의 방은 온통 달빛으로 가득 차 있었다.

헤클리프는 아직 돌아오지 않았고, 집 안은 쥐 죽은 듯 조용했다. 카타리나가 있는 옆방에서 몸을 뒤척이는지 침대가 삐걱거리는 소리가 들려왔다. 카타리나도 아직 자지 않고 헤클리프를 기다리고 있다는 생각에 유리안느는 화가 났다.

그러나 세바스찬이나 어린 소녀나 그 밖의 다른 아이들을 생각하자, 그런 노여움은 순식간에 사라져 버렸다.

머리맡 책상에 올려놓았던 쪽지가 생각났다. 그녀는 불을 켜고, 헤클리프가 깨알같이 적어 놓은 아이들의 이름을 읽어 내려갔다.

자정쯤 해서 집으로 돌아오는 헤클리프의 눈에 유리안느의 방에 켜진 불이 멀리서부터 보였다. 며칠 동안 흥분으로 팽팽해졌던 긴장이 한꺼번에 풀리는 것만 같았다.

유리안느는 그가 써 준 쪽지를 손에 든 채 깊이 잠들어 있었다. 그는 잠시 그녀를 들여다보다가 조용히 방을 나갔다.

다음 날 아침 유리안느는 시간에 맞춰 식사를 하러 서둘러 내려갔다. 그러나 그는 이미 나가고 없었다.

그녀는 식탁 끝에 앉아서 부지런히 귀리죽을 먹고는 빵 한 조각을 주머니에 넣고 허둥거리며 밖으로 나갔다. 카타리나가 구두 손질을 해 놓지 않았다는 걸 알았지만 화를 낼 틈도 없었다.

음식점 앞에는 우편물이 쌓인 마차가 한 대 서 있었다. 키가 크고 힘이 세어 보이는 젊은이가 비스듬하게 세워 둔 도르래로 차에서 차례대로 통을 실어 내리고 있었다. 소매를 어깨까지 걷어 올린 갈색의 팔 근육이 짐을 들어올릴 때마다 불끈불끈 솟아올랐다. 푸른 줄무늬가 쳐진 내의가 찢어져서 힘차고 부드러운 등이 그대로 드러나 보였다. 아담이었다.

그는 유리안느를 보자, 굴러 내리려던 통을 붙잡고는 마차 위에서 몸을 굽혀 그녀를 내려다보았다.

"동생은 어때요?"

"모르겠소."

유리안느는 화가 나서 사나이를 쏘아보았고, 그는 웃음을 터뜨렸다. 튼튼하고 누런 이빨이 보였다.

"왜 웃어요?"

그녀는 흥분해서 소리를 질렀다.

"왜 그렇게 내 동생 걱정을 하는 거죠?"

"앓고 있으니까요."

"그게 당신과 무슨 상관이오?"

유리안느가 잠시 머뭇거리자, 그는 또 웃었다.

"그가 돈이라도 줘요? 의사 말이오."

그녀는 화가 나서 입을 다물었다. 그는 태연하게 다리를 꼬고 앉았다.

"건방져요."

그녀가 분통을 터뜨리자, 그는 다시 낄낄거리고 웃었다.

그러나 그녀가 집으로 들어가 버리자, 그는 우울한 표정으로 그녀의 뒷모습을 멍하니 바라보았다.

유리안느는 늦게까지 하루 종일 밖에서 보냈다. 헤클리프는 점심 식사 때도 들르지 않았다.

"의사 선생님은 어디 계시죠?"

카타리나가 수프를 식탁에 올려놓으며 못마땅하다는 듯 물어왔다.

"몰라요."

유리안느는 피곤에 지쳐서 대답하고, 독한 살균 약으로 꺼칠꺼칠해진 자신의 손을 걱정스럽게 들여다보았다. 카타리나는 뾰로통한 표정으로 그대로 식탁 곁에 서 있었다.

"무슨 일이에요? 왜 그러세요?"

"왜냐고요?"

카타리나는 불을 불어 끌 때처럼 입을 삐죽거렸다. 유리안느는 속이 상해서 수프를 마구 퍼먹었다.

카타리나가 다시 말을 시작했다.

"아가씨는 일을 너무 많이 하는군요."

"나도 알고 있어요. 그런데 왜 그런 말을 내게 하지요?"

"아가씨는 내게 너무 불친절해요."

"피곤해요."

카타리나는 잠시 입을 다물었다가 또 입을 열었다.

"아가씨가 의사 선생님을 도와줄 생각이라면, 집안일도 할 수 있겠죠?"

유리안느는 깜짝 놀라 얼굴을 쳐들었다.

"뭐라고요? 요리도, 청소도, 빨래도 해야 한단 말인가요?"

카타리나는 냉랭한 말투로 계속해서 말을 이었다.

"여길 떠나고 싶어요. 내가 하던 일은 아가씨가 잘해 나가 겠지요."

"무슨 말이에요? 그런 식으로 말하지 마세요. 아시다시피 나는 여기 오래 있지 않을 거예요."

"그래요?"

카타리나는 말끝을 흐리며 물었다. 그녀의 눈이 순간 반짝 거렸다.

"그래요? 오래가 아니라고요? 얼마나? 일 년?"

"그걸 어떻게 알아요? 식사나 하게 해 줘요, 카타리나. 다시 마을로 가야 해요."

카타리나는 뻣뻣한 걸음으로 부엌으로 들어갔다.

'내가 무슨 얘기를 했던가? 여기에 오래 있지는 않겠다고?

왜 그런 말을 했을까?'

유리안느는 생각에 잠겼다. 그녀는 뒤죽박죽이 된 마음으로 포크를 놓고 서둘러서 밖으로 나갔다.

유리안느는 오후 늦게 세바스찬에게로 갔다. 헤클리프는 거기에 있었다. 걱정스러운 눈길이었다.

"늑막인데."

그가 말했다.

"당신이 전포(纏布)를 해 줘야겠어요."

그녀는 묻는 듯한 눈초리로 그를 쳐다보았다.

"전포 말이에요."

그가 되뇌었다.

"아직 해 보지 않았어요?"

그는 식탁에서 천을 찢어냈다. 그리고 머리맡 책상에서 플란넬 천을 찾아내서는 그걸로 유리안느를 단단히 묶었다.

"이렇게!"

그가 말했다.

"이제는 할 수 있겠죠?"

유리안느는 잘 알 수가 없었다. 그의 곁에만 있으면 정신이 얼떨떨했던 것이다. 그러면서도 그녀는 고개를 끄덕였다.

"됐어요."

그는 가방을 꾸려 가지고 나가면서 누구한테라고 할 것도 없이 소리를 질렀다.

"내가 올 때까지 여기에 그대로 있어요."

얼마 뒤에 세바스찬이 잠에서 깨어났다. 유리안느는 얼른 헤클리프에게 배운 대로 붕대를 감아 주었다. 그럴듯하게 되는 게 신기했다. 헤클리프가 돌아와서 이걸 알아주었으면, 하는 생각이 들었다. 아이는 다시 잠이 들었다.

그녀는 방석을 나사로 쥔 불편한 의자 하나를 창가에 끌어다 놓고 창틀에 팔을 올려놓은 채 음식점 앞 광장을 내다보았다. 그녀는 세바스찬의 빠른 숨결에도 신경을 썼다. 창밖으로 잿빛의 큰 개들이 보였다.

개들은 잎이 듬성듬성하게 돋은 그늘진 밤나무 밑에서 서성거리다가 돌아다니기도 하고, 물을 먹을 양으로 그 긴 코를 우물에 들이밀기도 했다. 그러던 개들은 무엇에 질렸는지 뒤로 주춤 물러났다가 잠시 후에 조심스럽게 우물 곁으로 되돌아갔다.

그런 광경은 어둠이 밀려올 때까지 계속되었다. 유리안느는 피곤에 지쳐 눈이 감길 때까지 넋을 잃고 그 광경을 바라보고 있었다.

헤클리프가 돌아왔을 때는 벌써 어두워진 뒤였다.

"별일 없었어요?"

그는 가방에서 청진기와 체온기를 꺼내면서 낯선 사람이라도 대하듯 그녀를 쳐다보지도 않고 말했다.

"이젠 집으로 가도 되겠어요."

유리안느는 차분한 목소리로 말했다.

"그 애의 병세쯤은 말씀해 주셔도 좋지 않을까요?"

그는 놀랍다는 듯 그녀를 바라보면서도 계속 세바스찬의 맥박을 재고 있었다. 그녀의 질문을 잊어버린 것 같았다. 잠시 대답을 기다리다가 그녀는 재킷을 걸쳤다.

"안녕."

유리안느는 거만스런 말투로 말하곤 나와 버렸다. 멍청하게 그녀의 뒷모습을 바라보는 헤클리프의 시선을 그녀가 알 턱이 없었다.

그녀는 우울한 기분으로 컴컴하고 고요한 골목길을 걸었다.

"의사 선생님, 들어와 보세요. 우리 애가 앓고 있어요."

누군가가 그녀를 갑자기 불러 세웠다. 그 말에 그녀는 웃음을 참을 수가 없었다. 기쁘기도, 놀랍기도 한 심정이었다.

그녀는 열을 재고는 아이의 목을 들여다보았다. 디프테리아라는 걸 금세 알 수 있었다.

그녀는 얼른 의사를 불러 오겠다고 약속을 하고 그곳을 나왔으나, 음식점으로 들어갈 엄두를 낼 수가 없었다.

그녀는 어둠 속 우물 곁에 앉아서 기다렸다. 큰 개 한 마리가 그녀를 스쳐 지나가자, 그녀는 개를 쓰다듬어 주려고 했다.

그러나 막상 손을 내밀자, 개는 웅크리며 소리 없이 뒤로 물러났다.

음식점 문은 닫혀 있었다. 그녀는 추위에 떨며, 헤클리프와 아담 생각을 하자 화가 났다. 그녀는 실망감과 슬픔으로 두 사람을 한데 묶어 생각했다.

마침내 헤클리프가 나왔다. 어린아이 집까지의 거리는 무척 짧았지만, 그동안 그들은 아무런 말도 없이 우울하게 걸어갔다.

유리안느가 물어보았다.

"이젠 집에 가도 되겠어요?"

그는 이미 그 집 층계를 올라가고 있었다.

"물론이죠."

그녀는 주체할 길 없는 슬픔을 억누르며 느릿느릿하게 집으로 걸어갔다.

다음 날 아침 식사 때야 그녀는 헤클리프를 만났다. 그는 걸쭉한 수프를 먹으며 의학 잡지를 읽고 있는 중이었다.

유리안느는 망설이면서도 여러 번 말을 걸어 보려고 했다. 하지만 그녀가 말을 꺼내는 데는 꽤나 오랜 시간이 걸렸다.

"오늘은 집집마다 다니면서, 어떤 아이가 목이 아픈지 알아보겠어요. 매일 그렇게 하겠어요. 그런 식으로 하면 뭐든 그냥 지나치게 되지는 않을 것 같아요."

"그래요. 그렇게 해 봐요."

헤클리프는 말하면서 계속 잡지를 넘기고 있었다.

그녀는 입술을 깨물었다. 눈에 눈물이 고인 것 같아 접시에서 고개를 들 수가 없었다. 헤클리프가 일어서며 던지는 인사에도 그녀는 대꾸할 수가 없었다.

오후에는 제네바에서 커다란 상자 몇 개와 바이올린이 도착했다. 그녀는 짐 꾸러미를 방 안에 그대로 둔 채 몇 주일이 지나도록 풀어 볼 여유가 없었다. 전염병이 절정에 이르렀던 것이다.

어떤 때는 환자 집에서나 잠깐잠깐 헤클리프를 만날 수 있을 뿐이었다. 그는 무섭게 수척해 있었다. 그녀는 그런 그에게 동정심을 느끼며 늘 지켜보았다. 그 사람과 함께 살아가는 데 익숙해지는 것이 스스로도 신기하게 여겨졌다.

몇 주일 후, 아이들은 위험한 고비를 넘겼다. 제일 심하던 세바스찬도 처음으로 유리안느에게 이끌려 따뜻한 햇볕을 쬘 수가 있었다.

그녀는 이제는 별달리 더 할 일이 없었기에 짐을 풀어 보기로 했다.

카타리나가 문가에 나타났을 때, 그녀는 마침 상자를 뜯고 있던 참이었다.

"너무 시끄럽게 망치질을 하지 말아요. 의사 선생님이 지금 주무시고 계세요."

카타리나의 목소리는 망치 소리보다 더 크게 들렸다.

유리안느도 일손을 멈추지 않은 채 그만큼 크게 소리를 질렀다.

"의사 선생님이 아직 깨지 않았더라도, 당신의 목소리에 깨었을 거예요. 의사 선생님은 10분 전에 나갔어요."

유리안느는 더욱 세차게 뚜껑을 열어젖혔다. 카타리나는 여전히 문지방에 서 있었다.

"무엇이 들었는지 알고 싶거든, 그냥 조용히 들어오세요."

카타리나는 또박또박한 말투로 대꾸했다.

"아가씨한테 얘기하러 왔어요. 진찰실에 있는 기구들을 깨끗하게 정돈했으면 좋겠어요."

"뭐라고요?"

"진찰실에 있는 기구 말이에요. 이제는 환자가 없으니 시간이 남을 거 아니에요. 난 이제 선생님 물건에는 손도 대고 싶지 않아요."

"카타리나, 그따위 쓸데없는 소리를 그만두지 않으면 의사 선생님께 모두 일러바치겠어요."

"아가씨가 무슨 얘기를 하든지 이젠 상관없어요."

미움과 절망이 뒤범벅이 된 목소리였다. 유리안느는 의아스런 표정으로 카타리나를 쳐다보았다.

"무슨 얘긴지 해 봐요, 카타리나. 나 때문에 마음이 불편해요? 그건 쓸데없는 생각이에요. 카타리나, 내가 이 집에 어떻게 오게 된 줄 알 텐데요. 의사 선생님이 내 후견인이라는 걸 모르셨던가요? 게다가 언젠가 말한 적도 있어요. 여기 오래 있을 생각은 없다고."

"설명할 필요는 없어요."

"그렇다면 좋아요. 그러면 뭘 바라는 거예요?"

그녀는 약간 장난기 섞인 말투로 물었다.

"누구든 여기 있을 수 있겠죠."

"무슨 뜻이죠?"

"아가씨 자신도 벌써 알았을 텐데요."

"카타리나, 가세요. 다른 생각은 없어요. 나를 싫어할 테면 싫어하세요. 나도 그러겠어요. 서로 아무 상관도 말아요."

"아가씨가 원한다면야. 이 방에 누가 있었는지 얘기해 드릴까요……?"

거기서 그녀는 말끝을 흐렸다.

유리안느는 얘기하면서도 바이올린을 풀어서 음을 고르기 시작했다. 음을 고른 다음에 화음을 내보았다.

그녀는 흥분에 떨며 눈물을 글썽거렸다. 그녀는 갑자기 바이올린을 턱에 바짝 댄 채 독한 소독약으로 갈라터진 손을 들여다보았다. 줄에 닿을 때마다 손이 쓰라렸다. 화가 나서 이마를 찌푸린 채 그녀는 다시 시작해 보려 했으나, 그런 손으로 바이올린을 켜는 건 무리였다. 그녀는 한숨을 쉬면서 바이올린을 다시 가죽케이스에다 넣어 버렸다.

그 다음에 옷 보따리를 풀기 시작했다. 부드러운 눈길로 그녀는 아름다운 옷가지를 살펴보았다.

이런 옷은 슈타인펠트에서는 도저히 입고 다닐 수 없다고 여기면서도 갑자기 그중 하나를 입어보고 싶어졌다. 한참이나 고르고 고른 끝에 결국은 붉은 꽃무늬가 박힌 은회색 옷으로 결정을 내렸다. 검은 고수머리를 매만지며 그녀는 거울 속을 들여다보았다.

그때 마당에서 헤클리프의 마차 소리가 들려왔다. 그녀는 거울에서 떨어져서 얼른 옷을 벗기 시작했다. 그러다가 별안간 동작을 멈추고, 잠시 고개를 숙였다가 결연히 몸을 일으켜 옷에다 다시 단추를 채워 버렸다.

다시 거울 앞에 섰을 때는 거만스런 미소는 사라지고, 약간 흥분된 얼굴이 되었다.

얼마 후 식사 시간이 되자, 그녀의 가슴이 세차게 뛰었다. 부엌에다 대고 소리를 지르는 그의 목소리가 들려왔다.

"아가씨를 불렀어요, 카타리나?"

대답을 기다릴 틈도 없이 유리안느가 식당으로 들어섰다. 헤클리프는 언제나처럼 의학 잡지를 읽다가 쳐다보지도 않은 채 그녀의 인사를 받았다.

순간, 그녀는 격렬한 호기심에 사로잡혔다. 가슴을 두근거리며 걸음을 걸을 때마다 비단 옷자락이 살랑거리는 소리가 들려왔다. 그러다가 갑자기 소용돌이치던 긴장감이 풀려 버리면서 우스꽝스럽다는 생각이 밀려왔다.

바로 그 순간이었다. 그가 쳐다본 것은…….

헤클리프는 시력이 나쁜 사람처럼 눈을 가늘게 떠 바라보다가, 다시 의학 잡지로 시선을 돌려 버렸다.

유리안느는 맥이 빠져서 자리에 앉았다. 이마에 식은 땀방울이 번졌으나, 헤클리프가 눈치를 챌까 두려워서 땀을 닦을 엄두도 내지 못했다.

그녀는 접시에 얼굴을 떨어뜨린 채 걸쭉한 귀리죽을 먹었다. 헤클리프가 나가 버린 뒤에도 그녀는 한참이나 그대로 앉아서 입술을 깨물다가 천천히 자리에서 일어섰다.

그때 문이 열렸다. 식탁을 치워도 괜찮을지 살펴보려고 카타리나가 머리를 내밀었던 것이다. 카타리나의 시선이 유리안느에게 못 박혔다.

유리안느는 우울한 기분으로 거기에 서서, 무표정하던 카타리나의 눈동자가 얼어붙는 것을 자세하게 살펴보았다.

카타리나가 느릿느릿 입을 열었다.

"그 옷은……."

너무도 놀란 목소리여서, 유리안느도 순간 당황했다.

"옷이 어떻단 말이에요?"

"그 옷은……."

카타리나는 머리를 흔들었다.

"무슨 일이에요?"

유리안느가 초조해 하며 물었다.

카타리나는 겨우 정신을 차린 것 같았다.

"아가씨, 그 옷 어디서 났어요?"

"어디서 났냐고요? 모르겠어요……. 어머니가 물려주신 물건 속에 있었던 것 같아요."

카타리나는 거의 신경질적으로 말했다.

"아가씨, 그 옷을 다시는 입지 마세요."

"왜요?"

"우리 마을에선 어울리지 않아요."

카타리나가 다른 말을 하려고 했다는 걸 단박에 느낄 수 있었다.

"왜 안 되지요? 그 이유를 말해 보세요!"

카타리나는 식탁을 치우면서 의식적으로 목소리를 높였다.

"그 옷은 의사 선생님의 마음에 들지 않을 거예요."

"그래요? 왜 그렇게 생각하는데요?"

유리안느도 약간 목소리를 높였다. 카타리나는 아무 소리도 못 들은 것처럼 반응을 보이지 않고 하던 일을 계속했다.

"말 좀 해 봐요, 카타리나. 왜 걱정이에요? 뭘 입든 뭘 하든, 의사 선생님 마음에 들든 들지 않든 그게 무슨 상관이에요?"

카타리나는 부엌으로 그릇을 모두 옮긴 다음 문을 닫아 버렸다. 아무튼 그녀로부터 더 이상 아무것도 알아낼 수 없다는 건 분명했다.

다음 날 오전에 집을 나섰을 때, 밤새 잠을 이루지 못해 피곤해진 눈으로도 고원에 봄이 찾아왔다는 것을 단박에 알 수 있었다. 꽃들이 벌써부터 피어 있었는지, 그렇지 않으면 그날 아침에 갑자기 꽃봉오리가 터졌는지 아리송했다. 하지만 갑작스런 봄이 그녀를 당황스럽게 만들었다.

그녀는 놀람과 불안과 우울증이 뒤섞인 기분으로, 마을을 둘러싸고 있는 과수원 사이로 천천히 미끄러져 들어갔다. 무성한 자두와 버찌 나무의 향내가 바람 잔 여름날처럼 따뜻한 하늘 밑으로 퍼져 그녀의 숨결 속으로 파고들었다.

아름답구나……. 그녀는 흥분과 슬픔에 떨면서 점점 깊은 사념 속으로 빠져 들어갔다.

이건 참을 수 없을 정도 아름답군……. 마음속으로는 가을의 낙엽이나 늦가을의 서릿발 내리는 하늘이었으면 하면서도 흥분이 느껴지는 건 어쩔 수가 없었다.

'헤클리프 씨는 어디 있을까? 갑자기 그에게 무슨 일이라도

생긴 것은 아닐까……?'

유리안느는 울타리에 기댄 채 그의 마차 소리라도 들으려는 듯, 거기에 꼼짝 않고 서 있었다. 꿀벌들이 꽃망울 속에 윙윙거려 그녀의 귀에는 규칙적으로 그 소리만 들릴 뿐이었다. 게다가 여러 날 동안 불면의 밤을 보낸 탓에 골치까지 쑤셨다.

점심시간이었다. 그녀는 불현듯 성 안에 들어가 보고 싶은 생각이 나, 한적한 골목길을 골라 높다란 담장 쪽으로 걸어갔다. 하지만 들어갈 만한 데라곤 한 군데도 없었다.

철책 사이로는 꽃이 만발하여 제멋대로 헝클어진 관목이 보이고, 그 안쪽에서는 활기에 찬 새들의 달콤한 지저귐 소리가 새어나왔다. 그럴수록 들어가 보고 싶다는 맹렬한 호기심이 일어났다.

근처에 혹시 보는 사람이라도 있지 않을까 싶어 주위를 살펴본 다음, 그녀는 철책을 기어오르기 시작했다.

철책은 미끄러워 꽉 붙들 수도 없었다. 그녀는 한숨을 지으면서 미끄러져 내렸다. 그녀는 긁힌 손을 내려다보았다. 성문이나 담으로 막혀 있다는 게 그녀를 더욱 못 견디게 유혹했다. 그녀는 성벽을 따라 걸었다. 시계가 열두 번을 쳤으나 점심 식사 따위는 염두에도 없었다.

그녀는 반시간 뒤에 다시 성문 앞에 서 있었다. 더위로 숨이 막혔다. 아무래도 들어갈 만한 문은 하나도 없었으며, 기어오를 수 있는 낮은 성벽도, 매달려 넘어갈 만한 나뭇가지도 없었다.

집에 돌아왔을 때는 아직 그릇이 식탁에 그대로 놓여 있었으나, 카타리나의 모습은 보이지 않았다.

점심 식사는 화덕 위에 올려져 있고, 화덕의 불은 꺼져 있었다. 뚜껑을 열어 자기 몫으로 남은 걸쭉한 수프 냄새를 맡아 보았다.

아궁이에서 불덩이를 찾아보다가 그녀는 헤클리프와 마주쳤다.

"벌써 식사를 끝냈어요?"

그녀는 고개를 저었다. 그는 그녀의 손에 들린 빵을 가리켰다.

"그것뿐이에요?"

그녀는 빵을 씹으며 고개를 끄덕였다.

"어떻게 된 거예요? 아무것도 없어요? 카타리나에게 얘기해 뒀는데……."

"있어요, 있기는 해요. 그런데 식었어요."

"식었다고? 데우면 되겠지."

"그럴 필요 없어요."

그녀가 그의 곁을 지나 층계로 올라가려고 하자, 그가 길을 막았다.

"쓸데없는 고집은……. 빵 한 쪽으로는 안 돼요. 그런데 카타리나는 어디 갔지?"

그가 부엌으로 들어갔다. 아무도 보이지 않자, 그는 어깨를 으쓱했다.

그는 조금 전에 유리안느가 한 것처럼 단지와 화덕을 살폈다. 유리안느는 웃음이 터져 나왔다.

그는 놀랐는지, 그녀 쪽으로 몸을 돌렸다.

"아무것도 아니에요."

그녀는 당황해서 얼른 말했다. 그는 불씨를 뒤적거리며 거기다 장작을 넣었다. 곧 불이 붙었다.

"자, 이제 식사해요."

그러면서 그는 몸을 일으켰다.

"우리들이 언제나 제 시간에 점심 식사를 하면 더 좋을 텐데."

우리들이라고 그가 말했다……. 그녀는 소스라치게 놀랐다. 그리고는 얼떨결에 말을 해 버리고 말았다.

"성에 들어가 보려고 했어요. 문이 닫혔더군요. 거기서 이런 생각을 했었어요……. 뜰을 뛰어다니는 생각 말이에요. 멋질 거예요."

"그래요, 그래. 성은 넓으니까."

그가 말했다.

"성에 들어가 본 적 있으세요?"

"나 말예요? 물론 들어가 보았죠. 먼 옛날에……. 벌써 오래 전이었어요."

"그때는 주인이 살아 있었나요?"

"그래요."

"그런데 왜 주인이 그렇게 오랫동안 나가 있어요?"

"이제는 식사를 해요. 수프가 또 식겠어요."

그는 재빨리 부엌에서 나갔다가 다시 문을 열고 말했다.

"오후에는 함께 갔으면 좋겠어요. 당신이 바이올린 켜는 소리를 들었는데, 단 한 번이라도 음악을 듣고 싶어 하는 환자들이 많아요."

그는 문을 닫았고, 유리안느는 식탁에 앉아 수프를 먹었다. 그러는 동안 환자들 앞에서 연주하는 자신의 모습을 떠올려 보았다.

'안 돼! 그럴 수는 없어. 왜 그는 한 번도 내게 부탁하는 투로 말하지 않을까⋯⋯. 난 연주하지 않을 거야. 그를 이렇게 돕는 것만으로도 충분해.'

그렇게 결심을 굳혔지만, 기분이 좋아지지는 않았다. 그런 언짢은 기분으로 그녀는 접시를 거칠게 밀어 둔 채 한참이나 팔을 괴고 앉아 있었다.

'정말이지, 그의 소원을 다 들어 줄 필요는 없어.'

그녀는 반항심에 불타 자신에게 다짐했다.

'나를 맘대로 할 수 있다고 생각하는 모양이지. 지금까지만 해도 벌써 많이 도와줬는데, 내가 혹시 절망에 휩싸여 어쩔 수 없이 그를 쳐다보고 있다고 상상하는 건 아닐까? 도대체 그의 위압적인 태도가 마음에 들지 않아. 한 번도 간청을 하거나 감사하다는 말을 하는 법이 없었단 말이야. 언제나 '이랬으면 좋겠소.' 하는 투였어. 안 돼! 나는 싫어.'

그녀는 일어섰다. 그러면서도 그녀는 헤클리프의 마차를 타고 시골길을 달려갔다.

그날 밤에 유리안느는 소란스러운 소음으로 인해 갑자기 잠에서 깨어났다. 그녀는 귀를 기울였다.

소음은 마을에서 들려오는 것이었다. 사람들이 뭐라고 큰 소리로 자꾸만 불러대고 있지만, 무슨 소리인지 알아들을 수가 없었다. 간간이 풀피리 소리가 들려왔다.

'불이다!'

그녀는 놀라서 침대에서 빠져나왔다. 창살 때문에 머리를 밖으로 내밀 수가 없었다.

그녀는 서둘러서 옷을 입고 아래로 뛰어 내려갔다. 대문은 열려 있었다. 헤클리프와 카타리나도 밖으로 나간 게 틀림없었다.

만월이었다. 한밤이었지만 대낮처럼 밝아, 교회 탑에 걸린 시계도 볼 수가 있었다. 자정쯤이었다. 잿빛의 돌 지붕이 번쩍였고, 성벽과 골목길에는 그림자가 드리워져 있었다. 바람 한 점 없이 조용해서 집 앞에서는 나뭇잎 하나노 움직이지 않았다.

하지만 겨울 날씨처럼 써늘했다. 사람들은 무언가를 팔에 끼고 골목길로 뛰어가고 있었다.

유리안느는 어떤 사람에게 소리쳐 물었다.

"무슨 일이죠? 불이에요?"

하지만 대답을 들을 수 없었다. 그녀는 추위에 잠시 집 앞 돌층계에 웅크리고 앉았다가 사람들 틈에 휩싸여 달려갔다.

그녀는 어떤 사람의 팔을 붙들고 물었다.

"도대체 무슨 일이 생긴 거예요?"

"서리가 내려요."

누군가 소리를 질러댔다. 이해할 수가 없었다. 그들을 따라서 마을 앞 과수원이 있는 곳까지 따라갔다.

사람들이 이리저리 뛰어다녔다. 그들은 나무와 덤불더미를 과일나무 사이에 쌓아 올리느라 법석이었다. 왜 그러는지 통 알 수가 없었다. 그들은 마을에서 건초 다발을 갖고 왔다. 유리안느는 울타리에 기대서서 무슨 일이 벌어지는지를 궁금해하며 기다렸다.

점점 소란스러워져 갔고, 사람들은 우왕좌왕했다. 개들도 돌아다녔다. 꽃이 핀 과목들이 밝은 달빛 속에서 희고 빳빳하게 서 있었다.

어떤 남자가 그녀 가까이로 지나가다 들고 있던 나무 다발로 그녀의 팔을 스쳤다. 그녀는 깜짝 놀라 돌아보았다. 헤클리프였다.

유리안느는 그의 모습을 보려고 몸을 숙였으나, 그는 이내 짚더미 둘레에 서 있는 사람들 속으로 사라져 버렸다.

그녀는 어두컴컴한 사람들 속에서 그를 찾아내는 데 정신이 팔려, 아까부터 그녀 바로 곁에서 들려오는 작은 소리에는 주의를 기울이지 못했다.

그녀가 겨우 그 소리를 알아듣고 몸을 들렸을 때, 거기 관목더미 속에서 반짝이는 소년의 눈이 보였다.

"이리 와!"

그녀가 말했으나 소년은 고개를 저었다. 도망치려고 하지는 않았다.

"집에 가거라! 넌 자야 해!"

그래도 소년은 말없이 고개만 저었다.

"그러다가 또 병이 날 거야. 그러면 의사 선생님도 너를 다시는 치료해 주지 않을걸."

세바스찬은 어깨를 으쓱했다. 소년은 앓는 동안 무섭게 자랐다. 이제는 껑충하게 크고 비쩍 마른 모습으로, 소년은 고집스럽게 그녀 앞에 버티고 서 있었다. 갑자기 어린애로 보이지 않았다.

유리안느는 잠깐 망설이다가 그 아이에게 외투 밑으로 들어오라고 말했다.

"춥지 않아요."

소년이 입을 열었다.

"그래? 춥지 않다고? 그런데도 너는 떨고 있구나. 자, 이리와. 이 바보야!"

아이는 머뭇거리면서도 그녀의 말을 따랐다. 그녀는 옷자락을 넓게 펴서 그를 감싸 줬다.

과수원은 점점 조용해졌다. 사람들은 떼를 지어서 높다랗게 쌓아 놓은 나무더미 곁에 서 있었다.

마을에서 횃불을 든 사람들이 가까이 왔다. 사람들은 불을 댕겼다. 사방에서 불길이 타 올랐다.

"저러면 안 되는데⋯⋯. 저렇게 하는 게 아닌데."

사내아이는 흥분해서 소리를 질러댔다.

"뭐라고?"

유리안느가 물었다.

"불꽃을 내서는 안 돼요. 그냥 연기만 피워야 되는데."

아이가 소곤거렸다. 그가 얼마나 불 있는 쪽으로 뛰어가고 싶어 하는지 알만 했다.

곧 사방에서 불꽃이 퍼져 갔다. 사람들은 나무에다 물을 뿌리며 버들가지와 젖은 풀이나 물기가 있는 흙을 던져 올렸다. 기세가 꺾인 불꽃은 나지막하게 타기 시작하면서 짙은 연기가 올라왔다.

세바스찬은 그제야 됐다는 듯 한숨을 내쉬었다. 차가운 공기에 눌린 짙은 연기가 무겁게 과수원 위로 내리덮였다. 바람 한 점 없었다. 연기가 나무 위로 기어 올라갔다. 세바스찬은 열심히 지껄이고 있었다.

"저렇게 해야 돼요. 저렇게 하지 않으면 서리가 과일 끝을 전부 시들게 하거든요."

사람들은 천천히 마을로 되돌아갔다. 달을 뒤덮는 짙은 연기로 누가 누군지 분간할 수가 없었다.

그때 갑자기 누군가가 유리안느 앞에서 걸음을 멈췄다. 그가 누구인지 목소리로 알 수 있었다. 아담이었다.

"넌 여기서 뭘 하니?"

그는 세바스찬의 외투를 뒤로 밀어젖혔다.

"집으로 가! 애들은 여기 있어 봤자 소용없어!"

그는 세바스찬의 팔을 끌어내리려고 했다. 소년이 그에게 세차게 저항했기 때문에 그는 완력을 써야만 했다. 그는 갑자기 비명을 지르며 동생의 팔을 놓았다.

"이 망나니가!"

아담은 세바스찬이 할퀸 손을 문질렀다.

"집에 가야 돼."

아담이 세바스찬의 어깨에 팔을 올려놓으며, 옆에 서 있는 유리안느를 향해 말했다.

"내가 집으로 데려다 줄 거예요. 가자, 세바스찬."

유리안느가 말했다.

"아담이 가라고 하면 가지 않을래요."

세바스찬은 골이 나서 이슬이 내린 땅바닥을 발길로 찼다.

"가자!"

아담이 되풀이해서 말하며 그를 잡아당기려 했다.

"가자! 안 가면 매운맛을 보여 주겠다."

아담이 화를 내며 소리를 질렀다.

"어림도 없어! 내가 가고 싶을 때 갈 거야."

세바스찬은 유리안느에게서 벗어나, 겁도 없이 아담 앞에 버티고 서서 분노로 몸을 떨었다.

그때 갑자기 아담이 웃음을 터뜨렸다.

"이것 봐라! 장하다, 장해. 하지만 애들과는 흥미 없다. 알아 둬라! 넌 아직도 꼬마야. 침대로 뛰어가! 나는 이 아가씨와 꼭 할 이야기가 있으니까."

유리안느는 아담의 말을 무시한 채 세바스찬의 팔을 잡았다.

"가자!"

그리고 아담에게 몸을 돌리며 말했다.

"추워요. 이 애를 집에 데려다 줘야겠어요."

"안 돼!"

아담이 소리를 질렀다.

"여기 있어요. 꼭 할 얘기가 있어. 유리안느 양……."

그는 심각한 표정으로 말했다.

"집으로 가거라. 내일 갈게. 네가 다시 병이라도 나지 않았나 보러 말이야."

소년은 아담을 노려보고는 아무 말 없이 되돌아갔다.

유리안느는 소년의 발걸음 소리가 완전히 사라질 때까지 기다렸다. 그리곤 물었다.

"무슨 일이지요?"

아담은 그녀에게로 바싹 다가서며 말했다.

"난 농장과 음식점을 갖고 있어요. 그렇지만 둘 다 낡고 퇴락해서 팔아 버렸지."

"그래요. 그런데…… 그게 나하고 무슨 상관이죠?"

유리안느가 말했다.

"난 여길 떠나겠소."

그가 말했다. 유리안느는 입을 다물었다.

잠시 망설이다가 그가 다시 입을 열었다.

"같이 떠납시다!"

유리안느는 웃음을 터뜨렸다.

"내가요? 도대체 어디로요?"

"모르겠소. 미국이나, 어디로든지."

그기 이상스럽게 눈을 빈뜩이며 그녀를 노려봤으므로, 그녀는 자기도 모르게 뒤로 약간 물러났다. 그는 우울한 목소리로 다시 말을 이었다.

"그렇다면 가지 않겠단 말이오?"

"안 돼요, 아담. 싫어요."

"나는 튼튼해. 노동도 할 수 있소. 당신한테 잘해 줄 거야. 같이 가!"

유리안느는 잔뜩 긴장되어, 달빛으로 희미하게 보이는 연기를 바라보았다. 연기 속으로 걸어오는 헤클리프의 검은 모습이 보였다. 그녀는 그의 모습에 정신이 팔려, 아담의 얘기를 건성으로 듣고 있었다.

"그래요. 튼튼하다는 건 알아요. 그래도 난 갈 수 없어요."

그녀가 말했다.

"꼭 당신과 함께 가야 되겠어."

"아니에요, 아담. 그만둬요. 난 집에 가야 돼요. 잘 자요."

그녀는 헤클리프 쪽으로 뛰어갔다.

그는 성 쪽으로 난 좁은 들길을 생각에 잠겨 천천히 걸어가고 있었다. 한손은 외투 주머니에 찌르고, 다른 손으로는 나뭇가지들을 툭툭 치며 지나갔다. 유리안느가 이름을 부를 때에야 그는 겨우 그녀를 알아보았다. 그런데 그는 그녀를 보고도 조금도 놀라워하지 않았다. 그녀의 인사에도 건성으로 대꾸할 뿐, 아무 말 없이 계속 걸어갔다. 그는 그녀와 동행하는 걸 달갑게 여기지 않는 모양이었다.

아담과의 얘기로 그녀는 약간 멍해 있는 상태였다. 자기에겐 아무런 의미가 없는 일이라고 자기 자신에게 말해 보아도 소용이 없었다. 그녀는 천천히 걷고 있는 헤클리프의 뒷모습을 망연히 보면서 걷다가, 순간 몸을 돌려 뛰어갔다.

유리안느는 가시와 덤불을 피해 계속 뛰었다. 그녀의 발소리가 부드러운 초원 속으로 스며들었다. 그녀는 소리를 죽이며 너무나 열중해서 뛰었기 때문에 과수원을 가로질러 마을과 경계를 짓고 있는 울타리에까지 왔다는 사실조차 알아채지 못했다.

그때 조용하면서도 날카로운 목소리로 헤클리프가 그녀를 불러 세웠다. 그리고 그녀에게로 가까이 다가왔다. 그녀는 도망칠 수도 없었다. 머릿속이 뒤죽박죽이 되어, 그녀는 무슨 말을 할까 하고 망설였다. 이렇게 만난 것을 아무렇지 않은 듯 가장하기 위해 애썼으나, 아무런 생각이 떠오르지 않았다. 헤클리프 쪽에서도 아무 말이 없었으므로 그들은 잠시 말없이 그대로 거기에 서 있었다.

유리안느는 순간 머릿속이 텅 비는 느낌이었다. 온몸의 피가 이상스럽게 소용돌이치는 것 같더니 머리로 올라갔다. 현

기증이 일었다. 그녀는 고통과 절망에 휘말려 어떤 한 가지 생각에 골몰하고 싶었나. 결국은 진정되었지만 말이다.

"놀랐어요."

유리안느는 미소를 지으며 말했으나, 어둠으로 인해 그 미소는 헤클리프의 눈에 띄지 않았다.

"전 선생님을 알아보지 못했어요."

그래도 헤클리프의 대답이 없자, 그녀는 계속해서 얘기를 했다. 조그만 화제가 생각나 다행스럽게 여겨졌다.

"이 추운 밤에 애들이 전부 나왔던데요. 병이 재발되지 않았으면 좋겠는데……."

"우리는 어린애 장난을 하는 게 아니에요."

그의 목소리에는 동정심이라든지, 마을 사람들의 몰이해에 대한 몸에 밴 분노의 흔적은 보이지 않았다. 오히려 지나칠 정도로 긴박감이 떠돌았다.

유리안느는 당황했다.

"세바스찬도 왔었어요."

"세바스찬? 우리가 겨우 살려낸 음식점 애 말인가요?"

"그래요, 그 애예요. 그런데 그 애가 추위 속에서 돌아다녔어요. 그 애를 집에 데려다 주려고 했었는데, 그 애가 가려고 하지 않았어요."

헤클리프는 말이 없었다. 그녀의 기분은 점점 뒤죽박죽되어 갔다. 어쩔 수가 없었다.

"추워요. 집으로 가겠어요."

"그래요. 어서 갑시다."

그가 말했다.

그녀는 그를 돌아보지도 않고 걸음을 옮기기 시작했다. 모래를 밟는 소리로, 그가 뒤에서 걸어오고 있다는 걸 알 수 있었다. 과수원에서 솟아오르는 연기는 점점 희미해져 갔고, 거기에서 멀어질수록 연기는 초원 위를 가벼운 휘장처럼 스쳐갔다.

달이 다시 나타났다. 잠시 후 그녀는 짙은 안개 속에서 길을 잃고 집과는 반대쪽으로 가고 있다는 사실을 깨달았다. 그녀는 얼떨떨해하며, 뒤에서 따라오고 있는 헤클리프를 돌아다보았다.

"방향을 잘못 잡았어요."

그녀가 말했다.

"곧 집이 나올 거예요. 계속 앞으로 가기만 해요."

그가 대꾸했다.

유리안느는 묵묵히 그의 말에 따랐다. 그 길은 성벽에 바싹 붙어서 뻗어 있었다. 여기저기에 잎으로 뒤덮인 나뭇가지가 땅에까지 닿을 듯 늘어져 헤클리프와 유리안느는 몸을 굽혀서 그 아래를 지나가야만 했다.

낮에는 회색이던 성벽이 눈이 부시도록 희게 보였다. 나뭇 가지들이 검은 그림자를 드리우고 달빛 때문에 풍경은 한결 쓸쓸해 보였으며, 들리는 것이라곤 그들의 발자국 소리뿐이 었다.

유리안느는 등 뒤에서 헤클리프의 시선이 느껴져, 점점 걸 음을 빨리했다. 헤클리프가 약간 멀리 처지기도 해서 그녀는 숨을 내쉬었으나, 그것도 잠시였다. 그가 곧 그녀를 바싹 따라 왔기 때문이었다.

유리안느는 나무뿌리와 돌멩이에 부딪쳐 비틀거리면서 앞 으로 가고 있는 동안에도 헤클리프와 떨어지고 싶다는 욕망 뿐이었다. 집들이 눈앞에 나타났을 때에야 그녀는 안도의 숨 을 크게 내쉬었다.

"됐어요."

유리안느는 헤클리프를 돌아보면서 짐짓 즐거운 듯한 목소 리로 말했다. 그러나 그는 대꾸하지 않았다.

그들의 발소리가 잠든 골목길에 울려 퍼졌다. 아직도 타는 냄새가 안개에 섞여서 은은하게 풍겨 왔다. 대문 고리를 잡았 을 때는 추위에 몸이 얼어붙는 것만 같았다.

"추워요."

그녀가 몸을 떨었다.

"잠깐 기다려요."

헤클리프는 진찰실로 들어갔다. 문을 열어 둔 채 들어갔기 때문에 불빛이 컴컴한 복도로 쏟아져 나왔다. 장식장을 여는 그의 모습이 보였다. 그는 병을 꺼낸 다음 잔을 채웠다.

유리안느는 그의 그런 동작을 하나도 놓치지 않고 찬찬히 살피고 있었다. 그녀는 다시 정신이 산란하고 괴로웠다. 아무리 떨쳐 버리려고 해도 소용이 없었다.

잠시 후, 헤클리프가 진찰실에서 나왔다. 그는 그녀에게로 잔을 내밀었다.

"단숨에 마셔요."

그건 독한 포도주였다. 즉시 몸이 따뜻해져 왔다.

"고맙습니다."

그녀가 잔을 돌려주었다.

"잘 자요."

그는 진찰실로 돌아가며 문을 닫아 버렸고, 그녀는 불도 켜지 않은 복도를 더듬거리며 천천히 침실로 올라갔다.

그녀는 이튿날 아침 늦게서야 잠에서 깨어났다. 열려 있는 헛간 문이 한눈에 보였다. 틀림없었다. 헤클리프는 이미 나가고 없었다.

그녀는 안도감을 느끼며 작은 거울을 앞에 두고 머리를 빗으면서 이상스러웠던 밤길을 생각해 보았다. 헤클리프의 태도와 그녀 자신의 허둥거리던 모습이 떠오르자 왠지 점점 불안해졌다.

밤에는 그렇게 춥던 날씨가 낮엔 지독하게 더웠다. 몇 달을
두고 고원 위로 불어대던 바람도 잠잠하고, 태양은 골목길을
쨍쨍 내리쬐었다. 찍어 누르는 듯한 무더위와 길거리의 부연
먼지, 시들은 꽃내음이 뒤범벅이 되어 숨이 턱턱 막혔다.

음식점 앞에서 유리안느는 옷을 팔꿈치까지 걷어 올리고
샘물에 팔을 담가 보았다. 그러다가 문득 세바스찬을 찾아봐
야겠다는 생각이 들었다. 그러자 괜스레 불안해졌다.

'아파서 누워 있는 건 아닌가…… . 돌보는 사람도 없겠지.'

그녀는 서둘러서 팔을 햇볕에 말린 다음 음식점으로 들어
갔다. 축축한 물방울 흔적이 여기저기 있었다.

세바스찬의 이름을 불러 보아도 아무런 대답이 없었다. 그
녀는 부엌으로 뛰어 들어갔다.

세바스찬은 어디 있을까? 부엌은 텅 비어 있고, 화덕에는
불기조차 없다. 반쯤 익혀진 음식이 그대로 냄비에 담긴 채였
다. 고양이 한 마리가 고기 조각을 물고 식탁 위에서 뛰어나왔
다. 손님방도 역시 텅 비었고, 식탁 위에는 빈 맥주병이 뒹굴
었다. 의자는 넘어져 벽에 비스듬히 놓여 있었다. 계속해서
세바스찬을 부르는 유리안느의 목소리가 기다란 복도에 울려
퍼졌다.

그녀는 서둘러서 마구간으로 들어갔다. 거기서 그녀는 진

열대 뒤의 어두컴컴한 구석에 기대 서 있는 아담을 발견했다. 아담은 손에 술잔을 들고 있었는데, 독한 냄새로 보아 그가 마시고 있는 술은 호도 술 같았다. 그는 전보다 더 난폭해 보였으며, 유리안느가 다가가도 꼼짝도 하지 않았다.

"세바스찬은 어디 있어요?"

그녀는 불안해하는 목소리로 물었다. 하지만 그는 대답도 하지 않은 채 멍하고 슬픈 눈으로 반쯤 비어 있는 술잔 너머로 그녀를 노려보았다.

"세바스찬은 어디 있어요?"

그녀가 재차 물었다.

"몰라."

그는 빈 잔을 다시 채웠다.

"집에 무슨 일이 있었나요? 왜 아무도 없는 거예요?"

그는 단숨에 잔을 비우고는 그 잔을 파리 떼가 붙어 있는 찐득찐득한 테이블에다 올려놓았다.

"이리 와요!"

그가 거칠게 말했다. 그녀의 팔을 잡으려다가 그는 비틀거렸다.

"취했군요."

유리안느는 몸을 뒤로 빼면서 말했다. 그래도 아담은 아랑곳하지 않고 그녀의 팔을 잡아끌면서 부엌을 지나 긴 복도로 나갔다.

"무슨 일이에요? 아담, 어쩌려고 이러는 거예요?"

유리안느는 불안한 목소리로 물었으나 그는 대꾸도 하지 않았다. 이렇게 퇴락한 음식점의 내부를 보기는 처음이었다. 복도, 마구간, 헛간, 탁자, 마당이 모두 그 모양이었다. 어디나 할 것 없이 벽에는 눅눅하게 썩은 흔적이 보였다.

몇 년이나 묵은 거미줄, 검은 얼룩이 진 썩은 마루청, 온갖 벌레들이 득실거리는 틈서리, 게다가 썩는 냄새, 곰팡이 냄새, 맥주 냄새, 마당에 있는 더러운 연못에서 나오는 악취가 뒤섞여 골치가 아플 정도였다.

드디어 아담은 그녀를 광으로 끌고 갔다. 그곳은 어두침침했다. 그녀는 바구니나 자루 따위에 부딪쳤다. 그때 갑자기 아담이 유리안느의 팔을 놓았다. 광 바닥에 누워 있는 음식점 여주인이 유리안느의 시선에 잡혔다.

"무슨 일이에요?"

그녀는 불안에 떨며 소곤거렸다.

"죽었어요?"

아담은 대답하지 않았다. 순간 소름끼치는 의혹감이 일어나, 그녀는 아담의 표정을 읽으려고 그의 얼굴을 바라보았다.

그때였다. 이번에는 그녀의 머리 위 대들보에 음식점 주인이 목을 매고 늘어진 모습이 보였다. 그녀는 비명을 지르면서 뛰쳐나왔다.

그러나 문지방에 멈춰 서서 잠시 머뭇거리다가 목맨 사람에게로 되돌아갔다. 하지만 사지가 떨려서 서 있을 수도 없을 지경이었다.

"의사 선생님을 모셔와야겠어요."

유리안느는 아담에게라기보다는 자신에게 말을 했다. 그때 목을 맨 올가미에서 사람이 흔들렸다. 바람 탓인 것 같았다.

"끌어내려요!"

유리안느가 명령을 했으나 아담은 머리를 흔들었다.

"벌써 죽은걸."

"빨리 끌어내려요!"

그녀는 소리를 지르며 발을 굴렀다.

"아직도 움직이고 있는 걸 봤잖아요?"

아담은 그녀를 노려보다가, 비틀거리면서 사다리를 가지러 나갔다. 그가 들어올 때까지 그녀는 여주인을 살펴보았다. 그녀의 몸은 차가웠다. 남편이 목맨 것을 보고 졸도를 한 모양이었다.

아담이 사다리를 들고 돌아왔다. 아담은 사다리를 비스듬히 세우기는 했지만, 올라가려는 눈치는 아니었다.

"빨리 해요!"

그녀는 화가 나서 소리를 질렀다.

"난 못 하겠어."

그는 덤덤하게 말했다. 그러자 그녀가 더 이상 참지 못하고 그의 따귀를 갈겼다.

"비겁해요."

그래도 움직이지 않았다.

"당신 아버지야."

그녀가 말했다.

그는 낄낄거리며 한 걸음 물러섰다. 아담은 유리안느가 어떤 결심을 했다는 것은 알았지만, 그게 무엇인지는 몰랐다.

유리안느는 사나이에게 온갖 경멸감이 뒤섞인 욕설을 퍼부었다. 그리고 여기저기를 두리번거리다가 못에 걸린 낫을 들고 사다리를 올라갔다. 육중한 몸이 바닥에 떨어질 때까지 그녀는 그 질긴 밧줄을 잘라냈다. 그러고 나자 그녀는 기진맥진해져서 잠시 그대로 사다리에 서 있다가 낫을 던져 버리고 밖으로 나갔다.

그녀는 우선 숨을 돌리기 위해 집 앞에 주저앉았다가 계속 달렸다. 길에서 여러 사람과 만났지만, 헤클리프에게 알리기 전에는 아무에게도 말하고 싶지 않았다.

카타리나가 현관에 서서 청회색의 바닥을 쓸어내고 있었다.

"의사 선생님, 계세요?"

유리안느가 소리를 질렀다.

카타리나는 빗자루로 진찰실을 가리키며 이렇게 말할 뿐이었다.

"선생님 방에 누가 있어요."

유리안느는 노크를 했다. 헤클리프가 문간에 나타났지만, 그녀는 흥분으로 말도 할 수가 없었다.

"무슨 일이오?"

그는 방해를 받아 화가 난 듯이 물었다.

"음식점 주인이 목을 맸어요. 얼른 나가 보세요!"

"어디에?"

"광이에요. 선생님을 모시러 왔어요."

"기다려요. 아직 살아 있어요?"

"모르겠어요. 그런 것도 같아요."

진찰실 문이 닫혔다. 카타리나가 비질을 계속하면서 다가왔다.

"아가씨가 그걸 봤어요?"

"그래요."

카타리나가 점점 가까이 다가왔다.

"밧줄에 매달렸던가요?"

"물론이죠. 어디겠어요?"

그녀는 속이 상해서 더 이상 말하지 않고 물러났다.

헤클리프가 방에서 나왔다. 그들은 음식점으로 달려갔다.

더위는 조금 주춤해졌고, 구름 때문에 길 위에는 그늘이 져 있었다. 고원 위로 뇌우(雷雨)가 일었다.

광에 도착했을 때 그들은 세바스찬과 마주쳤다. 아이는 문 설주에 기대서서 목을 길게 뽑고 어두컴컴한 광 속을 들여다 보고 있었다.

"어떻게 대들보에서 내려졌을까?"

헤클리프가 밧줄을 집으며 말했다.

"누가 내렸지?"

"저예요."

유리안느가 말했다.

"낫으로 잘랐어요."

"당신이…… 저런……."

그는 엷은 미소를 지으며 유리안느의 어깨를 잡고 흔들었다.

"당신이 그랬단 말이에요? 낫으로?"

"그러면 안 되나요?"

그녀는 놀라서 물었다. 그는 다시 웃었다. 죽은 사람 앞에서 웃는 것이 그녀에게는 이해가 되지 않았다.

"왜 웃으세요?"

그녀가 물었다.

"유리안느."

그는 이상스럽게 목소리를 바꾸면서 말했다. 그러면서도

노인의 시체를 만졌다.

"집으로 가요. 아이도 데리고. 세바스찬 말이에요."

그녀는 고분고분 광을 떠났다.

"이리 와!"

유리안느는 밀가루 부대 뒤에 숨어 있는 소년을 향해 말했다. 소년은 머뭇거리며 거기서 기어 나왔다.

"같이 가자!"

그들은 말없이 광을 나섰다. 걸으면서 유리안느가 물었다.

"무슨 일인지 알겠니?"

"알아요."

소년이 대답했다.

"아담이 얘기했니?"

"아담이요? 아니에요. 형은 겁쟁이인걸요."

"넌?"

소년은 어깨를 으쓱했다.

그들은 집으로 들어갔다. 유리안느는 세바스찬을 거실에 앉힌 다음, 그에게 그림 잡지를 주었다.

"아니에요."

소년은 잠시 그림책을 넘기다가 지루해 하며 말했다.

"이런 건 싫어요."

"그러면 어떤 게 좋으냐?"

"병(病)에 대해 쓴 것이나 의사 일 같은 것이 좋아요."

유리안느는 잠깐 방설이다가 병리학 책을 넘겨주었다. 그는 책을 읽기 시작했고, 곧 거기에 너무나 몰두해서 유리안느가 일어나서 나가는 것도 알아차리지 못했다. 그녀는 헤클리프가 돌아오는 소리를 들었던 것이다.

"죽었어요?"

그가 고개를 끄덕였다.

"둘 다."

"어떻게 하지요?"

"어린애는 당분간 우리 집에 둡시다. 안에 있지요?"

"네, 병리학 책을 읽고 있어요."

"병리학이라고?"

"그런 걸 읽고 싶대요. 그래서 소아병에 대한 책을 줬어요."

"애들에겐 어려울 텐데."

유리안느는 어깨를 으쓱했다.

"그는 의사 일에 대해 특별한 관심이 있어요. 제가 그를 돌볼 때면 무슨 약을 주든지, 그게 자기와 어떤 관계가 있나 하고 자세히 알고 싶어 했어요."

"그래요? 아이에겐 안됐군. 늙은이들에겐 잘됐을지 몰라도. 자, 그만 쉽시다. 아이를 음식점에 돌려보내지 말아요. 그녀석, 밥은 먹었나? 물론 먹지 않았겠지. 카타리나!"

카타리나가 곧 나타났다. 문에서 엿들은 것 같았다.

"카타리나, 음식점 아이가 이제는 우리 집에 있게 되었어요. 그 아이 물건은 저녁에 가져옵시다. 우리 세 사람이 먹을 식사를 줘요."

"우리 세 사람이라뇨?"

카타리나는 되뇌며 입을 딱 벌리고 서 있었다.

"뭐요?"

"그렇지만 언제까지나 그렇게 할 건 아니겠죠?"

카타리나는 당황해 하며 물었다.

"언제까지라는 게 무슨 소리예요? 지금 식사가 준비될 수 있겠지요?"

카타리나는 잠시 미동도 않고 서 있다가 여러 번 머리를 흔들고는 천천히 부엌으로 들어갔다.

유리안느와 헤클리프는 재미있다는 듯이 그녀를 바라보다가 동시에 웃음을 터뜨렸다.

그러던 유리안느는 별안간 웃음을 멈추고 격렬하게 흐느껴 울기 시작했다. 잠깐 망설이던 헤클리프가 그녀의 어깨에 손을 올려놓았다.

"너무 어려운 일이었어요."

그가 말했다.

"이리로 와요."

그는 그녀를 진찰실로 데려가 소파 위에 눕히고는 그녀의 신을 벗기고 이불을 덮어 주었다.

그런 다음 그녀에게 진정제를 먹이고, 창문을 닫았다. 뇌우가 고원을 넘어 밀려왔기 때문이었다.

이어서 굵은 빗방울이 창문을 치며 흘러내렸다.

제2부

유리안느는 진찰실에 혼자 남아 소독을 끝낸 기구들을 유리장 안에다 가지런히 넣었다. 창문 곁을 지나 헤클리프의 책상 쪽으로 가면서 이제 악천후는 지나갔다는 사실을 깨달았다.

일주일 이상 불어오던 가을바람과 함께 스콜이 고원으로 몰려왔다.

그녀는 창문을 열고서 창틀에 걸터앉았다. 헤클리프가 진찰을 하면서 쪽지에 휘갈겨 쓴 환자들의 이름과 병명을 목록별로 정리하기 위해서였다.

일을 하면서 그녀는 몇 번이나 눈을 들어 방 안을 둘러보았다. 방 안에 있는 진찰기구나 유리장이나 가구들이 나무랄 데 없이 깨끗하게 닦여 반짝였다. 소독약과 주사약 냄새와 습기 찬 정원에서 올라오는 향내가 뒤섞여 쾌적한 신뢰감 같은 것을 불러일으켰다.

얼마 뒤 대문이 열리는 소리가 들리는가 싶더니 이어서 진 찰실 문이 급하게 열렸다.

"유리안느 아줌마, 나무가 쓰러져서 담장이 무너졌어요."

세바스찬이 숨이 턱에 닿아 뛰어 들어왔다. 머리칼은 푹 젖어 있는데다 마구 헝클어진 채로 얼굴 위로 흘러내린 몰골 이었다.

"어떤 나무가? 무슨 벽이 말이니?"

유리안느가 물었다.

"성벽 말이에요."

"그렇구나. 우선 들어오렴. 아주 푹 젖었네."

"그래요. 나무에 기어 올라갔다가 앞에서 물방울이 떨어져 서 그랬어요."

"들어오라니까."

그는 고분고분하게 가까이 다가오면서도 물에 젖은 자기의 발자국을 미안한 듯 바라보았다.

"걱정하지 마."

유리안느가 상냥한 목소리로 말했다.

"여기는 내가 청소를 하고 있으니까. 카타리나가 하는 게 아니란다. 어서 얘기 좀 해 봐. 왜 이렇게 매일 바지를 찢고 다니는지……."

세바스찬은 놀라서 내려다보다가 오른쪽 바짓가랑이에서 커다랗게 찢어진 부분을 찾아냈다.

"아, 이거?"

그가 말했다.

"성 안으로 뛰어내리다가 나뭇가지에 걸렸어요."

"성에 들어갔었어?"

그가 고개를 끄덕였다. 찢어진 바지를 손으로 감추느라 애를 쓰면서 말했다.

"뛰어내렸는데, 성벽이 굉장히 높잖아요. 쐐기풀에 떨어졌어요."

소년은 그녀에게 팔뚝과 다리에 생긴 붉은 상처 자국을 보여 주었다.

"거기서부터 성까지는 풀밭뿐이었어요. 거길 따라서 걷다 보니 갑자기 아줌마에게 얘기를 해 드려야 될 것 같은 생각이 들었어요. 우리가 얼마나 그 성 안에 들어가 보고 싶어 했었어요? 그래서 얘길 하러 뛰어왔어요."

"지금 가야겠니? 잠깐 여기 앉아서 기다려라."

그는 조심스레 의자 끝에 앉아 긴 갈색 다리를 오므렸다. 그러고는 열심히 기구들을 들여다보았다. 유리장 문이 열려 있었던 것이다.

종이에다 조용히 뭔가를 쓰고 있는 유리안느를 흘깃거리면서, 소년은 거기서 가위 한 개를 슬쩍 끄집어냈다. 그녀는 창문에 비치는 모습을 통해 그길 보고 있으면서도 아무 말을 하지 않았다.

"됐다."

그녀는 쓰고 있던 명단을 밀어 넣으며 말했다.

"이제 가자."

그때 마침 카타리나가 세바스찬의 이름을 불렀다. 그녀는 세바스찬이 유리안느와 함께 나간다는 걸 바깥에서 들었던 것이다.

"넌 아직 학교 숙제도 끝내지 않았더구나."

세바스찬이 구원이라도 청하듯, 간절한 눈빛으로 유리안느를 쳐다보았다.

"돌아와서 하겠죠."

유리안느가 말했다.

"저 여잔 언제나 들들 볶아."

세바스찬이 중얼거렸다.

"괜찮아, 자기 딴엔 걱정이 돼서 그러는 거란다."

"저 여자가? 무슨 걱정인데요?"

"너는 모르지만……."

"내가 이 집에 있는 게 귀찮은가 봐요."

"내가 있는 것도 그 여자에겐 못마땅하단다."

그는 놀라며 그녀를 쳐다보았다.

"하지만 아줌마는 일을 거들어 주잖아요?"

"바로 그 때문에 화를 내는 거란다."

"못 알아듣겠어요."

잠시 후에 그가 또 말했다.

"하지만 의사 선생님은 아줌마가 있어 줘서 무척 기쁜가 봐요."

"어떻게 아니?"

"나한테 얘기해 준 걸요."

"뭐라고?"

"얘기했어요. 저…… 유리안느 양이 있어 줘서 잘 됐단다. 그 여자가 돌보지 않았으면 너는 죽었을 거야. 다른 애들도 많이 죽었을 테지……. 유리안느는 대단하단다. 이렇게 얘기한 걸요."

"그래? 그거야 별다른 말도 아닌데, 뭘."

"아줌마 얼굴이 빨개지네요."

"자, 빨리빨리 가자."

"그렇지만 선생님은……."

"이제 그만, 세바스찬. 그런 얘긴 이제 듣고 싶지 않아."

유리안느는 한숨을 내쉬며 나뭇가지로 길옆에 있는 관목을 두드렸다.

성 안은 조용했다. 철새들조차 벌써 날아간 후였다. 잎이 누렇게 변하기 시작한 밤나무 숲 뒤로 우뚝 선 성에는 반쯤 깨진 창들이 가로로 석 줄 가지런히 보였고, 이층까지 담쟁이와 포도덩굴이 덮여 있었다.

삼층에 있는 창문 한 짝은 바람에 열려 있었다. 산산이 깨진 유리 조각들이 자갈밭에 아무렇게나 널리고, 그 뒤에 썩은 포도 잎들이 쌓여 있었다.

"이리 와 봐."

유리안느는 정원을 계속 걸으면서 혼자 와 보고 싶다는 생각이 들었다.

"가자. 이젠 여기 있는 것이 싫어졌어. 어두워질 거야. 저것 봐! 박쥐야."

"괜찮아요. 저녁때는 더 멋진걸요."

"넌 숙제도 아직 안 했잖아."

"네, 숙제……."

"조금도 안 했니?"

그녀는 소년의 머리칼을 부드럽게 쓰다듬었다.

실망한 얼굴로 세바스찬은 그녀를 따라서 담 쪽으로 타박 타박 되돌아갔다.

다음 날 아침 진찰 시간에 유리안느가 이상스럽게 허둥거리자, 헤클리프는 걱정스럽다는 듯 그녀를 찬찬히 살피는 것 같았다.

그걸 눈치 챈 그녀는 잔뜩 긴장이 되어, 마치 열심히 공부하는 어린 학생처럼 일을 했다. 진찰 시간이 끝날 때까지 그녀는 억지로 버텨 나갔다.

"왕진 가는데 함께 갈까요?"

가방을 꾸리면서 헤클리프가 그녀에게 물었다.

"아니에요."

그녀는 그가 잊어버린 키니네를 건네주며 말했다.

"오늘은 어쩐지 안 되겠어요."

"몸이 불편해요?"

"제가요? 네, 좀 아파요."

그러면서 그녀는 웃어 보였다.

그는 천천히 진찰실 밖으로 나가면서도, 그녀가 따라오기를 바라는 눈치였다.

유리안느는 문을 닫은 다음 심호흡을 한 번 했다. 그녀는 서둘러서 장을 치우고 침대 위를 정리했다. 그런 다음 창문을 열어 두고 방을 나갔다. 밖에서는 맑고 따뜻한 가을날이 그녀를 맞아 주었다.

유리안느는 층계 위에서 잠시 햇볕을 받으며 기분 좋게 기지개를 켜고는 곧장 무너진 곳으로 뛰어갔다. 허리까지 올라오는 풀밭을 가로질러 성의 뒤쪽으로 갔다.

그녀는 비스듬히 찌그러진 창문들을 찬찬히 살펴보았다. 창들은 바람에 마구 흔들렸다. 그녀는 계속 성을 가로질러 앞쪽으로 통한 길을 찾아냈다. 이어 정원 앞에 있는 테라스 쪽으로 올라갔다. 정원에는 온갖 꽃들이 어우러져 피어 있고, 나비들은 공중에서 춤추듯 날아다니며 햇빛에 날개를 반짝였다.

유리안느는 한참이나 망연히 서 있다가 층계를 내려왔다. 층계에는 정황색의 한련(旱蓮) 꽃들이 어우러져, 꽃을 밟지 않으려고 걸음마다 조심을 했지만 소용이 없다는 것을 그녀는 알았다. 나중에는 마구 밟고 뛰지 않으면 안 되었다.

왕나비와 신선나비 떼, 벌 떼들이 꽃밭에서 윙윙거리며 날고 있는 그 사이로 그녀는 달려갔다. 채소밭 가운데에 온실 하나가 있는데, 유리 덮개는 깨졌고 낡은 판자와 가마니들이 쌓여 있었다.

유리안느는 그 안으로 기어 들어갔다. 화분이 보였다. 화분에는 꽃들이 시들어, 마치 시체가 뒹굴고 있는 느낌이었다. 잡초가 무성히 자라고 있는 화분, 썩은 새끼로 묶인 호박, 오이 덩굴들도 보였다. 주인이 서둘러 집을 떠난 후 아무도 돌보지 않은 것 같았다.

쥐똥나무, 야생의 백당, 말오줌나무 숲 뒤에 하인들이 거처하던 집 같은 것이 한 채 서 있었다. 그러나 창문은 닫혀 있고,

148

문에는 빗장이 걸려 있어 틈새로 들여다보려고 발돋움을 해 봤자 헛일이었다. 이윽고 그녀는 단념하고, 천천히 정원을 지나 돌아갔다.

점심 식사를 마친 뒤 유리안느는 창가에 앉아 세바스찬의 바지를 깁기 시작했다. 바지는 더덕더덕 헝겊을 여러 겹 대어 놓아 바늘이 잘 들어가지 않았다. 바느질을 마치고 그녀는 고원을 내다보았다. 양떼들이 우는 소리가 바람결에 실려 거기까지 들려왔다.

유리안느는 안절부절못하며 의자에서 벌떡 일어섰다. 그녀는 바지를 책상 위에 던져 놓고, 철책 사이로 밖을 내다보면서 주먹으로 얼굴을 괴고 앉았다.

'성 안에 누가 살았을까……? 마을에 나가면 누구에게든 한번 물어봐야겠다. 누군가가 성과 성주에 대해 알고 있을 거야.'

그녀는 생각에 잠겨 불안하게 이리저리 서성거렸다. 그때 갑자기 침대 머리맡 벽에 남아 있는 밝은 타원형 얼룩 자국이 눈에 띄었다.

'어떤 그림이 걸려 있던 자리일까? 왜 떼어 버렸을까? 헤클리프 씨는 어떻게 어머니의 사진을 갖고 있을까? 왜 모든 게 좀 더 자연스럽질 못할까? 무언가 있는 게 아닐까?'

그녀의 생각은 갈피를 잡을 수 없었고, 한 해 여름을 여기서 조용하게 살아온 것이 이상스러웠다. 갑자기 헤클리프에 대한 옛날의 증오감이 되살아났다. 오늘만은 절대로 헤클리프를 돕지 않겠다고 스스로 다짐했다.

유리안느는 다시 성으로 가 볼 결심을 했다. 대문을 나서려는데, 오후의 환자들이 몰려왔다. 관절염을 앓는 늙은 남자와, 젖먹이를 포대기에 둘러 안은 젊은 부인과, 손에 피가 밴 붕대를 감은 사내였다. 사내는 유리안느에게 고개를 끄덕이며 상처를 가리켰다.

"보다시피 상처가 너무 심하니까 아가씨가 붕대를 매어 줄 수는 없겠죠?"

"왜요, 내가 피를 겁낼 것 같은가요?"

"그럴 수도 있죠."

"매어 줄게요. 들어가 있어요."

유리안느는 잠시 층계에 서서 풀을 쥐어뜯다가 잰걸음으로 층계를 넘어 성으로 가는 골목길로 들어섰다.

그러나 채 몇 걸음도 걷기 전에 그녀는 멈춰 섰고, 아무 생각 없이 길 위에 드리운 말오줌나무 가지를 꺾었다. 그러고는 다시 집 쪽으로 돌아서고 말았다.

그녀가 진찰실에서 진찰권과 탈지면, 붕대 따위를 손보고 있는 동안에 세바스찬의 목소리가 대기실에서 들려왔다. 이 중문이 완전히 닫혀 있지 않았던 것이다.

"그래요."

세바스찬은 약간 흥분한 상태에서 더듬거리며 말을 이어가고 있었다.

"관절염에는 엄법(罨法)밖에는 없어요. 그리고 며칠 누워 있어야죠."

그는 의사의 말투를 흉내 내고 있었다.

"아, 그래?"

늙은 농부가 말했다.

"참 똑똑하군. 그런데 약은 안 주니?"

"두 시간마다 한 숟갈씩…… 한 숟갈……. 기다리세요. 유리안느에게 물어볼게요."

"그만둬!"

사내가 소리쳤다.

"산욕열(産褥熱)에는 어떻게 해야 되지?"

젊은 부인이 깔깔거리고 웃으며 물었다. 잠시 침묵이 흘렀다. 세바스찬은 생각에 골몰해 있고, 듣고 있는 사람들은 긴장한 모양이었다.

"산욕열에는 침대에 누워서 가슴에다 산엄법(産罨法)을 해야지요. 그리고는……."

웃음소리 때문에 그는 말을 중단했다. 그의 밝은 목소리가 쨍쨍 울려 왔다.

"왜 웃어요? 여러분은 몰라요. 난 의사 선생님께 배웠어요. 나는 커서 의사가 될 거예요."

다시 웃음소리가 났다.

유리안느가 문을 열었다.

"세바스찬!"

소년은 시치미를 떼고 그녀를 쳐다보았다.

"이리 와요!"

그녀가 말했다.

"대기실은 환자용이란다. 넌 네 방으로 가거라."

그는 가방을 끼고 잽싸게 방 밖으로 나갔다.

늙은 농부가 물었다.

"의사가 되겠다고 하더군요."

"그래요."

유리안느는 진지하게 말을 받았다.

"똑똑하니까 아마 말한 대로 될 거예요."

유리안느는 어깨를 으쓱했다. 그리고는 진찰실로 눈길을 보냈다. 헤클리프가 거기에 없다는 걸 알자, 그녀는 의자에 앉아 노인과 얘기를 시작했다.

"연세가 어떻게 되세요?"

그녀는 대답을 기다리지도 않고 말을 계속했다.

"성 안에 사람이 살던 때가 기억나시겠죠?"

"물론 기억나지. 얼마 되지 않았으니까. 한 15년 전까지도 살고 있었다오."

"어떤 사람들이었어요?"

"노부인과 아들 마트리였지요. 아들은 젊었었죠. 언제나 의사 선생님과 함께 어울려 다녔어요. 우리는 그와 별로 어울리지 않았어요. 그는 젊은 데다 우리와 달리 시내까지 먼 길을 걸어가기를 좋아했기 때문이었지."

노인은 나이와는 달리 건강한 모습으로 웃어 젖혔다.

"그러고요? 마트리 씨는 왜 떠났나요?"

"왜 떠났냐고요? 그거야 아무도 모르지요. 어느 날 갑자기 떠나 버렸으니까요. 그때부터 성에는 아무도 오는 사람이 없었어요."

"그렇게 갑작스럽게 떠난 건 무슨 일이 생겨서인가요?"

"그건 아무도 몰라요."

유리안느는 그에게 더 자세한 걸 캐낼 수 없다는 걸 알고 한숨을 지으며 진찰실로 갔다.

잠시 후 헤클리프가 들어왔다. 손은 씻는 그에게 그녀는 대기실에서 기다리는 환자들에 대한 보고를 했다.

가장 먼저 늙은 농부가 들어왔다. 헤클리프가 약을 조제해 주는 동안 노인은 껄껄 웃었다.

"음식점 남자아이가 얘기하더군요. 이 병에는 엄법뿐이라면서요."

"그래요, 그래."

헤클리프는 건성으로 듣고 있었다.

"네, 그 애는 이제 반은 의사가 됐던데요."

노인은 웃으면서 말을 계속했다.

"산욕열에 대한 처방도 알더군요."

"누가요?"

"그 애 말이에요. 선생님께서 데려온……."

"세바스찬 말이에요?"

"그렇다니까요. 대기실에 있는데, 우리에게 설명을 해 주더군요. 의사 선생님께 배웠다면서요."

"정말로요? 그 애가 그런 말을 하던가요? 유리안느, 다음 분을 불러요."

노인은 밖으로 나가면서도 웃음을 멈추지 않았다. 유리안느는 진찰실 문고리에 손을 대고 서 있었다. 그녀는 망설이며 말했다.

"네, 저어……. 의학에 대한 세바스찬의 열성은 대단해요. 도대체 다른 것에는 관심이 없어요."

"그럴 수도 있겠죠."

헤클리프는 냉랭하게 말했다.

"나도 그 나이 때는 음악에만 관심을 쏟았거든요."

"그래요? 그런데 그 뒤 변하셨나요?"

"그런 지나친 열정은 사라지는 법이에요."

"그렇지만 세바스찬은 정말 의사가 되고 싶은가 봐요."

"그래요? 되고 싶다고 그 아이가 그러던가요?"

"바로 그렇게 말하지는 않았지만, 저는 알고 있어요."

"그렇다면 누가 학비를 대야 될지 그 애에게 물어보도록 해요."

유리안느는 입술을 깨물었다.

"다음 분!"

유리안느는 다음 사람을 들여보내려고 문을 열었다. 헤클리프는 그녀더러 붕대를 매어 주라고 했다. 그러는 동안에 그는 옆에 서서 그녀의 손놀림을 자세히 들여다보았다. 젊은 이도 치료를 받고 나갔다.

"아담이 다시 영업을 하면 세바스찬에게 그의 유산 몫을 줘야 할 거예요. 그걸로 공부할 수 있겠죠."

유리안느가 말했다.

"아무것도 없는 곳에선 도둑질도 못 하는 법이죠."

그가 대꾸했다.

"왜 그 애 걱정을 그렇게 하는 거요?"

"제가요? 왜냐하면……. 선생님도 걱정하시잖아요?"

"그야 난 의사이니까요."

"그런데 저는 그런 일에 관계없는 사람이란 말씀인가요? 저는 다 알고 있어요."

유리안느는 얼굴이 창백해졌다.

"무얼 말예요?"

"아무것도 아니에요, 아무것도."

그녀는 재빨리 문을 열었다. 그가 대꾸할 짬도 없었다. 그녀는 진찰 시간 내내 그를 쳐다보지도 않았고, 그도 그녀와의 대화를 잊은 것 같았다. 단둘이 되고서도 그는 거기에 대해 한 마디의 말도 하지 않았던 것이다.

유리안느는 서둘러서 방을 정돈하고 그보다 먼저 방을 나와 버렸다.

성으로 가는 길은 그렇게 멀지 않았다. 마치 도망이라도 치듯 그녀는 사방을 두리번거리며 뛰기 시작했다. 그리고는 단숨에 성벽을 뛰어넘었다. 풀밭에 서서 숨을 돌리는 동안에도 몸이 떨렸다.

그녀는 정원을 지나 맨 꼭대기 계단에 올라가, 무릎 위에 손을 포개 놓고 멍청하게 앉아 정원을 내려다보았다. 그러자 갑자기 울음이 터져 나왔다. 그녀는 머리를 뒤로 젖히고 눈을 닦았다.

유리안느는 계단을 내려와 천천히 걸어서 넓은 길에 이르렀다. 별 생각 없이 그녀는 그 길로 올라섰다. 이끼 긴 자갈밭에서 자동차 바퀴 자국이 눈에 크게 들어왔다. 그녀는 몸을 굽히고 그걸 손바닥으로 만져 보았다. 바퀴 자국은 그때까지 뚜렷하게 남아 있었다. 그 자국은 농장 있는 데까지 이어졌다가 거기서 다시 정원으로 계속되었다.

유리안느는 조심스런 흥분을 안고 큰 철문까지 그 자국을 따라갔다. 철문은 닫혀 있었다.

그녀는 다시 성으로 되돌아갔다. 자동차가 마을을 지나 왔다면 누군가 그걸 본 사람이 있을 것이다. 어쩌면…… 세바스찬은 알고 있을지도 모른다. 그녀는 너무나 서두르다가 목책에 걸려 옷이 찢어졌다. 그녀는 멍한 눈으로 찢어진 옷을 내려다보았다.

'왜 이럴까? 나와는 아무 상관이 없는 일인데. 여기에 누가 살았든, 그게 나와 무슨 상관이람……'

그녀는 될 대로 되라는 체념 상태가 되어 집으로 돌아왔다.

세바스찬도 그 자동차 건은 모르고 있었다. 유리안느는 어깨를 으쓱했다. 오늘 밤에 잠을 자기는 다 틀렸다고 생각했다. 자동차 바퀴 자국은 틀림없이 성주(城主)의 것이리라는 확신이 들었다.

헤클리프 씨는 알고 있겠지……. 그녀는 자신이 진작 그런 생각을 하지 못한 것이 스스로도 이상하게 여겨졌다. 내일 아침에 그에게 물어봐야겠다고 결심했다. 그러나 결국은 그러지 못하리라는 것을 잘 알고 있었다. 아마도 자동차 바퀴 자국을 발견했다는 비밀은 혼자 간직하게 될 것이다. 그 조그 만 발견이 그녀에겐 퍽이나 중요하게 여겨졌다.

여러 날이 흘러갔다. 특별한 일이 없는 조용하고 따사로운 가을날들이었다. 그런데도 유리안느는 날마다 끊임없는 긴장 감 속에서 지냈다. 그러다 보니 생각에 깊이 빠져서 진찰 시간 에도 멍했고, 익숙했던 일도 제대로 해 나가지 못하는 경우가 적지 않았다.

헤클리프는 그런 그녀의 행동을 덤덤한 듯 넘기면서 묵묵 히 관찰하고만 있었다.

어느 날, 환자들이 모여 있는 대기실에 세바스찬이 나타났다.

유리안느가 진찰실 문을 열자, 멍한 표정으로 구석에 앉아 있는 소년의 모습이 눈에 띄었다.

"세바스찬, 여기 대기실에 함부로 들어오면 안 된다고 그랬 잖니?"

세바스찬은 아무 말 없이 자기의 손을 가리켰다. 그의 손에 는 더러운 헝겊이 매여 있었다.

"무슨 일이야? 들어와 봐."

"무슨 일이에요? 누가 또 왔어요?"

헤클리프의 성급한 물음에, 유리안느는 세바스찬을 잡아끌 었다.

"어쩌려고 그러니?"

"난……."

"뭔데?"

소년은 말없이 동여맨 손을 내밀었다.

"넘어졌어? 베었어? 아니면 불에 덴 거야?"

헤클리프가 물었다.

세바스찬이 머리를 흔들면서 동여맨 헝겊을 풀기 시작하자, 유리안느와 헤클리프는 긴장한 채 몸을 굽혔다. 무엇엔가 깊이 물린 상처가 드러났다.

"물렸구나!"

세바스찬이 고개를 끄덕이자, 헤클리프가 호기심에 찬 표정으로 이빨 자국이 뚜렷하게 난 손을 들여다보며 말했다.

"이건 개가 문 자국은 아닌데……."

그러자 세바스찬이 갑자기 큰 소리로 말했다.

"여우가 문 자국이에요."

그리고는 동의라도 구하려는 듯 유리안느와 헤클리프를 번갈아 쳐다보았다.

"여우라고? 어떻게 된 거냐?"

헤클리프는 확대경으로 상처를 살폈다. 갑자기 그는 눈을 가늘게 떴다.

"말해 봐라. 얘야, 도대체 어떻게 된 거냐?"

세바스찬은 목덜미까지 새빨개졌다. 그러다가 목을 젖히면서 큰 소리로 말했다.

"제가 관목 사이를 지나가는데, 거기에 여우가 앉아 있었어요. 그랬는데 어느새 여우가 달려와 물었어요."

"그러냐? 그런데 여우의 이빨이 이상하구나!"

헤클리프가 유리안느에게 확대경을 넘겨주었다.

"이건 사람 이빨 자국이에요."

유리안느가 놀라며 말했다.

"그럴 거요."

"그렇군요."

유리안느는 갑자기 재미있다는 듯 웃음을 터뜨렸다.

그러자 헤클리프가 입맛을 다시며 말했다.

"이리 오너라. 깨끗하게 씻어야겠다. 여우 이빨은 위험하지가 않단다."

그는 살점이 드러난 상처에 아르니카를 발랐다. 세바스찬은 독한 물약이 상처에 닿을 때 약간 움츠렸지만 곧 태연한 척했다.

"뭐예요?"

세바스찬이 물었다.

"아르니카란다."

"치료하는 건가요?"

"소독하는 거야."

"그리고 그건 뭐예요?"

"고약이다."

"저건?"

"뭐 말이냐?"

"저기 책상에 있는 것 말이에요."

"그건 네게 바를 게 아니다."

"그렇지만 뭔가 알았으면……."

헤클리프는 그를 유리안느 쪽으로 밀며 말했다.

"붕대를 감아 줘요."

"저 혼자 할 수 있어요."

세바스찬은 익숙한 솜씨로 붕대를 손에 감고 양쪽 끝을 한 손과 이빨을 사용해서 손목에다 묶었다.

"됐다."

세바스찬이 말했다.

"또 언제 와야 하나요?"

헤클리프는 창밖을 내다보고 있었다.

"내일, 내일만. 그리고 다시 오지 말거라. 이 장난꾸러기야!"

그는 몸을 돌려 세바스찬의 머리에 꿀밤을 먹이는 시늉을 했다.

"아야!"

"이제는 가거라. 다른 손님들이 기다린다."

유리안느가 그를 문 쪽으로 떼밀며 말했다.

"이 말썽꾸러기!"

그러면서 그녀는 그의 머리를 쓰다듬어 주었다.

"아르니카의 효능은 뭐예요?"

세바스찬이 낮은 소리로 재빨리 물었다.

"소독 작용이다. 이젠 가거라."

헤클리프는 다시 창 쪽으로 가더니 싱긋 웃으며 말했다.

"망할 녀석. 여기에 오고 싶어서 제 손을 깨물다니……."

"돈이 없어 안됐어요."

유리안느가 혼잣말처럼 말했다.

"다음!"

헤클리프의 재촉에 유리안느는 나직이 한숨을 쉬었다.

진찰실까지 가는 그 짧은 순간에 그녀는 세바스찬에게 바이올린을 가르쳐야겠다는 결심을 했다.

헤클리프가 환자를 치료하는 동안 그녀는 옆방에 있는 실험실로 갔다. 환자의 변 검사를 하기 위해서였다.

'팔이 짧아 바이올린을 켤 수 있을까? 그에겐 소아용의 작은 바이올린을 사 줘야겠지. 그건 비싸지 않을 거야. 내 돈으로도 될 거야. 내가 갖고 있는 게 85마르크는 되니까. 85마르크……, 그게 내가 가진 전부구나. 헤클리프 씨가 나를 내쫓으

면 구걸을 해야 되겠지.'

하지만 몇 달 동안 지내보니, 그녀가 도망치지 않는 한 그가 내쫓지는 않을 것 같았다.

시험관을 창 쪽으로 들어올리면서도 그녀는 계속 생각에 잠겼다.

유리안느는 혜클리프가 부르는 소리에 다시 진찰실로 들어 갔다.

"세바스찬이 몇 살이죠?"

그가 물었다.

"열한 살이 돼요."

"학교에선 어떤가요?"

"잘은 모르겠어요. 한번 물어볼게요."

"그래, 물어보도록 해요."

그런 얘기가 있은 후 며칠 동안 유리안느는 성에 가지 않았다.

그러다가 어느 날 오전, 혜클리프가 시골로 가고 세바스찬 도 학교에 가 버리자 그녀는 참을 수가 없었다. 그날 만일 그녀가 늘 다니던 길로 갔더라면, 그녀는 성문의 그 어마어마 한 빗장이 벗겨져 있는 것을 볼 수 있었을 것이다. 하지만 그녀는 농장 뒤로 해서 정원의 뒤쪽으로 이어진 좁은 길을 택했다.

정원은 지난 일주일 동안에 가을이 훨씬 깊어져 잎들은 노란색과 붉은색이 더 진해졌고, 성 뒤쪽에 있는 잔디밭에는 서리를 연상시키는 아침 이슬이 담뿍 맺혀 있었다. 남쪽 화단만은 아직도 울긋불긋하고 여름처럼 더웠다.

유리안느는 층계를 올라가기 전에 잠시 테라스에 서 있었다. 햇볕을 받아 따뜻해진 돌 위에 얼굴을 댄 채 그녀는 혼잣말로 중얼거렸다.

"앞으로도 성에는 아무도 살지 말았으면 좋겠다. 그러면 모든 게 내 것이 될 텐데……"

그때 돌연 차바퀴 자국이 눈에 띄었다. 그녀는 불안스러워하면서 채소밭을 가로질러 걸어가다 갑자기 가벼운 비명을 질렀다. 자갈길에는 아직도 자동차 바퀴 자국이 선명하게 보였던 것이다. 안쪽으로 들어간 자국뿐이었다.

유리안느는 관목더미 속으로 미끄러져 들어가서 재스민 잎사귀에 몸을 숨겼다. 가슴이 마구 두방망이질 쳤다. 그러다가 자신이 지각없는 것처럼 여겨져, 그곳에서 나오기로 마음을 바꿨다.

테라스 앞에 있는 넓은 공지를 가로질러 갔으나 숨을 곳이라곤 키 작은 나무 아래뿐이었다.

"난 기어갈 수 없어."

재미있으면서도 뭔가 화가 난다는 듯 그녀는 혼잣말을 했다. 그녀는 관목 사이에서 빠져나와 햇볕 속으로 걸어갔다.

그때 근처의 작은 접의자 위에 한 사나이가 앉아 있는 게 보였다. 암회색 옷을 입고 커다란 흰 모자를 썼는데, 모자가 얼굴까지 덮고 있었다. 무릎 위에 펴 놓은 수건 위에는 돌덩이가 여러 개 놓여 있었다. 사나이는 돌덩이 하나하나를 확대경으로 들여다보고 있는 중이었다.

그러다가 나뭇잎이 살랑거리는 소리를 듣고 그가 고개를 들었다.

유리안느가 몸을 감추기에는 너무 늦었다. 그녀는 그 자리에 그냥 서 있었다.

사나이는 유리안느를 말없이 쳐다보다가 바짝 마른 손으로 다시 돌덩이 위로 몸을 굽히며 약간 겸연쩍은 듯한 미소를 띠었다.

유리안느는 당황했지만 결심을 하고 말했다.

"여기에 들어온 걸 용서하세요."

사나이는 갑자기 몸을 일으키다가 돌덩이를 땅바닥에 떨어뜨렸다.

"누구시죠?"

사나이가 무뚝뚝하게 물었다.

"유리안느 브렌톤이에요."

그녀는 말을 하면서도, 사나이의 얼굴이 창백해지는 걸 보고 당황했다. 유리안느는 상기된 얼굴로 말을 계속했다.

"선생님은…… 채석장 주인이시고, 이 성의 성주시군요. 그런데 왜 그렇게 쳐다보세요? 제가 유령이라도 되는 것처럼…."

그는 여전히 입을 다물고 있었고, 그녀는 조용하지만 초조하고 불안해하는 목소리로 덧붙였다.

"전에도 누군가가 그런 눈으로 저를 쳐다보더군요."

"그게 누구였소?"

나지막하지만 다그치는 목소리였다.

"말해도 모르실 거예요. 카타리나였어요. 헤클리프 의사 댁의 가정부죠."

유리안느는 헤클리프의 이름을 말하면서 더욱 날카롭게 그의 얼굴을 살폈다.

그는 대단히 놀란 것 같았다. 흥분으로 거의 말도 잇지 못할 정도였다.

"그 사람, 집에 있나요?"

그가 물었다. 그녀가 고개를 끄덕이자, 몸이 떨리기라도 하는 듯 그는 어깨를 움크렸다.

"어떻게 해서 그 집에 있게 되었지요?"

사나이는 갑자기 재촉하듯 큰 소리로 물었다.

유리안느는 소스라치게 놀라며 대답했다.

"제 후견인이에요."

그녀는 우물거리다가 마침내 결연한 목소리로 말했다.

"제 부모님이 전부 돌아가셨거든요."

커다란 확대경이 그의 손에서 떨어져 산산조각이 났다. 그는 발로 그걸 밟아서 밀쳐 버렸다. 그리고는 그제야 정신을 차린 듯 어색한 미소를 짓고 그녀 쪽으로 다가오며 말했다.

"아직 제 소개를 드리지 못한 점을 용서하십시오. 너무나 놀라서요. 제 이름은 마트리입니다."

유리안느는 생각을 하느라 눈살을 약간 찌푸렸다. 그 이름은 기억이 나는데, 그걸 누구에게 들었는지 생각이 나지 않았던 것이다.

그녀는 심문하듯 물었다.

"제 어머니를 아시지요?"

그는 대답하기 전에 잠시 머뭇거렸다.

"네, 압니다."

"그렇다면 헤클리프 씨가 제 어머니를 알고 있다는 사실도 아시나요?"

그녀는 그에게서 눈을 떼지 않고 물었다.

"그렇소. 그도 댁의 어머니를 알지요."

사나이는 놀랍다는 듯 반문했다.

"아가씨는 그걸 모르셨소?"

"두 분 선생님은 제 아버지도 아셨지요?"

그에게 대답할 여유도 주지 않고, 그녀는 흥분에 몸을 떨며 소리를 질렀다.

"거기엔 도대체 어떤 비밀이 있는 거예요? 제게 말씀해 주세요. 모두 저를 어머니의 유령이라도 되는 듯 쳐다봐요. 뭔가 감추고 있는 게 분명해요. 카타리나는 제 어머니의 사진을 훔쳐갔어요. 선생님도 저의 어머니를 알고 계시고, 비밀도 알고 계시는 것 같아요. 말씀해 주세요. 이젠 더 이상 참을 수가 없어요."

그의 얼굴은 점점 창백해져 갔고 이마엔 땀방울이 솟았다. 그는 몹시 떨리는 목소리로 대답했다.

"너무나 많은 것을 알려고 하는군요. 비밀은 없소. 당신 어머니는 헤클리프와 나, 둘 다의 친구였소. 당신은 어머니를 참 많이 닮았군요. 그것뿐입니다."

"아니에요. 그게 전부는 아닐 거라고요!"

유리안느는 화가 나서 그를 노려보았다.

그는 유감이란 듯 어깨를 으쓱했다. 인사도 하지 않고 그녀는 그곳을 떠나 꽃밭을 가로질러갔다. 부끄러움과 분노로 눈물이 흘렀다.

집에 왔을 때는 숨이 턱에 닿았다. 헤클리프의 마차가 아직 헛간에 없다는 걸 확인한 다음 그녀는 집 안으로 들어갔다.

층계를 올라갈 때 세바스찬이 방에서 나오고 있었다. 유리안느는 너무나 지친 나머지 힘없이 말했다.

"왜 집에 있니?"

"기다렸어요."

"그래. 기다렸구나. 의사 선생님이 나를 찾았어?"

"네. 하지만 나는 아무 말도 하지 않았어요."

"왜?"

소년은 마룻바닥을 물끄러미 내려다봤다.

"의사 선생님이 화를 냈어요."

"화를 내다니?"

"그랬어요. 내가 성에서 어떤 남자와 얘기를 나눴다고 했더니, 마구 화를 내셨어요. 그리고는 유리안느도 거기 갔느냐고 물으셨어요. 난 아니라고 했어요."

"넌 그걸 알고 있었니?"

세바스찬은 뽀로통한 눈초리로 유리안느를 쳐다봤다.

"그래서?"

그녀가 재차 물었다.

"그러곤……. 그러곤 이렇게 말씀하셨어요. 이제는 다시 가지 말아라. 알아들었어? 하고요……."

유리안느는 아랫입술을 깨물었다.

"너 바이올린을 배우고 싶지 않니?"

"모르겠어요."

"왜 그러는데?"

"시간이 없어요."

"시간이 없다고?"

"네. 진찰실에서 의사 선생님을 도우려면 말이에요."

유리안느는 놀랐다.

"그래? 의사 선생님이 그렇게 말씀하셨어?"

세바스찬이 그녀를 빤히 쳐다보았다.

"아줌마도 의사 선생님께 그렇게 말하려고 하지 않았나요?"

"세바스찬, 하지만 의사 선생님은 네가 너무 어리다고 말씀하셨단다."

"안 될까요?"

세바스찬의 눈동자가 절망으로 어두워진 것을 보고, 유리안느는 머리를 흔들었다.

"그렇다면 바이올린도 배우지 않겠어요."

세바스찬은 그녀 곁을 지나 층계를 뛰어 내려갔고, 이어서 들판으로 뛰어가는 그의 모습이 보였다.

불쌍한 녀석……

그녀는 생각에 잠겼다.

'마트리 씨는 부자다. 그가 세바스찬에게 관심을 둔다면……?'

갑자기 그녀의 가슴이 뛰었다. 그걸 헤클리프에게 얘기하면 뭐라고 할까, 하고 상상했던 것이다.

저녁 식사를 하러 내려갔을 때, 유리안느는 헤클리프에게 말을 하고 싶은 강렬한 충동에 사로잡혔다. 그러나 그가 몹시 우울해 보였기 때문에 입이 떨어지지 않았다. 세바스찬도 마찬가지로 우울한 표정으로 식탁에 앉아 있었다. 이렇게 그들 세 사람은 식욕도 없이 묵묵하게 식사를 했다.

그때 초인종이 울렸다. 카타리나가 복도로 나갔고, 헤클리프도 막 식사를 마치고 서두르는 듯한 기색으로 문 쪽에 귀를 기울였다.

잠시 후 카타리나의 말소리가 들려왔다.

"선생님은 식사 중이십니다. 우선 들어오세요."

카타리나가 식당으로 뛰어 들어왔다.

"선생님!"

그녀는 숨을 헐떡거렸다.

"무슨 일이오?"

"마트리 씨예요!"

카타리나는 두 손으로 치맛자락을 만지작거렸고, 헤클리프는 빵을 집었다 스푼을 들었다 하면서 허둥거렸다.

"들어오시라고 해요."

카타리나는 선 채로 여전히 치맛자락을 만지작거리면서 꼼짝하지 않았다.

"나가 봐요!"

헤클리프가 짜증 섞인 소리로 말했다.

"그렇지만……."

"나갔다 와서 식탁을 치워요."

카타리나는 알아들을 수 없는 혼잣말을 중얼거리면서 마지못해 걸음을 옮겼다.

그녀가 나가자 깊은 정적이 감돌았다. 그리고 다시 문이 열렸다.

"들어가시죠."

카타리나가 덤덤한 어조로 말했다.

세바스찬은 유리안느를 툭 치면서 소곤거렸다.

"그 사람이에요. 그가 왜……."

헤클리프는 자리에서 일어나 손님에게로 다가갔다.

"다시 왔군, 마트리."

카타리나도 마트리에게 허리를 굽혔다.

유리안느는 몸을 일으키며 헤클리프에게 말했다.

"물러가도 될까요?"

"그냥 있어요."

헤클리프는 짤막하게 말하고는, 유리안느를 마트리에게 소개했다. 그리고는 마트리에게 의자를 내놓았다.

"어서 앉게! 세바스찬, 너는 사과를 갖고 나가거라. 숙제는

다 했느냐?"

세바스찬은 고개를 끄덕이고는 사과를 집어 한 입 베어 물며 나갔다.

"재미있는 녀석이군. 마을 아이인가?"

마트리가 말했다.

"그렇다네. 음식점 아이지. 그 늙은이가 자살을 했다네. 어머니는 심장마비로 죽고. 그래서 내가 데려왔네."

헤클리프는 파이프에 불을 댕겼다. 그리고는 담배를 빙글빙글 돌리고 있는 손님에게 성냥불을 건네줬다. 성냥불이 땅에 떨어지자, 헤클리프는 발로 밟아서 불을 껐다.

"이젠 여기 있을 작정인가?"

헤클리프가 물었다.

"그렇다네. 이젠 여행엔 질렸네. 여기 일도 직접 봐야지. 모든 것이 엉망이야. 우선 집을 하나 지어야 하겠네. 자네는 언제까지 여기에 주저앉아 있을 건가? 가끔 잡지에서 자네 이름을 읽곤 했지."

유리안느는 두 사람이 주고받는 이야기에 귀를 기울였다.

헤클리프가 마트리의 말을 갑자기 중단시켰다.

"유리안느 브렌톤일세. 지금 내 집에 있어. 내가 후견인이 되었거든."

"알고 있네."

마트리가 말했다.

"알고 있다니?"

"브렌톤 양이 얘기하더군."

헤클리프는 우울한 시선으로 그녀를 바라보았다.

"아, 그런가? 서로 알고 있었군. 그런 줄 알았더라면 소개할 필요가 없었는데……."

유리안느가 아무 말도 하지 않은 채 입술을 깨물면서 헤클리프의 얼굴을 쳐다보고 있자, 마트리가 대신 대꾸했다.

"오늘 정원에서 우연히 만났었지."

"그렇군. 지하실에 부르군더 한 병이 있네. 별로 대단한 건 아니지만……. 자네야 더 좋은 것을 마실 테니까. 하지만 그것 도 마실 만하다네."

헤클리프는 말을 마치자 마트리가 대꾸하기도 전에 촛불을 들고 나가 버렸다.

문이 닫히고 일순간 정적이 엄습했다.

카타리나는 방 안에 아무도 없는 줄 알고 머리를 디밀었다가 마트리를 보자 기겁을 하며 물러났다.

"카타리나예요. 저를 몹시 싫어한답니다."

유리안느가 말했다.

마트리가 이상하다는 듯 바라보자, 유리안느는 계속 말을 이었다.

"질투를 해요."

그러면서 웃어 보이자, 마트리는 놀란 표정으로 그녀를 바라보았다.

"여기 있는 게 좋으신가요?"

설명을 해 주어야겠다고 결심을 굳히고서, 그녀는 간결하게 그간의 얘기를 했다.

"아버지가 파산하셨어요. 제게 남은 것은 아무것도 없어요. 그래서 의사 선생님이 후견인이 되어 저를 거둬 주신 거죠. 그 대신 병원 일을 도와드리고 있어요. 처음에는 거절했지만, 지금은……."

잠시 후 헤클리프가 지하실 문을 닫는 소리가 들렸다. 마트리가 물었다.

"저를 찾아 주시겠습니까?"

그 말에 그녀는 재빨리 대답했다.

"일이 많아서요."

유리안느는 헤클리프가 지하실에서 충계를 올라오는 소리를 듣고 있었다.

"그렇다면 일요일 오후는 어떻겠습니까?"

마트리가 다급하게 물었다.

헤클리프가 문 앞까지 다가오는 소리와 함께 촛불을 끄는 소리가 들려왔다.

"네 시. 차(茶) 마시는 시간에."

마트리가 재빨리 말했다.

유리안느는 그를 멍하니 바라보았다.

헤클리프는 먼지 낀 술병을 들고 문지방에 서 있었다. 유리안느는 그 기회를 틈타서 몸을 일으켰다. 이번에는 아무도 그녀를 붙잡지 않았다. 그녀는 재빨리 밖으로 나와 버렸다.

세바스찬의 방에서 불빛이 새어나왔다. 유리안느는 조용히 그의 방문을 열었다. 세바스찬은 의자에 앉아 두 팔을 책 위에 올려놓은 채 깊이 잠들어 있었다. 그녀는 조심스럽게 책을 빼내 옆으로 치웠다.

그것은 전염병에 관한 책이었고, 여백에는 헤클리프의 글씨로 주(註)가 빽빽이 적혀 있었다. 그걸 보자 이상한 짜릿함이 느껴졌다.

갑자기 세바스찬이 눈을 뜨고 더듬거리며 책을 찾다가 유리안느의 손을 보더니 재빨리 손을 끌어 잡아당겼다. 그녀는 손을 빼냈다.

"진찰실 책을 가져오면 안 돼. 너도 알잖니."

세바스찬은 낭패한 듯 유리안느를 응시했다. 그녀는 단호한 목소리로 말했다.

"돈만 있다면, 너는 틀림없이 의사가 될 수 있어."

세바스찬이 의자에서 뛰어 일어났다.

"정말? 정말 그럴 수 있는 거야?"

그가 소리쳤다.

"그래. 하지만 좀 기다려야 할 거야. 이젠 자거라."

그녀가 나지막한 목소리로 대답했다.

유리안느는 방에 불도 켜지 않은 채 옷을 벗어 침대 위로 던졌다. 제정신이 들었을 때, 두 사나이의 목소리가 식당에서 들려왔다. 그녀는 팔베개를 하고 어둠 속을 응시했다. 이런저런 생각으로 그녀는 갈팡질팡했다.

'마트리 씨가 나를 초대했다. 그의 초대를 받아들여야 할까? 헤클리프 씨에게 그걸 얘기해야 할까? 두 사나이는 아래에서 무슨 얘기를 하고 있는 걸까? 혹시 내 얘기를 하는 것은 아닐까?'

이런 생각은 그녀를 불안하게 했고, 그녀는 다시 일어나서 불을 밝히고 책을 폈다. 그러나 한 줄도 눈에 들어오지 않아, 결국은 책을 덮어 버리고 불을 끈 다음 어두운 창밖을 내다보았다.

유리안느는 두 사나이를 비교해 보기 시작했다. 그들 두 사람이 똑같은 여인을 사랑할 수 있으리라고는 믿어지지 않았다. 몸집이 크고 어둡고 까다롭고 모든 게 서투르며 침울하고 고독한 헤클리프와 밝고 훤칠하며 냉정한 사교가며 사업가이자 게다가 부자인 마트리……

그녀는 그들 중의 누구를 어머니가 더 좋아했을까를 상상해 보았다. 누구도 사랑했을 것 같지가 않았다. 어머니는 전혀 다른 남자와 결혼했지 않은가? 하지만 어머니는 아버지를 결코 사랑하지 않았다는 생각이 들었다. 어머니는 그들 중의 한 사람을 사랑하면서도 아버지와 결혼을 해야 할 특별한 이유가 있었는지도 모른다.

유리안느는 창문을 열고 밤공기를 흠뻑 들이마셨다. 그녀의 생각은 점점 빨라져 갔다. 마트리 씨는 모든 것을 사소한 일로 여기려 하지만, 헤클리프 씨는 그걸 더욱 중요하게 여기고 있다. 그는 왜 어머니의 사진을 감췄을까?

하지만 그런 의혹과는 달리, 불현듯 헤클리프에 대한 신뢰감이 강렬하게 일어났다. 그녀는 거의 숨이 막힐 지경이었다. 이 순간이 무엇보다 중요하다는 것과, 그녀에게 어떤 일이 일어나든 그를 결코 잊을 수 없으리라는 생각이 들었다.

유리안느는 눈을 감고 어둠 속에서 자기도 모르게 손으로 얼굴을 감쌌다. 그녀는 사념에 잠겼다.

'어떻게 될까…… 이러다가 병이 날지 모르겠다. 몸이 떨리는군.'

손으로 눈을 가린 채, 벽에 부딪치지 않게 조심하며 그녀는 문 쪽으로 걸어갔다. 잠시 문 곁에 섰다가 손을 눈에서 떼고 빗장을 벗겼다. 그러는 동안 다시 제정신이 들었다.

어두컴컴한 바다 속에서 솟아오르는 기분이었다. 그녀는 넋을 잃고 별빛으로 희미한 방을 둘러보았다. 달은 아직 뜨지 않았다.

아래층에서 들리던 얘기 소리는 이제 잠잠해졌다. 손님이 나가는 기척도 들리지 않았는데, 그녀는 조용히 방문을 열고 층계를 내려갔다. 복도에 있는 시계 소리도 들리지 않았다. 계단에서 그대로 있을 수가 없었다. 낡은 나무가 삐거덕 소리를 냈기 때문이다.

벽에 바짝 붙어서 걸으니 소리가 나지 않았다. 그녀는 마침내 식당 앞에 서서 문틈으로 들여다보았다. 어둠뿐이었다. 그녀는 살금살금 헤클리프의 서재로 다가갔다. 거기엔 불이 켜져 있었다.

유리안느는 열쇠 구멍에 눈을 댔다. 헤클리프는 책상에 앉아 있었다. 오른쪽 어깨의 움직임으로 봐서 그가 글을 쓰고 있다는 걸 알 수 있었다.

그녀는 자신의 가슴이 너무나 거세게 두근거려서 그가 그 소리를 들을까 걱정이 되었다. 그러면서도 이 순간에는 설령 그의 눈에 띄어도 상관없을 것도 같았다. 그녀는 눈을 감고 몸이 얼어 올 때까지 거기에 꼼짝 않고 서 있었다.

다음 날 아침 식사 때가 되어 그와 마주쳤을 때는 잠시나마 무언가 어색하고 이상하게 느껴졌지만, 그녀는 이내 달콤한 기분에 젖어들었다.

전날 밤의 기분을 다시 불러일으켜 보려 하였지만 소용이 없었다. 별다른 동정심이 느껴지진 않았지만, 핼쑥한 그의 얼굴은 밤새 잠을 자지 못했다는 것을 말해 주고 있었다.

그가 면도도 하지 않았다는 걸 알 수 있었다. 신문을 보면서 빵을 집어가는 그의 동작에서 무언가 확고한 결단을 갖고 있다는 사실을 엿볼 수 있었다.

유리안느는 냉담하게 그를 관찰하면서 그게 마트리의 방문과 관계있지 않을까 하고 자문해 보았다. 갑자기 그녀는 불안해졌다.

헤클리프, 빽빽한 귀리죽, 무엇보다도 자기 자신에 대한 불만, 이런 기분을 도저히 견딜 수 없었다. 그녀는 괴로운 마음으로 아침 식사를 끝냈다.

진찰실에서 헤클리프가 그녀의 이름을 부를 때마다 그녀는 깜짝깜짝 놀라곤 했다. 그는 그녀가 자기를 쳐다보고 있지 않다고 확신할 때마다 걱정스레 그녀를 훔쳐보았고, 그녀는 그걸 알아차렸다. 그에게는 괴로움이 넘쳐흐르고 있는 것만 같았다.

한 시간 뒤면 그의 옆을 떠나도 된다고 생각하자, 그녀는 공연히 뒤숭숭한 불안감에 휩싸였다.

헤클리프가 뭐라고 말을 했는지, 그녀는 알아듣지도 못했다.

"유리안느! 안 들려요? 이 유리잔을 실험실에다 갖다 둬요!"

그가 소리를 질렀다.

그녀에게 유리잔을 건네줄 때, 그의 손이 조금 떨리는 걸 느낄 수 있었다. 그녀도 깜짝 놀라 쳐다보았지만, 그는 벌써 몸을 돌린 뒤였다. 천천히 방 밖으로 나가는데, 좀처럼 그의 시선이 지워지지 않았다. 그 속에 불안감이 감추어져 있는 눈초리였다.

실험실에는 어젯저녁부터 실험대가 닫혀져 있었다. 어둠이 무척 고맙게 느껴졌다.

유리안느는 실험대 유리에다 머리를 댔다. 잠시나마 모든 생각에서 벗어날 수가 있었다. 마치 잠들기 전에 느끼는 무의식 상태 같았다.

갑자기 실험실 문이 열렸다. 밝은 아침 햇살이 작은 실험실 속으로 쏟아져 들어왔다. 가을의 과수원 향내가 여러 가지 약품과 산(酸) 냄새에 섞여 들어왔다.

유리안느는 그녀 뒤로 문이 열리는 기척도 눈치채지 못했다. 헤클리프가 그녀의 이름을 불렀을 때 너무 깜짝 놀라 실험대에 몸을 부딪치는 바람에, 위에 놓여 있던 접시 한 개가 떨어져 깨지고 말았다. 그녀는 산산조각이 난 접시를 망연히 내려다보았다.

"왜 그렇게 신경이 날카롭죠? 약이라도 줘야겠군."

그는 농담을 하고 있었지만, 얼굴은 굳어 있었다.

"탈지면을 가져오라고 했는데……."

"그런 말씀을 하지 않으셨는데요."

"안 했다고? 아무튼 좋아요."

그녀는 유리 조각을 치우기 시작했다.

"죄송해요."

유리안느는 쓰레기통에 유리 조각을 버리며, 그를 쳐다보지 않은 채 말했다. 헤클리프는 방을 나갔다. 그녀는 멍하니 그의 뒷모습을 지켜보았다.

진찰 시간이 끝난 다음에도 여전히 답답하고 우울할 뿐이었다.

그 주일에는 하루하루가 보통 때보다 갑절은 지루했다. 주말은 아득하게 멀기만 했다. 일요일 날 거울 앞에 섰을 때, 창백하고 긴장한 자신의 모습을 그녀는 보았다.

마트리를 찾아가기로 한 바로 그날이었다.

'도대체 예쁜 데라곤 없군. 입은 크고, 광대뼈는 튀어나오고, 머리칼은 너무 거칠고……'

그녀는 자기 모습에 화가 나서 저절로 한숨이 나왔다.

'바보 같은 얼굴이야.'

머리에 빗질을 하기 시작했을 때, 갑자기 헤클리프가 '유리안느!' 하고 부르던 목소리가 생각났다. 그녀는 허공을 노려보았다. 그러다가 차츰 정신을 차리기 시작했다.

'마트리 씨와 찻잔 앞에 마주 앉으면 어떻게 될까…… 차라리 그냥 집에 있는 게 낫지 않을까? 헤클리프 씨는 모르겠지…….'

그런 생각을 하자 얼굴이 붉어졌다.

그런데 왜 그에게 그 얘기를 하지 않았을까? 순간이나마 그의 힘을 벗어나서 무언가 그에게 비밀을 갖고 있다는, 달콤하면서도 우울한 만족감을 즐겼던 것은 아닐까…….

그러나 점심 식사 때가 되어 아래로 내려갔을 때 그녀는 부끄러워하면서 스스로에게 다짐했다.

'지금 그 얘기를 해야지.'

헤클리프와 식탁에 함께 앉았을 때 그녀는 그 사실을 밝히고 싶은 욕망에 들떴다.

"마트리 씨가 오늘 초대했어요."

그녀는 자신의 얼굴이 핼쑥해졌으리라는 생각이 들자 화가 났다.

"그래요?"

그는 그답지 않은 조용한 목소리로 대꾸했다.

유리안느는 음식 접시를 쳐다보며 그가 다시 입을 열기를 기다렸으나, 국물을 떠 넣는 규칙적인 소리 외에는 아무 대답도 없었다. 그녀는 적잖게 실망감을 맛보았다.

'난 정신이 나갔어. 빨리 제정신을 차려야지. 성으로 가지 않는 게 좋을 기야……'

이런 결심을 하자, 그녀는 이상스럽게도 마음이 홀가분해졌다.

헤클리프를 쳐다보려고 머리를 들었다. 접시가 이미 비어 있는데도 그는 여전히 접시를 쏘아보고 있었다. 순간, 그때 성의 방문(訪問)을 포기하겠다는 그녀의 생각이 다시 사라져 버렸다.

유리안느는 서둘러 식사를 했다. 마지막엔 화가 나기 시작했다.

세바스찬이 왔다. 그는 문 뒤에서부터 손수건을 펄럭이며 소리를 질렀다.

"과자를 얻었어요!"

누구에게서 얻었느냐고 묻는 사람이 아무도 없었다. 세바스찬은 실망한 듯이 의자에 앉아서 식탁 위에 책보를 올려놓았다.

"내려놔."

유리안느가 소곤거리듯 말했다.

"왜요?"

"내려놔!"

세바스찬은 묵묵히 말을 들으면서도 무언가 못마땅한 표정이었다.

유리안느가 식사를 끝내고 일어섰을 때, 세바스찬은 유리안느를 뒤쫓아 와서 다짐이나 하듯 소곤거렸다.

"잊으면 안 돼요. 네 시나, 그렇지 않으면 좋은 때로 하라고 그 남자가 말했어요."

유리안느는 잽싸게 자신의 방으로 들어갔다. 이마를 유리창에 댄 채 그 어느 때보다도 멍하니 밖을 내다봤다. 시간이 되자 그녀는 조심스레 준비를 하기 시작했고, 아무런 망설임도 없이 카타리나가 놀랐던 적회색 비단옷을 입었다.

네 시 조금 전에 헤클리프의 서재를 지날 때 약간 가슴이 아파왔다. 자신이 하는 짓이 구체적으로 얼마만큼 그의 마음을 아프게 할는지는 모르겠지만, 아무튼 그가 마음 아파할 거라는 느낌이 들었다.

유리안느는 잠시 숨을 들이마셨다. 일요일의 깊은 정적 속에서 헤클리프가 책장을 넘기며 뭔가를 쓰고 있는 소리만이 들려왔다.

대문을 닫으며, 그녀는 한숨을 내쉬었다. 성으로 가기 위해 그렇게 서두르지는 않았다. 시계가 네 시를 쳤다. 마을에서 성으로 이르는 길가 옆의 쥐똥나무 울타리를 손으로 스치면서, 그녀는 잠시나마 자신에게는 아무 책임이 없다는 생각을 했다.

비단 옷은 사각거렸고 몸은 가뿐했다. 부드러운 가을바람이 불어왔고, 그녀는 그 가을바람을 정면으로 받으며 바람에 머리칼을 나부꼈다. 돛단배 같다고 생각했다. 앞으로 나아가는 돛단배…….

생각에 잠겨 그 말을 되풀이하면서도 무언가 그것을 방해하는 불안감은 여전했다. 지금 돌아서는 게 좋지 않을까, 하고 진지하게 숙고해 보기도 했다.

바로 그때 마트리가 문 앞에 서 있다가 그녀에게로 다가왔다. 그에게 솔직하고 당당하게 대해야겠다고 결심하면서도, 왜 그래야 하는지는 알 수 없었다.

그가 너무나 나긋나긋하고 기분 좋게 말을 늘어놓았기 때문에 그에 대한 저항이 자기도 모르게 사라지고 있다는 것을 그녀는 깨달았다.

그들은 성 옆에 있는 조그마한 흰 집으로 들어갔다. 늙은 남자 하나가 말없이 그녀의 외투를 받다가 그녀의 얼굴을 보고는 눈을 크게 뜨며 놀랐다. 이런 일이 너무나 순간적으로 일어났기 때문에 그녀는 그걸 눈치 채지 못했다.

아래층에 있는 방으로 들어갔다. 소파 위에는 한 노부인이 검은 비단 옷을 입고 체스 판 앞에 앉아 있었다. 마트리가 유리안느와 함께 들어가도 노부인은 쳐다보지도 않고 여전히 체스 판에 몸을 굽히고 있었다.

"기다려라, 곧 끝난단다."

마트리는 유리안느에게 의자를 내놓으며 말했다.

"우리 어머니요."

유리안느는 가볍게 탄성을 질렀다. 도저히 믿어지지가 않았다. 그 시골 아낙네 같은 늙은 부인이 이렇게 날씬하고 고상한 사나이의 어머니라고는 도저히 납득이 가지 않았던 것이다.

"그렇군."

노부인은 만족스런 목소리로 말했다.

"이젠 이겼다."

노부인은 체스 말들을 가죽 주머니에 담은 다음에야 비로소 두 사람을 바라보았다. 그런데 노부인이 갑자기 눈을 크게 뜨고 몸을 굽혔다. 그리고 머리를 흔들며 중얼거렸다.

"그럴 리가 없어. 이 늙은 것을 놀리지 마."

"정말이에요."

마트리가 말했다.

"저도 처음에는 놀랐어요."

노부인은 어쩔 줄 몰라 했다.

"이 여잔 도대체 누구냐?"

유리안느가 엉겁결에 대답했다.

"저는 유리안느 브렌톤이라고 합니다."

노부인은 마치 유리안느가 사라지기라도 하는 듯이 그녀를 눈으로 꼭 붙잡고 찬찬히 뜯어보았다.

"도대체 어디서 왔죠?"

마트리가 대답했다.

"헤클리프 씨 댁에 있어요."

노부인은 손바닥으로 책상을 치며 소리를 질렀다.

"무슨 얘기인지 빨리 말해 봐요!"

유리안느의 얼굴이 창백해지는 것을 보자, 노부인은 그 크고 거친 손으로 유리안느의 팔을 잡고 말했다.

"내가 왜 이러는지 자초지종을 알게 되면 이해하게 될 거예요. 하지만 무언가 내게 숨기고 있으니, 낸들 이러지 않을 수 있겠어요?"

"숨기는 것은 없어요. 부모님이 돌아가셨고, 헤클리프 의사가 제 후견인이 됐어요."

유리안느는 몸을 떨며 국어책을 낭독하는 학생처럼 말을 했다.

노부인은 경악과 분노가 뒤섞인 소리로 외쳤다.

"그가……."

그리고 갑자기 날카로운 소리로 물었다.

"그렇다고 하더라도, 무엇 때문에 그의 집에 있는 거죠?"

유리안느는 약간 냉소적인 말투로 대꾸했다.

"아버지께서는 돈을 다 잃으셨고, 저는 지금 가난해서……."

거기서 그녀는 마땅한 비유가 생각나지 않아 화가 난 듯이 말했다.

"좌우간 지금은 형편없이 가난하게 됐어요. 그러니 어쩌겠어요?"

노부인은 다그치듯이 계속 물었다.

"그러면 거기서 무엇을 하고 있는 거예요?"

유리안느는 간단하게 대답했다.

"병원 일을 도와주고 있어요."

"그래요? 일을 하는군요?"

노부인은 놀랍게도 곧 관심과 호의가 섞인 얼굴로 그녀를 바라보았다.

"그렇군요. 이리로 앉아요. 아니, 이쪽으로 가까이 와요. 내가 무례하게 대한 것을 이해해 줘요. 하지만 난 무언가 비밀이 있다는 건 참을 수가 없어요. 인생이란 연극이 아니니까. 이젠 됐어요. 차나 마십시다."

"아니에요."

유리안느는 힘을 주어 덧붙여 말했다.

"제겐 비밀 같은 건 없어요."

이제 그녀의 눈은 호의에 가득 찬 노부인의 눈과 마주쳤다. 이 부인을 좋아하게 될 것 같은 생각이 들었다. 복도에서 그녀의 외투를 받아 주던 늙은 남자가 차를 가져오는 동안 그녀는 오랜만에 느긋한 기분에 잠겼다.

"아! 여긴 참 좋군요."

그녀가 갑자기 가벼운 신음 소리를 내며 말했다.

"우리도 즐겁습니다. 이곳이 마음에 든다니, 자주 오도록 하세요."

마트리가 말했다.

노부인이 놀라움에 찬 눈길로 그를 흘깃 쳐다보자, 그가 눈을 돌렸다.

"그럴 시간이 없는걸요."

그녀는 재빨리 말하고는 그의 말을 막으려는 듯 말을 계속했다.

"진찰실에 있을 때는 선생님을 거들어 주고, 왕진을 갈 땐 함께 가곤 해요. 병원이 커서 마을 여기저기에 흩어져 있는 외딴 집에서도 그 병원만 찾아요."

헤클리프에 대한 얘기를 하는 것이 그녀는 즐거웠다. 자신과 이들 사이에 놓여 있는 멀고도 깊은 거리감이 알 수 없는 기쁨으로 다가왔기 때문이다.

노부인이 그녀의 얘기를 한참 흥미롭게 듣고 있는데, 마트리가 침묵을 지키고 있다가 불쑥 말했다.

"성을 구경하는 게 어떻겠소?"

그러자 노부인이 마트리에게 경고라도 하는 듯한 눈길을

보냈다. 하지만 그는 그걸 외면했다.

"그래요. 성을 구경하고 싶군요. 전에는 거기서 사셨나요?"

"아주 오래됐어요."

그가 대답했다.

마트리가 열쇠를 집자, 유리안느는 그보다 먼저 정원으로 나섰다.

왠지 불안했다. 그녀는 혐오감에 휩싸여 헤클리프와 보잘 것없는 그의 집 식탁 위에 놓인 값싼 식기들, 형편없는 음식들을 떠올렸다. 또한 자신이 가난해진 이후 단절되고 만, 옛날 생활에 대한 주체할 길 없는 동경에 사로잡혔다.

그런가 하면 자기도 모르게 두 남자를 비교해 보고는, 마트리 앞에 서 있는 자신을 발견했다. 하지만 거기서 느끼는 양심의 가책이 이런 그녀의 감정에 조심하라는 경고를 보내왔다.

생각을 더 이상 계속할 수가 없었다. 마트리가 그녀를 따라왔기 때문이었다.

유리안느는 그를 따라가면서 물었다.

"선생님은 대체 슈타인필트에서 무슨 일을 하세요?"

"나요? 나야 채석장 일을 감독하지요."

"하지만 오랫동안 떠나 있으셨지요? 그동안에도 일은 잘 되어 가지 않았나요?"

그가 놀란 표정으로 그녀를 바라보았다.

"물론 내가 없어도 일이야 되어 가죠. 하지만 내가 있으면 더 잘 되거든요."

"어째서요?"

"주인이 곁에 있다는 걸 알면 일을 더 잘하니까. 이곳 사람들은 천성이 게을러서요."

그녀는 뭔가 부인하는 눈초리로 그를 쳐다보았다.

"그들은 가난하니까요."

"그래서요?"

"그들은 가난했었고, 앞으로도 가난할 거예요."

그의 말에 그녀는 멍해졌다.

"그들은 그 버릇을 고치려고 들지 않아요."

그는 냉랭하게 말했다.

잠시 침묵이 흐른 다음 그녀가 말했다.

"헤클리프 선생님도 그 사람들에게 화를 내지만, 마을 사람들은 잘 참아 내지요."

"그래요? 당신은?"

"저도요."

그녀는 단호하게, 다짐이라도 하듯 말했다.

그러자 그는 입을 다물었다.

그들은 성에 다다랐다. 열쇠의 요란한 마찰음에도 불구하고 자물통에 녹이 슬어서 여는 데 여간 힘이 들지 않았다.

마침내 문이 열리자, 그들은 어둠과 냉기가 감도는 곰팡이 냄새 속으로 들어갔다.

유리안느는 주저하며 마트리를 따라서 천장이 낮은 복도를 걸어갔다. 벽에는 옛날 무기들이 걸려 있었다. 발걸음 소리가 너무 크게 울려서, 그녀는 발끝으로 살금살금 걸어갔다.

마트리가 그걸 보며 말했다.

"누가 잠이라도 깰까 봐 겁이 나는 거예요?"

"누가 깨다뇨? 무슨 뜻이에요?"

"누가 여기서 잠이라도 자고 있는 줄 아시오? 그렇게 조심스럽게 걷고 있으니 말입니다."

그 말에 유리안느는 가벼운 전율을 느꼈다. 어디에나 날개를 활짝 편 박제된 새들로 가득했고, 그것들은 바람이 불 때마다 일렁거렸다.

홀이 나타났다. 홀은 먼지 낀 창문을 통해 들어오는 희미하고 누런 광선으로 가득 차 있었다. 검은 옻칠이 된 시렁 위에 죽은 새들이 여기저기 놓여 있어 이상한 냄새를 풍겼다. 그들은 높은 출입문을 지나 홀을 빠져나갔다.

마트리가 창문을 열려 했지만 야생의 포도덩굴 때문에 창문은 꼼짝도 하지 않았다. 유리안느는 불안한 마음으로 웅장하면서도 딱딱한 기분이 도는 방을 둘러보았다. 검은 옻칠을 한 틀에, 여기저기 얼룩이 진 벽거울이 걸려 있었다.

그들은 방을 차례로 지나갔다. 방마다 먼지와 곰팡이 냄새가 뒤섞여 있었고, 금색을 칠한 의자들은 퇴색되어 있었다. 유리안느가 무거운 커튼을 건드리면 모두 무너져 버릴 것만 같아 불안했다.

"냄새가 나는군요. 여기서 사셨나요?"

그녀는 몸을 떨며 물었다.

"아니오. 여기가 아니라, 한 층 위였습니다. 우린 여기에 어울리지 않습니다. 우리 선조가 농사꾼이었거든요. 다만 아버지가 공장을 지으려고 이 성을 샀던 거요. 그러기 전에 돌아가셨지만……"

그가 미소를 지으며 대꾸했다.

"하지만 선생님은…… 선생님은 여기에 썩 잘 어울리시는데요."

그녀가 소곤거리듯이 말했다.

그러는 그는 아무 대답도 하지 않았다. 그녀가 하는 소리를 들었는지조차도 알 수 없었다.

"저 안에 뭐가 들었나요?"

어떤 문 앞을 지나면서 그녀는 호기심에 차서 물었다.

"여기요? 뭐 특별한 것은 없습니다. 다른 방들과 마찬가지죠. 위로 올라갑시다. 거기가 훨씬 기분이 좋으니까."

"이 방을 구경해도 될까요?"

그녀는 고집스럽고 짓궂게 물었으나, 그는 그 질문을 건성으로 들으며 위층을 향해 걸어갔다. 거기엔 밝은 빛의 가구들과 부드러운 커튼이 쳐진 작은 방들이 있었는데 어느 정도 아늑한 분위기였다.

"여기에선 살 수가 있겠군요?"

유리안느가 물었다.

"그래요. 그럴 것 같소?"

다그치는 듯한 그의 목소리에 그녀는 놀랐다.

"물론이죠. 안 될 게 뭐예요? 여기서 사실 거예요?"

"모르겠소."

그는 머뭇거리며 차분한 어조로 말했지만, 그 얼굴에는 신경질적인 경련이 일고 있었다.

왜 그가 갑자기 그렇게 흥분하는지 이상스러웠다. 그때 그녀의 눈초리가 벽에 걸린 사진에 못 박혔다.

"우리 어머니군요!"

그녀가 소리쳤다.

"헤클리프 씨 댁의 내 침대 위에 걸렸던 것과 똑같은 타원형 사진이에요. 거기 것은 누가 떼어 버렸지만요."

"정말이에요? 그 사람도 이 사진을 간직하고 있을 줄은 몰랐는데……."

마트리가 가볍게 응수했다.

유리안느는 증오심에 가득 차서 그를 노려보다 빠르게 말했다.

"이젠 집에 가야겠어요."

"여기서 식사를 하실 줄 알았는데……."

그렇게 말하는 그의 목소리에는 실망이 가득 담겨 있었다.

"아니에요, 안 돼요. 선생님께 말씀드리지 않고 그럴 수는 없어요."

"헤클리프에 대해 너무나 자상하시군요."

그것은 굉장히 냉랭한 말투여서, 그녀는 대꾸할 말이 없었다.

집 안은 완전히 어두워졌다. 죽은 새들이 날개를 펴는 것 같았고, 두꺼운 담에서는 냉기가 흘러나왔다. 밖으로 나오자, 유리안느는 비로소 안도의 숨을 내쉬었다.

마트리가 문을 완전히 닫기도 전에 그녀는 서둘러서 테라스로 나갔다. 정원은 가을 향기와 오랜 역사가 담긴 저녁 냄새를 풍겼다. 우울한 분위기였다.

낡고 녹슨 대문의 자물쇠를 잠그는데 시간이 걸리는지 마트리는 한참이나 따라오지 않았다.

유리안느는 거실 곁에 있는 나무등걸에 걸터앉았다. 거실의 아늑한 불빛이 관목 사이로 흘러나왔다.

어디선가 무슨 이야기 소리가 들려왔다. 긴장하고 귀를 기울이니, 무슨 얘기인지 알아들을 수 있었다. 어떤 여자가 얘기를 하고 있었는데, 마트리의 어머니는 아니었다.

"그렇지만 그 아가씨는 그를 좋아하지 않을걸. 젊은이는 젊은이를 좋아하는 법이니까."

한 남자가 그 말에 대꾸했다.

"그거야 두고 봐야지."

"당신은 바보예요."

대꾸하는 소리가 들렸다.

"물론 되는 대로 되겠죠. 우리가 그걸 변경시킬 수 있을 것 같아요?"

목소리는 낮았지만 무척 날카로웠다.

"내 말은 이런 거예요. 옛날 그녀의 어머니처럼 결말이 좋지 않을 거라구요. 좋은 일은 없어요. 틀림없다니까요."

문이 닫히고, 대화는 중단되었다.

유리안느는 그 얘기가 무슨 얘긴지, 번개처럼 짚이는 데가 있었다. 그녀는 우울하게 거기에 앉아 있었으나, 점점 흥분이 차올라 참을 수가 없었다.

그녀는 갑자기 몸을 일으켜 집 안으로 뛰어 들어갔다.

노부인은 여전히 소파에 앉아 있다가, 유리안느가 들어오자 책을 덮었다.

"왔군요. 아들은 어디 있죠?"

부인이 놀라며 말했다.

유리안느는 말을 할 수가 없었다.

"무슨 일이죠? 얼굴이 핼쑥하군요. 여기가 어두워서 그런가……?"

부인은 램프 불을 들었으나 유리안느는 꼼짝도 하지 않았다.

"아들이 무슨 잘못이라도 저질렀나요?"

"아니에요."

유리안느는 머리를 흔들면서 간신히 말을 꺼냈다.

"더 이상 참을 수가 없어서 그래요. 온통 비밀투성이에요."

노부인은 그녀를 주의 깊게 살피고 있었다.

"저런! 무슨 얘기를 하는 건지 설명을 해 줄래요?"

"네, 할게요. 부인께선 저의 어머니를 알고 계시죠?"

유리안느의 목소리가 갑자기 차분해졌다.

"그게 궁금했어요? 알고 있지요."

노부인은 한숨을 지으며 말했다.

"잘 아셨어요?"

"그렇다고 할 수도 있지."

"그런데요?"

"뭘 알고 싶은 거예요?"

유리안느는 거부하는 몸짓으로 상대를 응시했다. 헤클리프의 이름을 들먹이려고 애를 쓰며 더듬거렸다.

"의사 선생님 댁에서 어머니 사진을 본 적이 있어요. 젊었

을 때 사진이었어요. 그런데 내가 그걸 보아서는 안 되기라도
하듯, 그걸 치워 버리는 거였어요."

"그래서요?"

노부인은 흥미롭다는 듯 그녀를 바라보았다. 유리안느는
계속 말을 해 나갔다.

"그런데 이 성에서도 방금 똑같은 타원형 틀에 들어 있는
어머니 사진을 보았거든요. 의사 선생님 댁의 제 침대 위에
걸려 있었던 사진과 똑같은 것을요. 떼어 버려서 이제는 볼
수 없지만……."

"그리고?"

"그리고……. 아드님은 말씀하셨어요. 헤클리프 선생님과
아드님이 똑같이 어머니를……. 뭐라고 해야 할지 모르겠군
요. 하여간 우리 아버지와 결혼하기 전에 어머니를 사랑했대
요. 아드님은 그런 건 하찮은 일이라고 하더군요."

"그렇게 말해요?"

"그래도 의사 선생님은 그걸 진지하게 여겨요. 그리고 다른
사람들도 그렇게 생각하구요."

유리안느가 큰 소리로 말하자, 노부인은 태연하게 이렇게
대꾸했다.

"스캔들은 생각하기 나름이죠. 진지할 수도, 그렇지 않을
수도 있어요. 그건 생각하기에 따라 달라지지요."

유리안느는 초조한 표정으로 말했다.

"좋아요. 세게 사실을 얘기해 주시지 않는군요. 그렇다면 부엌으로 가서 하인들에게 물어보겠어요."

그러자 노부인이 손으로 책상을 쳤다. 그 바람에 유리잔이 마구 흔들렸다.

"그러지 말아요!"

"좋아요. 그렇다면 말씀을 해 주셔야죠."

유리안느는 쌀쌀하게 말했다.

"뭐라고? 도대체 나더러 강도 얘기라도 꾸며 내란 말인가?"

노부인이 흥분해서 말했다.

유리안느는 입술을 깨물며 얼굴을 붉혔다. 그리고 침착하게 또 물었다.

"저희 어머니가 두 사람을 다 사랑했어요?"

"아가씨. 이 세상에 없는 사람을 더 이상 들먹여서는 안 돼요. 사람이 자기 마음도 잘 모르는데, 남의 마음속을 어떻게 알겠어요?"

"부인께서는 아시잖아요."

유리안느는 고집스럽게 말했다.

"어머니는 헤클리프 선생님을 사랑했죠? 그렇죠?"

노부인은 아무 대답도 하지 않았다.

"하지만 뭣 때문에 그들은 결혼하지 않았죠? 그가 어머니를 사랑하지 않았나요?"

노부인은 펄쩍 뛰며 소리를 쳤다.

"무슨 얘기요? 그가 당신의 어머니를 사랑하지 않았다니? 그때 사정이 어떠했는지는 잘 모르지만……."

"그래서요?"

"사정이야 어떻든 그는 아가씨의 어머니와 결혼을 하지 않았어요."

그러자 유리안느가 재빨리 물었다.

"아드님도 어머니를 사랑했었나요?"

그 말에 노부인은 어깨를 으쓱했다.

"부모가 그 속마음을 어떻게 알겠소."

유리안느는 미심쩍다는 눈초리로 노부인을 쳐다보았다.

"의사와 아드님은 친한 친구 사이였죠? 그렇죠?"

"그래요. 학창 시절부터 떨어질 수 없는 사이였죠."

유리안느는 승리감에 휩싸여 소리를 질렀다.

"그렇다면 아드님께 여자를 넘겨주려고 헤클리프 씨가 포기를 한 거군요."

"뭐라고요? 그가 포기를 했다고요? 여기 정원에서 결투까지 했었다오."

"그래서 누가 이겼나요?"

"몰라요."

"하지만 총을 쏘았을 게 아니에요?"

"헤글리프 씨는 쏘지 않았어요."

유리안느는 입을 다물었고, 노부인은 계속 말을 했다.

"그는 한 방 맞았어요. 손목에 상처가 있죠. 아직 그걸 못 봤나요?"

그때 탁상시계가 일곱 시를 알렸다. 유리안느는 조용한 목소리로 물었다.

"봤어요. 그래서요?"

"그래서라니? 어떻게 됐든 아가씨의 어머니는 결혼을 한 거죠."

"그리고요?"

유리안느는 옷장에 몸을 기대며 정신을 바짝 차렸다.

"그리고요?"

그녀는 나지막하게 되풀이해서 물었다.

"그 이상은 얘기할 게 없어요. 그 이후야 아가씨가 알고 있잖아요?"

"아니에요. 전혀 짐작도 못 해요. 어머니가 어떻게 해서 돌아가셨는지도 몰라요."

유리안느는 소곤거리듯이 말했다.

"심장마비였어요. 그렇게 알고 있어야 해요."

"마트리 부인. 말씀해 주시지 않으면 다른 사람들에게서라도 알아내겠어요. 그냥 지금 얘기해 주시는 게 좋지 않을까요? 하인들은 결말이 좋지 않았다고 얘기하더군요. 그게 무슨 뜻이죠?"

그러자 부인이 언성을 높였다.

"쓸데없이 주둥아리들을 ……. 단순한 사건을 쓸데없이 들먹이려 무서운 얘기로 만들다니. 들어 봐요. 어머니는 결혼 후에도 가끔 이곳에 왔었어요. 우리 성에서 거처했죠. 아들과 아가씨의 어머니는 가끔 음악을 합주하기도 했죠. 그랬는데 어느 날 갑자기 심장마비를 일으켰던 거예요."

유리안느는 깜짝 놀랐지만, 다시 정신을 가다듬으며 말했다.

"여기 성에서요? 요양원에서였다고 하던데요. 어떤 방에서였죠? 제발 말씀해 주세요. 이층 구석방이었죠?"

"그 방에 들어가 보았나요?"

"아니에요. 왜 죽었지요? 흥분을 했다면, 무슨 그럴만한 동기가 있었을 게 아니에요? 그게 뭐였죠?"

노부인은 몸을 일으키더니, 유리안느의 어깨에 손을 얹었다. 시골 아낙네처럼 투박한 손이었다.

"내가 지금 얘기하는 건 얘기를 더욱 이상하게 만들 뿐이에요. 하지만 얘기하죠. 놀라지 말아요. 어머니는 그 의사가 방에 들어가 있을 때 죽었어요."

유리안느는 비명을 질렀다. 그리고 나지막한 소리로 말했다.

"부인께서는 11년간이나 그를 보시지 못했죠?"

노부인은 다소 긴장한 표정이었지만, 유리안느를 동정하는 눈빛으로 바라보았다.

"고마워요."

유리안느는 마치 몽유병자처럼 얼이 빠진 채 자리에서 일어났다. 그리고 누구의 눈에도 띄지 않고 그녀는 집 밖으로 나갈 수 있었다.

밖은 완전히 어두워져 있었다. 성문으로 가는 길도 못 찾고 그녀는 관목 사이에서 길을 잃었다. 마술에라도 걸린 듯, 집 앞 광장으로 되돌아나왔다.

그때 자갈밭 위에서 발걸음 소리가 들렸다. 관목 사이로 비치는 램프 불빛이 그녀의 모습을 드러나게 하자, 그녀는 부신 눈을 비비며 어둠 속으로 뛰어 들어갔다. 나무뿌리에 걸리고 가시에 찔리며 뛰는 동안, 방향을 잘못 잡았다는 걸 알아차렸다.

불빛은 정원을 샅샅이 비췄고, 그녀의 이름을 부르는 소리가 들려왔다. 그녀는 대답하지 않고 곧바로 불빛을 향해 나아갔다. 길이 구부러지는 곳에서 그녀는 마트리와 마주쳤다. 그는 유리안느의 눈이 부시지 않도록 램프를 아래로 내렸다.

그들은 어둠 속에서 마주 보고 섰다. 그동안에 정원이 불안정한 불빛 속에서 깨어났다.

"왜 그래요?"

마트리가 먼저 입을 열었다. 목소리에는 노여움이 숨겨져 있었다.

유리안느는 냉담하게 그를 바라보았다. 그러자 그가 추궁하듯 말을 계속했다.

"어머니가 무슨 말을 했어요?"

"제가 궁금하게 여기던 얘기였어요."

"유리안느, 나이든 부인들은 지루할 때면 이상스러운 얘기들을 생각해 내길 좋아해요. 우리 어머니의 상상을 내 설명보다 더 믿는 건가요?"

유리안느는 그에게 냉소 어린 눈길을 보냈다.

"당신의 어머님은 솔직한 분이었어요. 말씀하신 건 상상이 아니었어요."

"도대체 무슨 질문을 해서 무엇을 알아냈다는 거예요?"

유리안느의 눈초리에는 깊은 곤혹감과 놀라움이 가득 찼으나, 목소리만은 신랄하게 울렸다.

"우리 어머니의 죽음에 대해 무언가 다른 설명을 할 수 있으세요?"

아무 대꾸가 없자, 그녀는 조소하는 듯하면서도 노여움이 담긴 목소리로 말을 계속했다.

"그게 사소한 일이라고 하시면서, 왜 얘기하지 않는 거죠?"

"유리안느, 난 당신보다 아는 게 별로 없어요. 왜 나를 믿지 않는 거죠?"

그녀는 입을 다물었다. 그에게서 더 이상의 것을 알아낼 수 없으리라는 생각이 들었다. 그러면서도 모든 것을 알고 있는 사람은 바로 이 사람 혼자뿐이라는 확신이 들었다.

그녀는 심한 피로감을 느꼈다. 발병 직전의 미열 같은 것이었다.

"늦었군요."

유리안느는 피곤에 지쳐서 말했다.

"내가 어디에 있는지 집에선 아무도 몰라요."

그녀를 돌아보는 그의 눈초리에 의혹이 서렸다. 그녀는 선 채로 결연하게 말했다.

"어머니가 돌아가신 방을 보고 싶군요. 아까 저와 그 방 앞을 지나쳤었죠?"

그는 아무런 감정도 배지 않은 목소리로 말했다.

"내일 보도록 합시다."

"아뇨. 지금 보고 싶어요."

"거긴 몹시 어두워요."

"램프가 있잖아요. 불을 이리 주세요. 저 혼자라도 가고 싶어요."

"무서울 거요."

"그럴지도 모르죠. 열쇠 갖고 계세요?"

"문까지 데려다 주리다."

그들은 묵묵히 이끼 낀 길을 걸어갔다. 발이 푹푹 빠졌다. 길은 끝없이 보였다. 고의적으로 길을 엉뚱한 데로 인도하는 게 아닌가 하는 생각이 들었으나, 마침내 테라스 층계가 불빛에 드러났다. 문을 열면서 마트리는 그녀에게 램프를 넘겨주고는 뒤에 남았다.

유리안느는 곧장 앞으로 걸어갔다. 램프 갓의 그림자가 벽에서 춤을 추고, 그녀의 발소리는 공허하게 울려 퍼졌다. 어둠에 휩싸인 긴 복도를 희미한 램프 불은 절반도 밝혀 주지 못했다. 하지만 그녀는 전혀 주저하는 기색 없이 몇 시간 전에 지나갔던 문에다 열쇠를 꽂았다.

불빛이 작은 방으로 흘러들어가자, 그녀는 길게 한숨을 쉬었다.

방 가운데에는 피아노가 뚜껑이 열린 채 놓여 있었고, 악보도 그대로 펼쳐져 있었다. 의자도 망가졌고, 둘째 번 의자에는 첼로가 세워져 있었는데, 현은 저음까지 모두 망가지고 태엽도 풀려 있었다. 양탄자 바닥에는 사방으로 악보가 흩어져 있었고, 두 개의 촛대에는 양초가 넘어진 채 있었다. 촛불 끄는 것도 잊어버렸던 것 같았다. 꽃병에는 앙상한 가지만 꽂혀 있고, 시든 꽃잎이 사방에 흩어져 있었다.

갑자기 램프 불이 펄럭이고 창문이 흔들렸다. 유리안느는 깜짝 놀랐지만 물러서지는 않았다.

그녀는 불을 높이 쳐들고 열려 있는 창문을 보았다. 유리가 깨져 버린 창문 하나가 보였다. 사방으로 불빛을 비추자, 벽과 마루의 썩은 얼룩점이 뚜렷하게 드러났다. 또한 여러 해에 걸쳐서 비가 들이쳤던 듯, 창문 곁에 놓인 안락의자가 습기로 검게 변해 있었다.

유리안느는 묵묵히 그걸 쳐다보다가 마루 위에 불빛이 비치도록 램프를 내렸다. 그러자 방 안이 순식간에 어둠에 싸였다.

그녀는 문을 열고 천천히 층계를 내려갔다. 문 앞에서 마트리가 기다리고 있었다.

"어떻던가요? 기분이 좋지 않지요? 그렇지요?"

그가 나지막하게 물었다.

"아니에요."

그녀는 화가 나서 쏘아붙였다.

그들은 묵묵히 정원을 가로질렀다. 유리안느는 성문을 지나쳤다는 것도 깨닫지 못했다.

마트리가 '이젠 댁에 다 왔습니다.' 하고 말했을 때에야 그녀는 겨우 정신이 돌아왔다.

유리안느는 인사도 하지 않은 채 층계로 올라갔다. 문을 열기 전에 잠깐 망설이며 뒤를 돌아보자, 램프 불에 비친 마트리의 불안스럽고 희미한 모습이 보였다. 그리고 그의 목소리가 들려왔다.

"언제 또 만날 수 있는 거죠?"

그녀는 그러고 싶지는 않았지만 건성으로 대꾸했다.

"네, 물론 다시 뵙겠어요."

자신의 목소리가 너무나 결연하고 냉담하다는 것을 느끼면서 내심 놀랐다. 그의 모든 것을 손 안에 넣고 주무르면서도 그걸 모르는 그런 냉담함이었다.

문이 이미 잠겨져 있어, 그녀는 벨을 눌러야만 했다. 어둠속에 혼자 서서 기다리고 있는 그 짧은 시간 동안, 그녀는 자신이 몇 년이나 더 나이를 먹은 것 같은 기분이 들었다. 그것은 자신의 가난과 혈혈단신의 신세, 그리고 헤클리프 곁에 매달려 있는 생활보다도 더 참기 힘든 무게로 자신의 가슴을 짓누르는 것 같았다.

세바스찬이 문을 열었다.

"이제야 오는 거예요?"

소년은 원망하는 눈초리로 말했다.

"배가 고파 죽을 뻔했어요."

"아직도 식사를 안 했니?"

소년은 대답 대신에 식탁을 가리켰다. 거기에는 손도 대지 않은 저녁 식사가 그대로 놓여 있었다.

"선생님은 어디 계시니?"

세바스찬이 머리로 옆방을 가리켰다.

"모셔와."

그 말에 세바스찬은 어깨를 으쓱했다.

"그러지 않는 게 좋을 거예요."

"어째서?"

그는 찌푸린 얼굴을 흉내 냈다. 유리안느는 얼굴로 갑자기 피가 몰리는 것 같았다.

"그래도 가 봐. 널 잡아먹기야 하겠니?"

"날 잡아먹지는 않겠지."

세바스찬은 이렇게 중얼거리며 마지못해 움직였다.

유리안느는 그런 세바스찬의 모습에 미소를 지었으나 곧이어 다시 고통이 되살아났다. 그녀는 헤클리프가 들어올 문을 두근거리는 가슴으로 쏘아보았다.

문이 열리자 그녀의 무릎이 휘청거렸다. 그건 세바스찬이었다.

"안 오신대요."

소년은 사명을 완수했다는 듯이 가벼운 말투로 말했다.

"안 오신다고?"

유리안느는 실망하면서 몸을 떨었다. 그러면서 그녀는, 자신이 발견한 것을 한시바삐 그에게 말하고 싶은 욕망에 차 있다는 것을 깨달았다.

"싫다, 너희들이나 먹어라. 이렇게 말했어요."

세바스찬은 의자에 앉아 빵을 집으며 설명했다.

유리안느는 소리를 지르고 싶은 심정이었다.

'그렇다면 나도 먹지 않겠어!'

그러면서도 그녀는 억지로 흥분을 누르고 식사를 시작했다. 우유를 마시면서 그녀는 이상스럽게 안정감이 느껴졌다. 비어 있는 헤클리프의 의자를 바라보며 그의 커다랗고 우울한 얼굴을 떠올려 보았다.

헤클리프가 어머니의 죽음에 대해 어떤 책임이 있으리라고는 생각할 수 없었다. 그도 자기처럼 어떤 비밀에 휩싸여 있겠지……. 이런 때에 그가 들어와서 그녀의 시선에 대답이라도 해 줬으면 하고, 그녀는 몹시 열망했다. 신뢰감과 용서만이 가득한 그녀의 눈길에…….

그러나 그는 오지 않았다.

"세바스찬, 천천히 먹어라."

조그마한 일에도 그녀의 이성은 흐려질 수 있었으며, 정신의 혼란이 커질수록 그녀의 예감도 커져 갔다. 갑자기 마트리가 죄인일 거라는 데 생각이 미쳤다. 그 죄가 어떤 것인지는 알 수 없어도 말이다. 그러나 헤클리프도 완전하게 무죄일 것 같지는 않았다.

세바스찬의 목소리가 그녀가 빠져 있는 사념의 끝을 잘라 버렸다.

"왜 식사를 안 해요? 숟갈만 들고 왜 먹지는 않지요?"

"너나 어서 먹어라."

그러면서도 그녀는 자신의 냉담함이 부끄럽게 여겨졌다. 세바스찬은 아무렇지 않은 듯 말을 받았다.

"왜 번갈아가면서 신경질을 내지?"

"누가?"

"선생님과 아줌마가."

"뭐라고? 먹기나 해."

"벌써 다 먹었는걸요."

"그러면 네 방으로 가."

문을 열기 전에 세바스찬은 여느 때보다도 나직한 목소리로 소곤거렸다.

"아줌마! 선생님이 한참 기다렸어요. 일곱 시에 집 앞에 서서 길을 내다보고 계셨어요. 그리고 식사하러 오시지 않았던 거예요."

"올라가거라. 잘 자라."

세바스찬이 나가자, 유리안느는 알 수 없는 고통이 밀려옴을 느꼈다. 음식이 반이나 남아 있는 접시를 치우고는, 팔꿈치를 식탁에 괸 채 턱을 손으로 받치고 앉아 머리를 정리하기 시작했다. 생각은 끊임없이 제자리를 맴돌았다.

'그가 나를 기다렸어. 왜 기다렸을까? 내가 마트리 씨와 함께 있는 것이 싫은 걸까? 왜 싫어할까? 숨기고 있는 걸 알게 될까 봐 겁을 내는 걸까? 왜 거기에 대해 한마디도 없을까? 왜? 뭣 때문일까……?'

생각을 하면 할수록 머리가 깨질 것처럼 아파왔다. 그러다가 그녀는 갑자기 벌떡 일어났고, 잠시 후에는 자신도 모르는 새 이미 헤클리프의 방 안에 서 있었다.

글 쓰던 것을 멈추지도, 쳐다보지도 않고 그가 물었다.

"무슨 일이에요?"

유리안느는 목이 메어 말을 하지 못했다. 대답이 없자, 그가 몸을 돌렸다. 하지만 그는 그녀를 보고 약간 놀라기만 했을 뿐 담담했다.

"이리로."

그는 책상 곁에 있는 의자를 가리켰다. 마치 환자에게 말하는 투였다.

유리안느는 그대로 선 채 말을 시작했다.

"방금 성에서 오는 길이에요. 어머니의 죽음에 대해 몇 가지 사실을 알았어요."

그는 놀라지도 당황하지도 않았다. 조용한 그의 시선이 오히려 유리안느를 당황하게 했다. 그녀는 고집스럽게 얘기를 계속했다.

"어머니가 돌아가시기 전날의 얘기를 해 주던데요."

"그랬어요?"

그의 우울함과 태연함 때문에 그녀는 격분했고, 자제심은 무너져 내렸다.

"그저 그런 말뿐이에요? 마치……."

더 이상 말이 나오지 않아, 그녀는 얘기를 중단했다.

그는 천천히 만년필 뚜껑을 닫고는 몸을 일으켰다.

그녀의 타는 듯한 눈길이 그의 동작 하나하나를 놓칠세라 좇고 있었다. 그는 책을 서가에 밀어 넣은 다음 손바닥으로 책들을 두드리고 있었다. 그런 식으로 서가를 한 줄 한 줄 정리해 나갔다.

그러다가 그가 느릿하면서도 나직한 목소리로 물었다.

"뭣 때문에 그런 얘기를 내게 하는 거요?"

"뭣 때문이냐고요?"

그녀는 나직하면서도 격렬한 목소리로 되뇌었다.

"선생님도 알고 계실 거 아니에요?"

그는 책을 계속해서 정리해 나갔다. 하지만 대답은 하지 않았다.

"저의 어머니가 어떻게 해서 돌아가셨죠?"

"심장마비였어요."

"그렇다면 왜 하필 선생님이 방에 들어가 계셨을 때 심장마비가 일어났을까요?"

헤클리프는 대답을 하지 않았다. 유리안느는 자신의 노여움이 난폭함으로 번질 것만 같아 그것을 억누르느라 기를 쓰며 말했다.

"우리 어머니를 사랑하셨죠? 그렇지 않았나요?"

그는 책장을 넘기기 시작했다. 그녀는 안중에도 없는 듯한 태도였다.

헤클리프는 책장을 덮고 유리안느에게 몸을 돌린 채 팔을 내려뜨렸다. 그런 그의 얼굴을 바라보면서 그녀는 얘기를 계속했다.

"선생님은 어머니를 사랑하셨어요. 그것 때문에 마트리 씨와 결투도 하셨잖아요?"

"그런 질문을 해서 어쩌자는 거요?"

그녀는 자신이 진실을 알기 위해서보다 그를 괴롭히고 싶은 생각 때문에 집요하게 묻고 있다는 것을 깨달았다.

"알고 싶어요."

그녀는 소리를 질렀다.

"뭘 알고 싶단 말이오?"

"알아서는 안 되나요? 왜 제게 모든 걸 말씀해 주지 않는 거예요?"

"얘기해서는 안 될 일도 세상에는 있는 법이오. 그걸 알아야 해요, 유리안느."

그는 초조해 하거나 비난하는 흔적은 전혀 찾아볼 수 없는 표정으로 그렇게 말했다.

대화는 어쩔 수 없이 끝이 나고 말았다. 그녀는 항상 패배의 쓴 잔을 마셔 왔었고, 그걸 당연한 것으로 생각했었다. 그러나 이번에는 그녀의 흥분된 마음 상태가 통찰력보다는 훨씬 강했던 것이다. 말을 계속하며 그녀는 헤클리프를 우울하고 냉담하게 바라보았다.

"그럼 마트리 씨 집의 하인들에게라도 알아보겠어요."

"어떻게?"

그는 이마에 어두운 주름살을 지었다.

"그들은 그런 얘기를 떠벌리더군요. 나는 들었어요. 아마도 그들은 그 얘기를 죄다 아는 것 같았어요."

그는 난처하다는 표정으로 그녀를 바라보았다. 그녀는 공연히 부끄러워졌다.

하지만 그가 얘기를 꺼냈을 때는 이미 그런 표정이 사라지고 없었다.

"안 돼. 그러지 말아요."

그때 발자국 소리도 없이 노크 소리가 나더니, 카타리나가 방 안으로 머리를 디밀었다.

"선생님, 저녁 식사를 그냥 둘까요?"

헤클리프는 초조하게 말했다.

"치워요. 먹지 않겠어요."

카타리나는 혼잣말을 중얼거리며 사라졌다. 유리안느는 순간 강렬한 해방감을 맛보았다. 그러나 그런 기분은 잠시뿐, 헤클리프의 책상 위를 노려볼 때 다시금 그에 대한 뜨거운 분노로 몸이 불타올랐다.

책상 위에는 기호와 그림으로 깨알같이 박아 쓴 종이들이 흩어져 있었고, 그녀가 한마디만 하면 절망과 혼란에 빠져버릴 텐데도 헤클리프는 묵묵히 일을 해 나갔다.

"선생님한테서 들을 수 없을까요?"

"유리안느!"

그는 정말로 마음이 괴로운 듯, 이마가 흠뻑 젖어 있었다. 그걸 보자, 유리안느는 왠지 고소하다는 생각이 들었다.

"안녕히 주무세요."

그녀는 아무렇지도 않다는 듯이 이렇게 말을 하곤 나와 버렸다. 그는 그녀의 인사에 대꾸도 하지 않았다.

세바스찬의 방 앞을 지나갈 때, 소년이 문 밖으로 머리를 내밀었다.

"아직도 선생님이 화를 내고 계세요?"

"제발 나를 좀 내버려 둬."

소년은 그녀가 문을 닫을 때까지 멍하니 그녀의 뒷모습을 바라보았다.

유리안느는 어둠 속 침대 모서리에 앉아 아직 잘 시간이 되지 않았는데도 옷을 벗기 시작했다.

헤클리프와의 대화를 떠올려 보자, 자신의 형편이 절망적이라는 게 보다 뚜렷해졌다. 소위 '비밀'이라고 불렀던 그것을 벗겨 볼 결심을 했었는데, 이제 뛰어넘을 수 없을 것 같은 장애에 부딪힌 것이다.

'그 비밀을 너무나 지나치게 생각했던 것은 아닐까? 사람들이 벌써 모든 것을 얘기하지 않았는가? 거기에 도대체 무슨 비밀이 더 있단 말인가?'

유리안느는 불을 끄고 어둠 속에 누워 이불을 뒤집어썼다. 전보다 더한 미궁 속으로 빠져들었다는 것을 스스로 인정할 수밖에 없었다. 그리고 그물에 걸려든 것처럼 고통스런 기분이 들었다.

전에만 해도 느슨했지만, 헤클리프와 마트리를 함께 묶어 두었던 그물……. 그녀는 두 사람을 함께 묶어서 미워하기 시작했고, 누구에게라고 할 것도 없이 온몸으로 증오심을 불태웠다. 그들이 너무나 미운 나머지 자기도 모르는 새 눈물까지 흘리고 있었다.

유리안느는 갑자기 무서운 생각이 들어 침대에서 벌떡 일어났다.

'나에게는 나 자신과 어머니를 위해 복수를 할 만한 힘이 없단 말인가? 어떻게 하면 헤클리프 씨와 마트리 씨를 함께 우롱할 수 있을까?'

다른 어떤 생각보다 강렬하면서도 음험한 감정이 그녀를 충동질했다.

'내가 마트리 씨를 사랑하고 있다고, 두 사람이 다같이 믿게 만들기는 아주 쉬운 일이다. 그러면 두 사람이 똑같이 괴로워하겠지. 물론 헤클리프 씨가 마트리보다 더하겠지만……'

그녀는 빙그레 웃으며 다시 침대에 누웠으나 정신이 더욱 말똥말똥해져 잠이 오지 않았다. 그 계획은 제법 시일과 노력을 요하는 것이었다. 그렇게 생각해도 복수하고 싶다는 마음은 여전했다.

'무슨 방법이 없을까? 헤클리프 씨가 자신의 오만 때문에 벌을 받게 될 방법에는 어떤 것이 있을까? 세바스찬을 진학시켜 달라고 마트리 씨에게 간청해 보면 어떨까? 마트리 씨는 부자다. 그것도 대단한 부자이니까 아마도 간청을 들어주겠지. 헤클리프 씨를 질투심에 불타도록 하면, 세바스찬을 잃어버리게 되는 것에도 괴로워하겠지……'

난폭한 정도의 확고한 결심이 그녀의 가슴에 부글부글 끓어올라서인지 잠은 점점 더 멀리 달아났다. 자정이 지나서야 헤클리프가 방으로 돌아가는 기척이 들렸다.

다음 날 아침은 맑게 개어 여름이 다시 돌아온 듯 따뜻했다. 유리안느는 밤에 가졌던 사념들을 완전하게 이해하지도 못했으면서, 고집스럽게 자신의 계획에 매달렸다. 그러나 놀랍게도 전날에 느꼈던 지나친 감정이 어디론가 사라지고, 자신이 무관심한 상태에 빠져 있다는 생각이 들었다.

유리안느는 오전 중에는 헤클리프에 대해 반감도 호의도 아닌 덤덤한 심정으로 그의 곁에서 일을 할 수가 있었다. 그녀는 가끔 흘깃거리며 그를 쳐다보았으나 그는 여전했으며, 지난밤의 대화를 염두에 두고 있다는 느낌은 조금도 내비치지 않았다.

그날은 무척이나 지루했지만, 유리안느는 조금도 흔들리지 않았다. 오후 진찰 시간의 마지막 환자가 가 버렸을 때는 네 시가 조금 지난 뒤였다.

유리안느가 성에 가까이 이르렀을 때, 부드럽고 따뜻한 태양이 잔디밭을 내리쬐고 있었다.

그녀는 길모퉁이에서 뜻밖에 마트리와 마주쳤다. 참나무 앞에 서서 거대한 나무등걸을 촬영하고 있던 그는 유리안느를 보자 단번에 눈빛이 달라졌다. 그녀가 오히려 당황할 정도였다.

그러나 그런 거대한 고목 속에서도 곰팡이나 이끼나 버섯

따위가 자라고 있다는 설명을 시작했을 때의 그의 목소리는 언제나처럼 다시 냉담했다.

그녀는 그의 말에 귀를 기울이면서도 생각이 자꾸만 흐트러졌다. 새삼 자신의 계획이 불가능하고 우스꽝스럽게 느껴졌던 것이다.

유리안느는 마트리를 자세히 살펴보기 시작했다. 조그마한 머리, 모난 어깨, 길고 가냘픈 목놀림……. 그런 것들을 보는 건 별로 기분 좋은 일이 아니었다.

그의 말소리가 마치 먼 곳에서 들려오는 것처럼 들렸다.

"이 두 그루의 나무는 서로 같은 운명을 타고 났지요."

그리고 그녀 자신이 대꾸하는 소리도 들려왔다.

"한 나무인 것 같은데요."

"아니오. 나무는 두 그루죠. 하지만 너무나 바짝 붙어 있어서 바람이 불 때마다 두 나무는 서로 마찰을 하는 거요. 나는 어린 시절부터 그 소리를 들어 왔어요. 밤에는 그 소리 때문에 잠을 이룰 수가 없어, 나무 하나를 베어 버릴 생각도 해 봤지. 그러나 그땐 힘이 모자랐어요. 마침내 두 나무 사이의 공간은 점점 좁아져서 마찰을 할 때마다 그들은 저마다 상처를 입었죠. 지금도 생생하게 기억납니다. 그것은 말할 수 없는 냄새를 풍겼었지요. 그랬는데 오늘 나무에 와 보니 그 상처 자국이 없어졌더군요. 두 나무가 마침내 하나로 결합되어 버린 거지.

이제부터는 한 나무로 자라게 된 거요."

"그럴까요?"

그녀는 시들하다는 듯이 말을 했다. 그녀의 눈길이 성으로 옮겨졌다. 그녀는 가볍게 탄성을 발했다. 창문은 모두가 열려 있고, 커튼들도 걷어져 있었으며, 방마다 일꾼들과 청소부들이 부지런히 움직이고 있었던 것이다.

"정말로 성으로 이사하시려는 거군요?"

"모르겠소."

그녀는 그의 옆얼굴을 쳐다보았다.

"그렇다면 왜 수리를 하죠? 굉장히 큰일일 텐데요."

그는 여전히 건성으로 말했다.

"무엇이나 준비한다는 기쁨이란 게 있다는 사실을 모르십니까?"

그녀는 순간 당황했지만, 도리어 어처구니없다는 표정으로 그를 바라보았다. 그러자 그는 아무 말 없이 단호하고 힘찬 손짓으로 렌즈를 닫고 사진기를 주머니에 넣었다. 그런 다음에 팔까지 기어오른 개미들을 흔들어서 털어 버렸다.

"갑시다. 차라도 함께 들까요?"

그가 말했다.

"아뇨. 실은 좀 도와달라고 부탁드리러 왔어요."

그는 호기심에 가득 찬 표정으로 유리안느를 쳐다보았다.

유리안느는 얘기를 하면서 얼굴을 붉혔다.

"돈 얘기예요."

그녀가 얘기를 하는 동안, 그는 그녀에게서 눈 한 번 떼지 않았다.

"헤클리프 씨의 양자(養子)를 아시죠? 세바스찬 말이에요. 그 애가 의사가 되고 싶어 해요."

"그래서요?"

유리안느는 자기가 할 말이 무엇인지를 그가 얼른 알아차리지 못하는 것에 화가 났다. 그녀는 말을 계속했다.

"그런데 돈이 없어요. 헤클리프 씨는 틀림없이 공부를 시키고 싶을 거예요. 하지만……."

그녀는 거기서 일단 입을 다물고 잠시 그를 쳐다보다가 절망적으로 말을 이었다.

"병원은 돈벌이가 엉망이에요. 가난한 환자들뿐이거든요. 대부분은 돈을 한 푼도 내려고 하지 않아요. 저는 잘 알고 있어요. 경리 일까지 보니까요."

자신이 필요 이상으로 헤클리프를 감싸 주고 있다는 생각이 들어, 순간 얼굴이 붉어졌다.

"그래서 생각해 봤죠. 선생님이라면……."

"네. 기꺼이 들어드리죠. 그런데 어떻게 이 일에 내가 뛰어들지요? 더구나 헤클리프의 양자 일인데……."

"의사 선생님과 얘기만 하시면 돼요. 그런 걱정거리가 없어지면 그도 기뻐할 거예요."

담배를 빙빙 돌리는 마트리를 그녀는 초조한 시선으로 바라보았다.

"그럴까요?"

그가 받아들여 주는 자세를 보이자, 그녀는 점점 자신의 계획에 집착이 생겼다.

"틀림없어요. 그는 그 애를 위해 쓸 돈이 없어 걱정하고 있을 거예요."

유리안느는 마지막에는 소리를 지르다시피 했다.

마트리는 뭔가 알아내려는 듯한 눈빛으로 그를 쳐다보았다.

"그게 당신에게 중요해요? 유리안느."

"네. 대단히 중요해요."

"좋아요. 당신을 위해서라면 도와드리죠."

유리안느는 강경한 어조로 말을 받았다.

"저를 위해서? 왜 저를 위해선가요? 세바스찬을 위한 일인데요."

거기서 그녀는 다시 평정을 되찾으며 차분하게 물었다.

"헤클리프 씨와 상의해 보시겠어요?"

"그러죠. 내가 얘기하겠어요."

"언제요? 하시려거든 제발 빨리 해 주세요."

유리안느의 열띤 어조에 그는 어리둥절한 표정이 되어 바라보았다.

"오늘이 어떨까요?"

"그러세요."

그녀의 얼굴이 무척 핼쑥해 보였다.

"헤클리프는 언제 집에 있습니까?"

"저녁 식사가 끝난 뒤에요. 여덟 시쯤."

"당신이 이 일을 내게 부탁한 걸 그도 압니까?"

"아니에요. 모르고 있어요."

"그렇다면 어떤 일이 있더라도 내가 꼭 그와 얘기를 해야 되는 거요?"

그 말에 그녀는 잠시 머뭇거리다가 목소리를 높여 말했다.

"어떤 일이 있어도 그렇게 해 주셔야겠어요."

그는 어깨를 으쓱했다.

"유리안느, 그 대신 약속 한 가지를 해 주겠어요?"

유리안느는 길가에 스치는 나뭇잎을 뜯어 손 안에서 비벼댔다.

"세바스찬이 공부할 수 있다는 사실 외에 뭐가 또 있다고 그런 말씀을 하시는 거예요?"

마트리가 걸음을 옮기며 말했다.

"그게 당신에게 그렇게 중요한 일이 아니라면, 나는 그 일에 관여하지 않았을 거예요."

"왜요?"

대답 대신에 그는 그녀를 흘깃 쳐다볼 뿐이었다. 득의와 냉담함으로 번쩍이는 눈초리였다.

유리안느는 소리를 지를 뻔했다.

"아니에요, 그만두세요. 헤클리프 씨와 얘기하지 마세요. 우리도 그대로 친구로 지내도록 해요."

자포자기의 감정이 절망적으로 그녀를 엄습해 왔다. 그녀는 비틀거렸다.

집에 돌아왔을 때 마구간 문은 열려 있었고, 날은 벌써 어둑해지기 시작했다. 헛간 안에 헤클리프가 있는지 없는지 알 수가 없었다. 그녀는 갑자기 그와 타협하고 싶은 강렬한 욕망에 사로잡혔고, 자신이 벌려 놓은 일을 모두 내팽개쳐 버리고 싶어졌다.

그때 그가 헛간에서 나왔다. 말오줌나무 그림자로 덮인 담장에 몸을 기대고는 어디로 가려 했는지를 잊기라도 한 듯 그는 걸음을 멈췄다. 주체할 길 없는 피로감에 젖어 있는 표정이었고, 두 팔은 밑으로 처져 있었다.

유리안느는 그에게로 달려가고 싶은 충동에 사로잡혀 무슨 말을 해야 될지도 모르면서 걸음을 재촉했다. 가슴이 몹시 두근거렸다.

그녀의 발걸음 소리를 눈치 채고 그는 깊은 잠 속에서 깨어나는 사람 같은 표정을 지었다.

"무슨 일이죠?"

그는 지친 목소리로 물으며 그녀를 바라보았다. 머리칼이 얼굴까지 내리 덮여 있었다.

"아무 일도 아니에요."

유리안느는 그를 응시했다. 한마디도 더 할 수가 없었다. 그는 천천히 그녀 곁을 지나 집 쪽으로 걸어갔다.

"세바스찬을 위해 학비를 대 주겠다고 나선 사람이 있다는 걸 말씀드리려고 했어요."

그는 걸음을 멈추고, 무슨 말인지 묻는 듯한 몸짓으로 그녀를 바라보았다.

"마트리 씨가 그러고 싶대요."

그녀는 힘을 주어 다짐하듯 말했다. 하지만 그는 아무 말도 하지 않았다.

"돈이 없다고 말씀하시길래……. 제 생각으로……."

그가 그녀의 말을 가로막았다.

"그래요? 잘 됐군."

오랫동안 그녀는 그가 사라진 문 쪽을 응시했다.

'그 일이 그에겐 아무런 관심도 없다는 말인가? 난 그를 마음 아프게 했어.'

그녀는 그런 생각이 들었다. 그럴 거라고 확신이 서자, 그녀는 이상한 감정에 사로잡혔다. 지금까지보다 더욱 헝클어진 감정이었다.

'후회의 감정일까? 승리의 감정일까? 혹은 둘 다일까? 아니면 아주 다른 걸까? 전혀 새로운 것일까……?'

아무튼 숨이 막힐 정도로 답답했다.

집으로 돌아갔다. 방에 들어가자 곧 헤클리프가 말을 매어 두고 마당 밖으로 나가는 소리가 들렸다. 그는 저녁 식사 때가 되어도 돌아오지 않았다. 그녀와 세바스찬은 여느 때보다 일찍, 그리고 조용히 식사를 끝냈다.

"선생님은 어디에 가셨나요, 카타리나?"

"몰라요. 언제는 어디 가신다고 말을 했나요?"

유리안느는 속이 상해 한숨을 쉬었다. 그녀는 방문을 조금 열어 놓고 책을 펴고 책상 앞에 앉았다. 읽지는 않았다. 잠시 후에 세바스찬이 층계를 내려가는 소리가 들렸다.

"어딜 가니?"

아무 대답 없이 소년은 걸음을 멈췄다.

"밖에 나가면 안 돼. 벌써 밤이 되었단다."

소년은 뭐라고 투덜거리며 뾰로통해서 돌아섰다.

"그래 봐야 무슨 소용이 있니? 네가 어둠 속에 서 있다고 선생님이 더 일찍 돌아오시겠니?"

세바스찬은 말없이 방으로 들어갔다.

'저 애는 왜 저렇게 그를 따를까? 이상할 정도야. 그런데도 헤클리프 씨는 통 관심도 두지 않는단 말이야……'

그녀는 책을 읽으려고 했지만 시선이 계속 시계 쪽으로 향하곤 했다. 거의 몇 분마다였다. 여덟 시가 되고 다시 15분을 가리켰다. 헤클리프도 마트리도 오지 않았다.

문득 마트리가 오지 않으리란 생각이 들면서, 그가 오지 않는 게 어쩌면 다행스런 일인지도 모른다고 여겼다. 그러면서도 그 때문에 낭패한 입장에 빠지게 됐다는 감정이 거세게 밀어닥쳤다. 모든 일을 좀 더 조리 있게 생각해 볼 수도 있었는데…….

그녀는 얼음처럼 차가운 자조의 감정에 울음이 터질 것만 같았다. 그러나 그럴 수는 없었다. 그녀는 책상에 앉아 다시금 생각에 잠겼다.

열 시가 지난 뒤에야 헤클리프의 마차가 마당으로 들어오는 소리가 들렸다.

자신이 세운 계획을 관철시키기는 것이 매우 어려울 거라는 느낌이 보다 분명해졌다. 더욱이 최초의 시도조차 이미 실패하지 않았는가?

유리안느는 침대의 어둠 속에서 속삭였다.

'모르겠어. 어떻게 해야 할까?'

그녀는 어린아이처럼 흐느끼며 베개에 얼굴을 파묻었다.

다음 날 오전 진찰 시간 중에, 헤클리프는 평소보다 더 말이 없었다. 그녀나 환자들에게나 마찬가지로 그는 거의 입을 다문 채 일을 해 나갔다. 유리판 위에 부딪치는 금속 기구들의 울음소리만이 더욱 크게 들렸다.

나이가 지긋한 환자들은 아무 말 없이 그를 흘끔흘끔 쳐다보곤 했다. 그의 어두운 얼굴이 그들에게는 수수께끼 같았던 것이다.

유리안느가 점심 때 방에 들어가자, 편지 한 통이 놓여 있었다. 그녀는 급히 편지를 뜯어서 읽어 내려갔다.

『친애하는 유리안느, 당신은 제게 화를 냈습니다. 난 그걸 알고 있습니다. 하지만 그건 당신이 잘못 생각한 것입니다.

세바스찬의 일로 헤클리프와 얘기를 나누어 보았습니다. 헤클리프는 그 애를 공부시킬 생각이라고 했습니다. 때가 되면 자연히 준비가 될 거라면서……

언제 다시 뵙게 될까요? 진심으로 뵙기를 간절히 바랍니다. B. M으로부터』

유리안느는 헤클리프가 그녀의 일격을 멋지게 벗어났다는 걸 알았다. 순간 그녀는 얼굴이 핼쑥해졌다. 그녀는 서둘러서 편지를 난로에 넣고 태워 버렸다. 난로 뚜껑을 덮은 다음 창문을 활짝 열었으나 신선한 공기를 마셔도 가슴속은 여전히 답답했다.

갑자기 편지의 마지막 구절이 생각났다. 그러자 자기를 기다려 주는 사람이 있다는 기쁨으로 가슴이 벅찼다. 그러나 그런 기분은 마트리를 생각할 때마다 느껴지는 불쾌감과 공포감으로 인해 퇴색해 갔다. 무엇으로도 변명할 길이 없고, 어쩔 수도 없는 그런 감정이었다.

저녁 식사 때 헤클리프가 머뭇거리며 말했다. 그녀를 쳐다보지도 않고 신문을 넘기면서······.

"당신이 필요한데······. 내가 계획하는 일을 해 줄 수 있을지 모르겠어요."

"무슨 일인가요?"

"북 슈타인필트에서 열 명의 애들이 성홍열을 앓고 있어요. 그렇게 심한 건 아니고요. 거기 사람들은 여기 사람들보다 병간호를 할 줄 몰라서 그래요."

그는 거기에서 입을 그만 다물었다. 따라 나서겠다는 그녀의 말을 그가 얼마나 간절히 고대하고 있는지, 그녀는 생생하게 느낄 수 있었다. 그러나 그녀의 혀는 갑자기 마비라도 된 듯 얼어붙었다.

그들은 식사를 계속했다. 세바스찬이 호기심에 가득 차서 눈을 반짝이며 물었다.

"거기 가실 거예요?"

화가 난 시선으로 그녀는 세바스찬을 노려보았으나, 소년은 끄덕도 하지 않았다.

헤클리프는 지나가는 말투로 말했다.

"몇 주일이면 되는 일인데……. 간호인의 방은 따로 준비가되어 있어요."

그리고는 그녀를 응시하면서 여태껏 들어 볼 수 없었던 이상한 목소리로 말을 이었다.

"내겐 당신밖에는 아무도 없어요."

그녀는 빵을 꿀꺽 삼켰다. 식사가 끝나자 즉시 방으로 돌아갔지만 잠을 이룰 수가 없었다.

다음 날 진찰 시간에 그녀는 헤클리프가 그 일을 다시 물어올 때를 기다렸다. 그러나 그는 아무 말도 하지 않았다. 유리안느가 가지 않을 것으로 믿는 모양이었다.

그녀는 몰래 그를 살펴보았다. 거의 밤이 되도록 일을 하고난 뒤 그의 눈언저리의 그늘은 더욱 짙어져 갔다. 피곤해 보인다고 그녀는 생각했다. 뭔가 안됐다는 생각이 들었다. 마지막환자도 가 버렸다.

헤클리프는 왕진 가방을 꾸렸다. 손을 씻는 동안 유리안느는 또 하나의 자신과 말없는 격렬한 싸움을 벌였다. 망설일수록 점점 말을 하기가 어려워졌다. 그녀는 결국 느닷없이 무뚝뚝하게 말을 꺼냈다.

"북 슈타인필트에 가서, 제가 특별히 조심해야 할 일은 없나요?"

헤클리프는 짐 꾸리는 일을 잠깐 멈췄으나 아무 말도 하지 않았다. 그녀의 말을 듣지 못한 것 같았다.

유리안느는 눈을 감았다. 피로감이 엄습해 왔다. 퇴짜를 맞았을 때와 같은 피로감이었다.

그때 그가 말했다.

"같이 가겠어요? 정말 고마워요."

그는 믿어지지 않는다는 듯한 목소리로 말했다. 그녀는 얼굴에 피가 몰리는 것 같았다. 깊은 정적이 뒤따랐고, 들리는 것은 물방울 떨어지는 소리뿐이었다.

유리안느는 그에게 몸을 돌렸다. 헤클리프는 문 밖으로 나가며 빠른 말씨로 말했다.

"그러면 오후에 그리로 가도록 하죠."

유리안느는 천천히 방을 치우며, 그로부터 고맙다는 말을 들었을 때 느꼈던 부끄러운 기분을 떨쳐 버리려고 애를 썼으나 그렇게 되지 않았다.

점심 식사를 하기 전에 그녀는 마트리에게 편지를 썼다. 북 슈타인필트에서 돌아온 다음에 그를 방문하겠다는 간단한 내용이었다. 그녀로서는 그렇게 결정하는 데까지 굉장한 결단력이 필요했다.

점심 식사 뒤에 헤클리프도 지켜보는 앞에서 그 편지를 세바스찬에게 주었다.

"이걸 성에 갖다 주고 오너라."

세바스찬은 이상스럽다는 듯이 그녀와 헤클리프를 번갈아 쳐다보았다. 헤클리프는 신문만 들여다보고 있었다.

"얼른 가봐."

유리안느가 말했다. 헤클리프가 그런 장면을 살피고 있다는 걸 알 수 있었다.

'헤클리프 씨는 기분이 몹시 상했을 거야.'

속으로 고집은 부렸지만, 마음을 아프게 해 준 것이 그리 유쾌하지는 않았다.

오후 진찰 시간이 끝나자, 헤클리프가 물었다.

"이제 출발해도 될까요?"

그녀가 고개를 끄덕이자 그가 덧붙였다.

"첫날 저녁에 먹을 빵을 준비하도록 해요."

유리안느는 짐을 꾸리고 나서 부엌으로 들어갔다. 카타리나 곁에 헤클리프가 서 있는 게 보였다. 카타리나는 얼굴을 찡그린 채 커피 원두를 갈고 있었고, 헤클리프는 유리통에서 원두 열매를 꺼내 분쇄기에 넣고 있었다.

"벌써 가득 찼어요."

카타리나는 분쇄기를 닫으려고 했으나, 헤클리프는 계속 넣었다.

식탁 위에는 광주리가 놓여 있었다. 유리안느는 여러 가지 잼이 든 통들과 기다란 소시지를 흘깃 쳐다보았다.

"솥 챙기는 것을 잊지 말아요. 음료수는 거기 가서 살 수 있을 거고……."

유리안느는 마차 위에 탔다. 짐과 광주리는 뒤에 두고, 헤클리프 옆자리에 앉았다. 흐린 날씨였다. 습기 찬 바람에 몰린 구름이 고원을 넘어와서 계곡에까지 내려깔렸다. 유리안느는 몸이 떨렸다. 그들은 얼굴을 수건으로 싸고 계속해서 마차를 몰았다. 가끔씩 말이 무덤 위로 솟아오르는 검은 까마귀 떼를 바라보았다.

길은 가도 가도 끝이 없어 보였다. 평평한 길을 달리는 동안 유리안느는 깜빡 잠이 들었다가 마차가 갑자기 뒤뚱하는 바람에 눈을 떴다.

그런데 그녀는 그때서야 자신이 헤클리프의 어깨에 몸을 기대고 있는 걸 알아차렸다. 그녀는 재빨리 몸을 바로하고는, 두꺼운 외투를 입고 있어서 그걸 몰랐을 거라고 스스로를 안심시켰다.

이상스러운 감정이 그녀의 내부에 번져 왔다. 손가락 끝에

서부터 시작해 온몸으로 느껴지는 소름끼치는 놀라움이었다. 그녀는 이 놀라운 감정을 음미해 보았다. 가슴이 걷잡을 수 없이 두근거렸다.

'잠을 못 자서 피곤했던 거야. 그것뿐이야.'

그녀는 마차 밖으로 몸을 내밀어 뜨거워진 얼굴을 바람에 식혔다.

"감기 걸리겠어요!"

헤클리프가 소리를 질렀다.

유리안느는 고개를 저었다.

안개가 너무 짙어서 길을 알아 볼 수 없었고 음산한 어둠이 깔리기 시작했다. 가는 빗방울도 떨어지기 시작했다. 멀리서 어둠 속을 뚫고 불빛이 반짝였다. 그들은 잠시 후 조그마한 여관 앞에서 마차를 세웠다.

어떤 부인이 집 밖으로 급히 뛰어나왔다.

"고맙습니다, 의사 선생님. 우리 아가테가 죽어가고 있어요."

"이젠 괜찮을 거요."

헤클리프는 그 부인을 안심시키며 말했다.

유리안느는 전에도 가끔 지켜봤던 일들을 새삼 놀라운 마음으로 다시금 확인할 수 있었다. 헤클리프의 눈길이나 말 한마디가 사람들에게는 거의 미신에 가까운 신뢰감을 준다는 사실을……

그녀의 가슴이 조금 전 마차에서처럼 다시 세차게 두근거렸다.

"약속했던 간호사가 왔습니다. 유리안느 양입니다. 올라갑시다."

유리안느는 부인과 악수를 나누었다. 그녀는 자신을 쳐다보는 부인의 눈길에 순간 당황했다.

그들은 말없이 좁고 삐걱거리는 층계를 올라갔다. 조그마하고 냉기가 서린 방을 부인이 촛불로 밝혔다.

"너무 초라해서요."

부인은 어쩔 줄 몰라 했다.

"좀 따뜻하게 하세요."

헤클리프는 친절하지만 약간 명령조로 말했다.

부인이 나가자, 그는 외투 주머니를 뒤졌다.

"밤을 새울 때나 필요할 때 이걸 써요."

그는 사과주 한 병을 탁자 위에 올려놓았다.

"고맙습니다."

유리안느는 빙그레 미소를 지었다. 그녀는 냉랭한 방에 혼자 있는 게 두려웠다.

헤클리프는 잠시 아무 말도 하지 않은 채 그녀를 응시했다. 그녀가 정신을 차리고 그를 바라보자, 그가 무슨 얘기를 하고 싶어 하는 눈치인 것 같았다. 그러나 그는 혼잣말로 중얼거렸을 뿐이었다.

"오래 걸리지는 않을 기예요."

"걱정하지 말아요. 그렇게 나쁘지는 않군요. 그 밖에 뭐 특별한 말씀이 있어요?"

그의 얼굴이 일그러지면서 파리라도 잡으려는 듯한 이상스런 손짓을 했다. 그리고는 담담한 목소리로 말했다.

"광주리에 약품이 있어요. 간이 우체국에 가면 전화가 있고요. 자, 이제는 뭐 좀 따뜻한 걸 마십시다."

제3부

북 슈타인필트에서 일을 시작한 지 3주가 되었을 때, 전염병은 절정에 달했다. 헤클리프는 매일 그곳으로 뛰어다녔고, 유리안느는 매일 밤 세 시간 이상 잠을 자지 못했다.

11월 말경이 되자 몇 주일 동안 그 작은 마을을 넘어 산 밑으로 불어대던 폭풍도 잠잠해지고, 때 아닌 부드러운 태양이 고원 위를 따뜻하게 비춰 왔다.

유리안느는 거친 돌담에 머리를 기대고 여관집 앞 의자에 앉아 있었다. 피곤에 휩싸인 그녀는 누군가가 자신의 이름을 불렀는데도 잠에서 깨어나지 못했다. 구름 그림자가 그녀를 덮고 몸이 떨릴 때쯤에야 그녀는 흐릿하게 눈을 떴다

잠에 취한 눈길에 마트리가 보였다. 그녀의 눈에는 즉시 거부의 그림자가 스쳐갔다. 공포에 찬 얼굴이었다. 정신이 뒤숭숭해서 다시 눈을 감았다. 그것은 현실을 꿈으로 돌리려고

하는 몸짓이었다. 그러다가 그녀는 마트리의 목소리에 소스라치게 놀라서 눈을 떴다.

"몸이 불편하오? 유리안느."

"아니에요. 아니에요, 피곤할 뿐이에요. 곧 일을 하러 가야해요."

"여기서 더 견딜 수 있겠소?"

그는 초라한 여관과 바람에 일렁이는 잿빛 마을을 바라보며 말했다.

"왜 못 견뎌요? 그런데 왜 앉지 않으세요?"

"그렇지만 많이 말랐군요."

"그래요? 말랐어요?"

그녀는 자기 몸을 새삼스럽게 살펴보았다.

"괜찮아요."

"유리안느. 뭣 때문에 이런 일을 하는 거요?"

마트리의 목소리가 갑자기 날카로워졌다.

"무슨 말이에요?"

"자신을 희생하고 있는 거잖아요. 왜? 무엇 때문이오?"

"희생이라고요? 희생하는 것 없어요. 자청해서 여기 있을 뿐이에요. 무슨 일을 할까 하고 스스로 결정하는 건 즐거워요. 많은 걸 배웠어요."

"당신은 헤클리프를 위해 이런 일을 하고 있는 거요. 그렇지요?"

그녀는 그에게 냉랭하게 묻는 듯한 눈길을 보냈다. 그녀의 얼굴이 어두워졌다.

"아니에요. 잘못 생각하신 거예요."

"그러면 누굴 위해서죠?"

"누굴 위해서라뇨? 애들을 돌볼 사람이 없기 때문이에요."

"여기 애들이 당신에겐 그렇게 소중하오?"

그녀는 점점 화가 났다.

"뭣 때문에 그런 말을 저한테 묻는 거죠? 제가 여기에서 필요하다는 걸 아시면서요."

그의 얼굴에 순간 그늘이 지는가 싶더니, 갑자기 화제를 바꾸면서 말했다.

"함께 가지 않겠소? 아주 피곤해 보이는군요. 몇 주일 동안 우리 집에 와서 있으시오. 몸조리를 하도록 해요. 헤클리프와 얘기를 하겠소."

"무슨 말씀이에요!"

유리안느는 아무 소득도 없는 그런 대화에 지쳐 버렸다.

"떠날 수가 없어요. 애들이 병을 앓고 있는 한은 절대로 안 돼요."

그는 펄쩍 뛰었다.

"애들이라고! 유리안느, 당신 자신이 중요해. 여기는 당신이 있을 곳이 못 되오."

그녀는 그를 가만히 바라보았다. 그의 눈길 속에는 적의가 드러나 보였다.

"이젠 가 봐야 해요. 안녕히 가세요."

그의 걱정은 아랑곳없이 그녀는 재빨리 오두막집으로 들어가 버렸다.

밤을 꼬박 밝히고 점심때가 되어서야 그녀는 숙소로 돌아왔다. 여주인이 상기된 표정으로 그녀에게로 달려왔다.

"마트리 씨가 왔다 가셨어요. 아가씨에게 짐 꾸러미 한 개와 광주리 한 개를 두고 가시더군요. 오실 때까지 기다리겠다고 하셨지만, 온종일 돌아오지 않을 거라고 말씀드렸어요."

짐 꾸러미에는 초콜릿과 통조림이 들어 있었고, 광주리에는 과일즙과 포도주 병이 담겨 있었다.

유리안느는 그것들을 허겁지겁 먹으면서 달콤한 포도주를 벌컥벌컥 들이켰다. 그리고는 다시 물건들을 보자기에 꾸린 다음, 그걸 들고 집 밖으로 서둘러 나가다가 문 앞에서 헤클리프와 마주쳤다.

"뭘 그렇게 들고 가는 거예요?"

"과일즙과 과자예요."

"웬 거요?"

"마트리 씨가 제게 보냈어요."

그들은 서로 마주 보았다. 유리안느의 눈에는 순간적이나마 조소의 그림자가 어렸으나, 그녀는 재빨리 그런 느낌을 떨쳐 버리고 웃어 보였다. 하지만 그건 진정으로 웃는 웃음이 아니었다.

"아시겠어요? 저는 술에 취했어요. 포도주를 두 병이나 얻었거든요."

"그걸 다 마셨어요?"

"아니에요. 전부 마시지는 않았어요."

그녀는 허탈해 하는 듯한 웃음을 지었다.

"이따가 올라오세요. 함께 마셔요."

그는 그런 그녀의 모습을 믿을 수 없다는 듯 걱정스레 살피고 있었다. 환자가 있는 오두막집들을 돌아다니는 동안에 그녀는 점점 조용해졌다.

회진을 끝내자 헤클리프가 말했다.

"오늘 당신은 집으로 돌아가는 게 어떻겠어요?"

"왜요?"

그녀는 이맛살을 찌푸렸다.

"당신은 여기서 할 일을 다 한 셈이에요. 이제 애들 걱정 같은 것은……."

"아니에요."

그녀는 세차게 소리를 질렀다. 그에게 설복당하고 싶지 않왔던 것이다.

"가지 않겠어요. 이제 겨우 시작하려는 참인데, 왜 그만두라고 하는 거예요!"

그는 그녀를 환한 눈빛으로 바라보았다. 그렇지만 목소리는 침착했다.

"그렇다면 좋아요. 좋을 대로 해요."

그는 마차에 올라타면서 다시 한번 소리를 질렀다.

"같이 가겠어요?"

그녀는 머리를 흔들었다.

그는 피로해 보였으나 부드럽게 마차를 몰았다. 마차가 어둠 속으로 사라지자, 그녀는 느릿느릿한 걸음으로 집 안으로 들어갔다.

오늘은 밤을 새우지 않아도 된다고 생각하니 마음이 즐거워졌다. 그러면서 꿈에 취한 듯이 헤클리프의 걱정하는 얼굴이 떠올랐다. 유리안느는 자기도 모르게 미소를 지었다.

다음 날 일을 마치고 여관에 돌아왔을 때, 마트리의 진홍색 자동차가 다시 집 앞에 세워져 있었다.

"물건을 보내 주어서 고마웠어요."

유리안느는 빠른 말투로 말했다.

"애들은 언제나 목이 말라 해요. 그 애들에게 과일즙을 줄 수 있게 되어 참 잘됐어요."

마트리는 아무런 표정도 짓지 않았다.

"헤클리프와 얘기했소. 그도 당신에게 요양이 필요하다고 생각하더군요."

"그럴 수도 있겠죠."

유리안느는 냉담하게 대꾸했다.

"선생님께 또 한 가지 청이 있어요. 여기에 다시는 오지 마세요."

"왜?"

"선생님의 멋진 자동차와 옷과 모든 게 이 마을엔 어울리지 않아요. 여기 사람들은 가난해요. 여긴 선생님의 채석장에서 일하는 사람들이 많아요. 그들을 화나게 해서는 안 돼요. 제 말을 이해하시겠죠?"

그는 어깨를 으쓱했다.

"그런 문제에 독특한 견해를 가졌군요."

마트리는 초조한 듯이 말했다. 그러나 자신이 실수했다는 것을 눈치 채고 부드러운 목소리로 덧붙였다.

"애들에게 과일즙을 보내는 건 허락하겠죠?"

"그거야 기꺼이 받겠어요."

자동차가 떠나는 것을 조용히 바라보다가, 그녀는 머리를 흔들고는 재빨리 집으로 들어갔다.

헤클리프가 예상했던 대로 마지막 환자도 회복이 되었다.

일요일이었다. 12월 중순경으로 날씨는 초가을처럼 따뜻했다. 부드러운 바람이 산에서부터 불어왔다. 유리안느가 모자와 천으로 감싸준 아이들이 마을 앞에서 놀고 있었다.

유리안느는 멀리 언덕에까지 이어진 길을 내다보았다. 길 위에 먼지가 일었다. 그녀는 아무 생각 없이 마차가 다가오는 걸 눈으로 쫓았다. 뭔가 불안스럽게 여겨졌다.

헤클리프가 모자도 쓰지 않고 마차에 앉아 있는데, 마차 뚜껑은 열려 있고 외투도 풀어져 있었다. 그의 검은 머리칼이 바람에 마구 흩날렸다. 화려한 넥타이를 매고 있어 그 모습이 무척 강렬해 보였다.

유리안느는 잠시 재미있다는 듯이 그의 모습을 바라보다가 곧 우울해졌다.

"이봐요! 다 끝났어요!"

그가 만족한 듯 소리를 질렀다.

"이제 돌아갑시다! 날씨가 아주 좋군요."

그녀는 마차에 올라탔다. 헤클리프는 그녀의 짐을 마차 뒤에 실었다. 여주인이 허둥거리며 집에서 나와, 유리안느에게 작별 인사를 하면서 보리떡을 건네주었다.

"가요."

유리안느는 피곤에 지쳐서 몸을 뒤로 기댔다. 그녀는 오늘 떠날 거라고 여주인에게만 일러두었는데, 아이들이 여기저기

서 뛰어나와 잠시 서로를 쳐다보는가 싶더니 울면서 마차에
매달렸다.

"너희들을 보러 또 올게."

유리안느는 소리를 지르다시피 큰 소리로 말했다. 그리고
는 눈을 감고 아무것도 쳐다보지 않았다.

잠시 뒤에 헤클리프의 손이 그녀 손 위에 따뜻하게 포개진
것이 느껴졌다. 순간, 그녀는 포근해진 마음에 그에게로 몸을
돌렸다. 하지만 그녀는 얼른 물러났다.

다시 눈을 떴을 때, 헤클리프가 우울한 모습으로 앞을 노려
보고 있는 게 보였다. 말고삐를 손에서 떨어뜨린 채…… 그녀
는 오랫동안 그를 응시했다. 갑자기 그가 고삐를 굳게 잡고
말을 급하게 몰았다.

유리안느는 깜짝 놀라서 몸을 돌렸다. 그녀의 얼굴에는 우
울할 정도로 곤혹한 빛이 스쳐 지나갔으며, 그건 점차 가슴을
저미는 쓰라림으로 변해 갔다. 몇 살이나 더 나이를 먹는 기분
이었다.

성벽을 따라 달릴 때 헤클리프가 말했다.

"마트리가 며칠 동안 그의 집에 와 있으면 어떻겠느냐고
묻더군요."

그녀가 아무 대답을 하지 않자, 그가 결연한 태도로 그녀에
게 몸을 돌렸다.

"마차를 세울까요?"

피로하거나 마음이 그렇게 아프지만 않았너라면, 그녀는 그가 팽팽한 긴장감에 싸여 있다는 것을 눈치 챘을 것이다. 하지만 그녀는 그걸 전혀 알지 못했다. 다만 슬픔이 뒤섞인 긴장감을 느끼면서, 그녀는 화가 난 듯이 말했다.

"좋을 대로 하세요."

그는 성문에 다다를 때까지 입을 다물고 있었다.

"자, 여기서⋯⋯."

그는 아주 냉담한 목소리로 말했다.

"물건들은 곧 보내 주도록 할게요."

"좋도록 하세요. 그러면 여기 있겠어요."

유리안느는 헤클리프와 마찬가지로 냉담하게 말했다.

그를 쳐다보지도 않은 채, 그녀는 마차에서 내렸다. 피곤과 고집으로 인해 뻣뻣해진 몸을 이끌고 정원으로 들어갔다.

마차 소리는 점차 멀어져 갔다. 그녀는 나무에 기대어 눈물을 흘리며 자기 자신과 싸웠다. 그때 길에서 마트리의 모습이 보였다.

그에게는 예상 밖의 일이었던 모양으로, 그녀를 보는 순간 소스라치게 놀라며 얼굴색이 변했다. 승리감에 가까운 만족스런 얼굴빛이었다.

유리안느는 눈짓으로만 그에게 답례를 보냈다. 헤클리프와 헤어질 때의 냉담함이 아직도 서려 있어서, 그를 화나게 한 듯싶었다. 그는 그것을 겉으로 나타내지는 않았다.

"좀 쉬려고? 얼굴이 창백하군요, 유리안느."

마트리가 태연을 가장하며 말했다.

"아니에요. 피곤하지 않아요. 잠시 정원에 있고 싶어요."

그녀는 필요 이상으로 거칠게 대꾸했다.

"추워질 거요. 하늘이 흐려지는군."

그는 생각에 잠긴 말투였다.

"따뜻해요."

그녀는 그의 말을 듣지도 않고 고집스레 말했다.

마트리도 더 이상 말을 꺼내지 않았다. 그는 입을 다무는 게 좋겠다고 생각하고, 때때로 그녀에게로 놀라움과 기대가 함께 섞인 시선을 보낼 뿐이었다.

그들은 정원을 걸었다. 백양나무와 관목 사이에 작은 인공 연못이 보이는데, 담벼락이 비스듬히 물가에 넘어져 있었다. 또한 낙조의 햇빛이 잿빛의 돌멩이를 비추고 있었다.

유리안느는 옆에 있는 사람은 아랑곳없이 혼자인 양 담 위에 앉아 잔잔한 물 속을 들여다보았다. 마트리가 뭐라고 말하는 소리가 들리는 것 같았으나, 그가 정말로 말을 했는지조차도 분명하지 않았다. 피곤해서 더 이상 물어보기도 싫었다. 확실하지는 않지만, 몸에 열이 있다는 걸 그녀는 느꼈다. 하지만 그녀는 억지로 참고 있었다.

마트리는 입을 다문 채 그녀 곁에 앉아 있었으나, 그녀는 그를 쳐다보지도 않았다.

그녀는 순간 곁에 앉아 있는 게 헤클리프가 아닌가 의아해 졌다. 이런 상상은 그녀의 정신을 몹시 혼란스럽게 만들었다. 유리안느는 갑자기 결심이라도 한 듯이 마트리 쪽으로 몸을 돌렸다. 그에게 몸을 기대면 어떻게 될까…… 그녀는 그로부 터 물러났다. 몸을 굽혀 담벼락에서 돌멩이 한 개를 뽑으려고 했다.

그때 마트리의 모습이 사라지고, 헤클리프의 영상이 다시 그녀 곁에 나타났다.

'몸이 얼어오는군. 그래서 몸이 떨리는 거야. 집으로 돌아가 야지. 하지만 그렇게 되면 모두 헛일이 되겠지.'

그녀는 스스로에게 말했다.

그리고는 다시 마트리 쪽으로 몸을 돌렸다. 그들의 눈길이 마주쳤다.

마트리는 그녀의 태도를 살피고 있었다는 걸 감추지 못했 다. 그들은 서로 상대방을 저울질하고 있었던 것이다.

마트리가 마침내 부드럽게 미소를 지으며 말을 꺼냈다.

"춥지 않소? 유리안느."

"괜찮아요."

그녀는 간단하게 대꾸했다.

그녀의 눈빛이 점점 흐려졌다. 그녀는 다시 말없이 물 속을 들여다보았다. 해가 지고 어두워지기 시작했다.

유리안느는 헤클리프에 대한 미움으로 온몸이 떨렸다. 그녀는 신음 소리를 냈다. 지금 당장에 무슨 일인가를 할 기세였다.

"저기에 있는 까마귀가 오른쪽으로 날아가면 그렇게 해 보겠어."

그녀가 중얼거렸다.

그러나 까마귀는 언제까지나 나뭇가지에 앉아 있기만 했다.

유리안느는 눈을 감았다. 마트리의 팔을 잡으려고 손을 올린 것 같았으나, 막상 눈을 떴을 때 그녀의 손은 여전히 그냥 무릎 위에 놓여져 있었다.

그렇게 해 보지도 못하고 시간이 헛되이 지나갈 것 같은 불안이 엄습해 왔다.

그녀는 난폭한 결심에 사로잡혀, 눈을 감으며 마트리의 손을 더듬었다. 낯설고 차가운 손에 닿는 순간, 온몸이 떨려왔다. 흥분에 떨고 있는 그녀의 손이 그의 손목 위를 스쳐 딱딱한 커프스에 닿았다.

마트리는 놀라는 것 같았지만 자신의 손을 거둬들이지는 않았다. 저항하는 것도 아니었지만, 그렇다고 해서 마주 잡아 오는 몸짓도 없었다.

연못이 검어졌다. 까마귀 떼들이 멀리 백양나무 숲으로 날아갔다.

마트리가 별안간 몸을 빼더니 나직하게 말했다.

"무슨 일이오? 뭣 때문에 그러는 거요?"

"모르겠어요."

그는 몸을 일으킨 다음 여전히 크고 무뚝뚝한 목소리로 말했다.

"당신이 그걸 알았으면 좋겠소."

그녀는 얼떨떨한 표정으로 그를 바라보았다. 윤곽이 뚜렷치 못한 그의 얼굴이 어둠 속에서 그녀를 놀라게 했다. 그 얼굴이 그녀 앞에 버티고 서서 단조로운 목소리로 말했다.

"어떻게 해야 알겠소? 당신을 사랑하고 있단 말이오."

"아니에요!"

그녀는 단번에 생기에 넘쳐 말했다.

"그건 사실이 아니에요. 난 잘 알고 있어요. 괜찮아요, 이젠 됐어요."

그는 그녀를 멍하니 쳐다보았다.

그녀는 일어서며 말했다.

"이젠 추워요."

그가 그녀의 앞길을 막아섰다.

"유리안느, 이젠 됐다는 게 무슨 뜻이오?"

"모르겠어요."

그녀는 중얼거리듯이 말했지만, 그건 사실이었다.

유리안느가 그의 곁을 지나가려고 하자, 그가 그녀의 팔을 굳게 잡았다.

"조금만 기다려요."

갑자기 그가 걷잡을 수 없는 흥분에 싸여 있다는 것이 느껴졌다.

"당신한테 물어보겠소. 유리안느, 내게 대답을 해 줘요. 대답을 알고 있을 테니까."

"무엇을요?"

그녀는 냉담한 미소를 띠며 물었다.

그러자 그가 그녀의 팔을 놓았다.

"여기에 있어 주겠소?"

조소하는 목소리로 그녀가 대답했다.

"몇 주일 여기 있게 하라고 헤클리프와 미리 얘기하지 않았던가요?"

"아! 그 얘긴 그만둡시다. 내가 뭘 요구하고 있는지 알 거요. 당신은 여기에 영원히 있어 줘야 하오. 모르겠소?"

그가 초조하게 말을 받았다.

"여기서 뭘 하죠?"

"내가 당신을 사랑한다고 말하지 않았소? 유리안느, 당신을 아내로 맞아들이고 싶소. 이제는 분명해졌지 않소?"

"모르겠어요."

그녀는 지치고 피곤했다. 그가 한 말을 이해해 보고 싶지도 않았다. 오로지 자고 싶다는 생각뿐이었다. 끝없는 잠 속으로…….

"집 안으로 들어가고 싶어요. 몹시 피곤해요."

그녀는 나직하게 소곤거렸다.

마트리는 그녀를 부축해서 묵묵히 집 안으로 데리고 들어갔다. 그녀는 나중에 가서야 희미하나마 그때의 상황이 생각났다. 마트리의 늙은 가정부가 그녀를 따뜻하고 밝은 방으로 데려가서 곧 침대에 뉘었던 것이다.

탁자 위에 올려놓은 커피 주전자의 물 끓는 소리에 그녀는 잠이 깼다. 피곤에 휩싸여 눈도 뜰 수가 없었다. 눈을 감은 채 그녀는 가정부 알리네가 나가 주기를 기다렸다. 그리고는 천천히 몸을 일으켜 갖다 놓은 물건을 들여다보았다.

전날만 해도 선 채로 차가운 방에서 커피를 마시고 딱딱한 빵을 먹던 생각이 났다. 그런데 이제는 너무나 피곤해서 침대로 갖다 주는 음식도 먹을 수가 없었다.

초콜릿 한 잔을 탔다. 이런 아침을 맛본 게 도대체 얼마만인가? 어린 시절 이후로 말이다. 어머니가 돌아가신 뒤로 처음이 아닌가……?

방을 둘러보았다. 원하기만 하면 이 아름다운 물건들이 모두 자신의 것이 되리라는 상상을 해 보았다. 그러나 만족스럽지가 않았다. 마음 밑바닥에서 밀려오는 건 정체를 알 수 없는 불쾌감이었다.

연못가에서 있었던 대화가 열병 같은 꿈이었으면 하고 그녀는 생각했다.

가정부 알리네가 세숫물을 들고 침대 곁으로 다가왔다.

"아뇨. 일어날 수 있어요."

유리안느는 놀라며 말했다.

"아닙니다, 아씨. 아씨께선 몸이 불편하시니까 누워 계셔야 한다고 마트리 님이 말씀하셨어요."

"그랬어요? 그렇지만 아씨라고 하지 말고, 그냥 브렌튼 양이라고 부르세요."

"원하시는 대로 하겠습니다. 어쨌든 몸을 쉬도록 하세요, 아씨. 아씨께서 애들을 위해 얼마나 희생을 하셨는지도 주인께서 말씀해 주시더군요."

"뭐라고요? 희생한 거 없어요. 그리고 또 아씨라고 하는군요."

유리안느는 속이 상해서 말했다.

"익숙해지지가 않아 그래요. 마트리 님의 말씀을 믿으셔야 해요. 이곳에 사는 사람들은 애써서 도와줄 가치가 없다고 말씀을 하셨거든요."

유리안느는 미심쩍은 눈길로 알리네를 바라보았다. 그녀는 입을 다물고 골똘히 생각에 잠겨 있는 것 같았다. 방을 나가기 전에 그녀가 말했다.

"마트리 님이 아씨를 뵈러 와도 좋으냐고 여쭤보랍니다."

"좋아요."

유리안느는 덤덤하게 말했다.

"그러시라고 하세요."

잠시 후 노크 소리가 들렸다. 그녀는 깜짝 놀랐다. 들어온 사람은 노부인이었다. 검은 비단옷을 입은 당당한 체구의 노부인이 들어왔던 것이다.

"이제야 아가씨를 잡았군요."

노부인이 말했다. 유리안느는 어떻게 대답해야 할지 망설였다. 노부인은 기분이 좋다는 듯 말을 계속했다.

"이제야 겨우 쉬게 만들었군요. 그래야 될 거예요. 아가씨는 죽도록 일을 했어요. 그렇게 아가씨가 도와줬으니, 헤클리프는 즐거웠겠지."

유리안느는 눈을 크게 떴다. 지금 시험을 받고 있다는 걸 분명하게 알 수 있었다. 노부인은 계속 말을 했다.

"하지만 그 사람도 너무했어요. 그 따위 채석장 일꾼들만 사는 곳에서 혼자 보내다니, 그거야말로…… 하여튼 그런 데 가면 어떻게 되는지 정도는 이제 알게 되겠죠."

"그거야……."

유리안느는 신경질적으로 헝클어진 머리칼을 쓸어 넘겼다.

잠시 뜸을 두었다가 부인은 다시 말을 이었다.

"설명할 필요는 없다오. 그럴 필요는 없어요. 무슨 일이 있더라도 한 가지만은 얘기하고 싶어요. 사람이 절망으로 죽는 수는 없어요. 누구라도 말예요. 그건 동화 같은 이야기죠."

유리안느는 몸을 일으켰다.

"무슨 뜻인가요? 무슨 말씀이신지 모르겠어요."

"속박을 느껴서는 안 돼요. 그게 전부예요. 편안히 쉬어요."

부인이 나가 버리자, 유리안느는 오랫동안 말없이 눈을 멍하니 뜨고 누워 있었다.

'부인은 내가 여기 있으리라는 것을 믿지 않는 것인가? 헤클리프 씨에게 어떤 의무감을 갖지 말라는 뜻인가?'

그때서야 전날 밤에 마트리가 그녀에게 하던 말이 생생하게 떠올랐다.

'나는 당신을 사랑하오.'

유리안느는 갑자기 몸이 떨렸다.

'그게 그의 진심일까?'

하지만 조리 있는 생각보다도 뚜렷한 어떤 감정이 앞섰다. 그 감정은 그를 믿어서는 안 된다고 말해 주고 있었다.

헤클리프가 그런 말을 했다면 어떨까 하는 생각도 들었다.

그럴 때의 헤클리프의 얼굴과 목소리를 상상해 보려고 애를 쓰면서 그녀는 혼란과 우울함에 빠졌다.

그녀는 책상 위에 놓인 책을 가져다가 몇 페이지를 읽고는 다시 잠이 들었다. 그날 두 번이나 문이 열리고 마트리가 그녀의 이름을 부르는 소리를 들었으나, 그녀에게는 대답할 힘도 남아 있지 않았다.

다시 정신이 들었을 때는 완전히 어두워져서 보이는 것은 석탄 난로의 불꽃뿐이었다. 그녀를 완전하게 쉬도록 내버려 둔 것이다. 그녀는 그걸 다행스럽게 여겼다.

다음 날 아침에 자리에서 일어나려고 했으나, 그녀는 자신이 일어설 수조차 없다는 걸 알았다. 몇 번이나 일어나려고 했지만 헛일이었다. 그녀는 신음 소리를 내며 다시 침대에 누워야만 했다.

눈이 내리기 시작했다. 몇 시간 동안이나 눈발을 내다보며, 쉬고 싶다는 것 외에는 아무 욕망도 없었다. 가끔 노부인이 건너왔고, 때때로 마트리도 다녀갔다. 하지만 그녀는 대부분의 시간 동안 혼자 누워 지냈다.

가끔 여러 가지 생각이 떠올랐다. 헤클리프가 내 안부를 물었을까? 그러나 그런 생각은 다시금 다른 여러 가지 생각처럼 이내 사라지고 흔적도 남지 않는 것이었다.

크리스마스 전날에야 그녀는 일어났다. 그렇게 애를 쓰지 않아도 일어설 수가 있어서, 그녀는 오히려 당황했다. 손을 가슴에 대고 창틀에 앉아 눈이 쌓인 정원을 내다보았다. 높은 설벽(雪壁) 사이로 좁은 길이 뚫려 있었다. 뭣 하러 길을 뚫어 놨을까?

잠시 뒤에 마트리가 꾸러미를 들고 성으로 가는 게 보였다. 알리네의 남편 요셉이 커다란 잣나무를 들고 뒤따르고 있었다. 그는 하인 일에서부터 운전수, 원예사 일까지 하고 있는 사람이었다.

그 광경을 보자, 그녀는 다시금 분이 치솟으며 몸이 떨리기 시작했다. 절망적인 기분이 내부에서부터 번져 나왔다. 요양 기간 동안에 경험했던 마술은 일격에 무너지고, 가슴이 찢어지는 슬픔 속에서 자신의 처지를 생각해 보았다.

밤에 마트리가 들렀을 때, 그녀는 알 수 없는 불안감에 빠져 있었다. 이것저것 얘기를 나누다가, 그녀는 느닷없이 헤클리프의 안부를 물었다.

"당신이 어떻게 지내고 있는지를 매일매일 그에게 알려주고 있소."

마트리는 쌀쌀맞게 말했다.

"그렇다면…… 거기는 별일이 없는 건가요?"

마트리가 대답을 주저하는 것같이 느껴지자, 그녀는 다그치듯 질문을 되풀이했다.

"그저 그래요."

마트리는 빠른 말씨로 심드렁하게 말했다.

"모든 게 크리스마스 때처럼 평화로워요."

그날 밤에 유리안느는 잠을 이룰 수가 없었다. 난로 연통에서 나는 윙윙거리는 소리 때문에, 그녀는 솜으로 귀를 막은 다음 이불을 머리끝까지 푹 뒤집어썼다.

'집에 가 봐야겠다.'

그녀는 수백 번도 더 되뇌었다.

'크리스마스 축제 때 여기에 있으라고? 안 돼! 다시는 오지 않겠어.'

깜빡 선잠이 들었다가 눈을 떴을 때, 창밖은 우울한 날씨였다. 빗방울이 유리창을 때리고 있었다, 밤 동안에 날이 푸근해졌던 것이다. 눈은 회색으로 질척질척해진 채 잔디밭에 쌓여 있었고, 성으로 가는 길은 물웅덩이 투성이였다.

유리안느는 서둘러 준비를 끝내고는 마트리의 방을 노크했다. 그러나 거기에는 요셉뿐이었다. 요셉은 청소를 하고 있는 중이었다.

유리안느는 방으로 들어가서 문을 닫았다.

"요셉. 헤클리프 의사 댁에 아무 일도 없다는 건 거짓말이죠?"

그녀가 말을 꺼냈다.

"별일은 없습니다."

그는 머뭇거리며 대답했다.

"아이가 약간 아플 뿐입니다. 감기일 거예요, 그것뿐입니다."

"감기라고요? 성홍열일 거예요. 틀림없어요. 그런데도 왜 알리지 않았어요?"

유리안느는 소리를 질렀다.

"아씨, 아씨는 안정을 취하셔야 합니다."

요셉이 조심스럽게 말했다.

"또 그 말이군요. 제발 마트리 씨에게 얘기 좀 전해 줘요. 거길 가 봐야겠어요."

유리안느는 몹시 속이 상하면서도 정신을 차리려고 애쓰며 말했다.

요셉은 잡고 있던 빗자루를 떨어뜨리고 그녀를 멍하니 쳐다보았다.

"그러나 오늘 밤에는……. 용서하십시오 마트리 님이 저녁에 파티를 벌이십니다. 아씨가 없으면 어떻게 됩니까?"

"그래요?"

"그렇답니다."

요셉은 유리안느를 설득해 보려고 갖은 애를 쓰면서 말을 이었다.

"이 댁에선 여러 해 동안 크리스마스 축제도 없었거든요."

유리안느는 호기심에 차서 그를 바라보았다.

"그게 얼마나 됐죠?"

"20년쯤 됐을 겁니다."

유리안느는 속으로 계산을 해 봤다.

"왜 20년이나 그런 일이 없었죠?"

그녀는 갑자기 긴장을 하여, 대답도 기다리지 않고 계속해서 물었다.

"저의 어머니를 아시죠? 그렇죠?"

"네, 압니다."

그는 머뭇거리며 대답했다.

"잘 아세요?"

"어머니께서는 가끔 이 댁에 오셨습니다."

"요셉."

그녀는 결심한 듯 단호하게 말했다.

"당신이 그 얘기를 전부 알고 있다는 걸 알아요. 여기선 왜 아무도 사실대로 얘기해 주지 않는 거죠?"

그는 맥없이 어깨를 으쓱했다.

"제가 어떻게 사실을 알겠습니까?"

그는 회피하려고 애를 쓰며 반문했다.

"당신은 알고 있어요."

유리안느는 딱딱한 말투로 다그쳤다.

"왜 어머니는 마트리 씨와 결혼하지 않았죠?"

요셉은 마치 아버지와 같은 동정의 시선을 보냈다.

"말씀드려도 좋으시다면……. 모친께서 다른 분을 사랑했기 때문이었습니다."

"그게 저의 아버지였던가요?"

"모르겠습니다."

그 말에 유리안느는 화를 냈다.

"피하지 마세요. 그건 헤클리프 의사였죠?"

요셉은 입을 다물었다.

"그런데 왜 헤클리프 씨는 어머니와 결혼하지 않았나요? 누가 방해를 한 거죠? 그렇죠?"

요셉은 신경질적으로 두 손으로 책상 위를 문지르다가 느닷없이 말을 내뱉었다.

"죄송한 말씀이지만, 아씨께서는 그런 일에 관여하지 마십시오. 다 지나간 일이니까요. 오늘 밤엔 여기 계시는 게 좋을 겁니다."

그가 마음속으로 다른 말을 하려 한다는 건 분명했다.

유리안느는 잽싸게 그의 말을 막았다.

"그렇게 하도록 하죠. 마트리 씨에게 그렇게 전해요."

집을 벗어나기 전에 그녀는 잠시 방 가운데 서 있었다. 평화로운 나날을 보내던 방이었다. 그녀는 서둘러서 밖으로 나갔다. 성문으로 가는 데까지는 물이 발목까지 올라왔다. 빗줄기가 마구 얼굴을 때렸다. 헤클리프의 집이 보이자, 그녀는 비로소 안도의 숨을 쉬었다.

대기실에서 환자들의 목소리가 흘러나왔다.

'그가 있구나!'

유리안느는 진찰실 문 앞에서 걸음을 멈췄다. 유리에 금속이 부딪치는 소리, 헤클리프의 깊고 컬컬한 목소리가 들려왔다. 순간 격렬하고 짜릿한, 행복에 찬 흥분이 느껴졌다.

카타리나가 부엌에 나타났다. 유리안느를 보자, 그녀의 눈이 휘둥그레졌다. 유리안느는 세바스찬의 방으로 가려는 몸짓을 했다.

"성홍열이죠?"

카타리나는 멍하니 고개만 끄덕거렸다.

"열은 어느 정도예요?"

"모르겠어요."

유리안느는 층계를 뛰어올라갔다.

세바스찬은 열에 들뜬 눈으로 그녀를 뚫어지게 쳐다보았다.

"여기 있을 거죠?"

세바스찬이 물었다.

"그래."

"아주?"

"그래."

그의 겨드랑이에 체온계를 넣었다.

"다시 올 때까지 가만히 누워 있어야만 해."

그녀는 자신이 쓰던 방으로 갔다. 추위에 몸을 떨며 냉기가 도는 흰 벽, 거친 침대, 휑뎅그렁한 방바닥을 둘러보았다. 창문의 철책 너머로 비가 내리는 밖을 잠시 내다보다가, 그녀는 세바스찬에게로 갔다.

"옛날얘기 해 줘."

그가 졸라댔다.

"눈의 여왕 얘기 말이야."

"옛날 옛날에⋯⋯."

그녀는 앉아서 얘기를 시작했다.

세바스찬이 말을 막았다.

"아니야. 게르다가 강도들에게 가는 데를 다시 해 줘. 거기까지 했었어."

"아직도 기억하고 있구나. 두 달 전이었는데⋯⋯. 좋아, 그러면 시작한다. 동굴에는 아주 나이가 많은 강도 어머니가 앉아 있었단다. 남자들처럼 구레나룻 수염을 기르고 말이야. 그 여자는 활활 타는 불 곁에 앉아 불꽃을 바라보고 있었단다. 그때 어디선가 어린 처녀가 나타나 그 여자의 목으로 뛰어들어 수염에다 입을 맞췄단다."

세바스찬은 큰 소리로 웃어댔다.

바로 그때 문이 열렸다. 헤클리프가 들어섰다. 유리안느는
얘기를 중단하고 그를 마주 바라보았다. 헤클리프는 꼼짝도
하지 않고 문지방에 서서 나직하고 거친 목소리로 말했다.

"왔어요?"

"네. 세바스찬이 아프다는 얘기를 들었어요."

세바스찬이 열심히 소리를 질렀다..

"이젠 아주 여기 있겠다고 했어요."

헤클리프가 다가왔다.

"성홍열이오."

"마을에 그런 환자가 많은가요?"

"아직은 없어요."

세바스찬의 맥을 재면서 그가 중얼거리듯이 말했다.

"그런데 당신은? 오늘 밤엔 여기 있겠어요?"

그녀는 고개를 끄덕거렸다. 그는 이제까지 본 적이 없었던
산만한 손짓을 했다. 그리고는 서둘러서 방을 나갔다.

"얘기 더 해 줘."

세바스찬이 졸랐다. 그가 잠이 들 때까지 그녀는 얘기를
계속했다. 잠시 뒤에 카타리나가 들어왔다.

"의사 선생님이 시내에 가셨다가 저녁에 오신다고 아가씨
께 전하랍니다. 이런 날씨에!"

카타리나는 화를 내면서 투덜거렸다.

오후 시간은 느리게 지나갔다. 유리안느는 세바스찬의 곁에 앉아서 그가 잠이 들면 그를 들여다봤다가, 잠이 깨면 다시 얘기를 계속했다.

바람이 윙윙거리면서 창문을 두드려대는가 하면, 빗방울에 질척질척한 진눈깨비가 뒤섞이기 시작했다. 날이 어두워지자 멀리서 귀에 익은 마차 소리가 들리는 것 같았다.

그녀는 빠른 걸음으로 아래로 내려가 대문을 열었다. 빗발과 눈과 어둠이, 두텁고 흐릿한 장막을 쳐서 고원 쪽의 시계(視界)를 가렸다. 마차가 굴러오는 소리가 뚜렷해지자, 더 의심할 여지가 없었다.

빗발을 뚫고 마구간으로 달려갔다. 마차가 길에서 바로 들어갈 수 있도록 문을 열어 놓고는 비에 젖은 머리칼과 축축한 양말도 아랑곳 않고, 헤클리프의 기척이 들려올 때까지 현관에 서 있었다.

그녀는 다시 세바스찬에게로 서둘러 갔다. 불도 켜지 않고, 그녀는 창 곁에 앉아 헤클리프가 서두르면서 바삐 왔다 갔다 하는 소리를 듣고 있었다. 잣나무 가지들이 복도에 스치는 소리도 들리는 것 같았다. 그녀는 깜짝 놀랐다.

'크리스마스트리를 세우기만 할 모양이지. 꾸미지는 않을 셈인가? 그렇다면 가만히 있을 수 없지.'

그녀는 긴장한 채 소란스런 소음에 귀를 기울였다. 그때 갑자기 마당에 뭔가 떨어져 밝은 음향을 내면서 깨지는 소리가 들렸다.

"크리스마스트리에 쓸 유리공이군. 세바스찬을 위해서라도 나무에 장식을 해 줬으면…… 아이에겐 크리스마스 선물을 해 줘야겠지."

그녀는 혼잣말로 중얼거렸다.

유리안느는 조용히 방으로 가서 선물을 찾았다. 마트리가 북 슈타인필트에 가 있던 그녀에게 보내 준 과자 상자가 눈에 띄었다. 그것을 챙겨 든 다음, 그녀는 짐 꾸러미 속에서 고급 양피지로 뚜껑을 한 《오디세이》를 꺼냈다. 어머니가 남겨 준 것이었다.

그녀는 과자 상자와 책을 손에 들고 방 가운데 서 있었다. 몸이 떨리면서 불안한 느낌이 밀려왔다.

잠시 후 대문의 종이 울리더니 헤클리프가 문에 나타났다. 그리고 조금 있다 카타리나에게 큰 소리로 말하면서 집을 나갔다.

"먼저 식사를 하도록 해요. 몇 시간 걸릴 거요. 분만(分娩)이 있어서."

집은 정적에 싸였다. 유리안느는 헤클리프의 서재로 갔다. 거기엔 크리스마스트리가 서 있었고, 은색 종이와 방울도 매달려 있었다. 책상 위에는 끈으로 매어진 꾸러미가 몇 개 놓여 있었다.

유리안느는 자신도 모르게 기쁨에 들떠 나무를 바라보았다. 그러나 다시 그녀의 얼굴이 어두워졌다.

그녀는 얼른 몸을 돌렸다. 갑자기 격에 맞지 않은 것이나 부끄러운 것을 본 느낌이었다.

유리안느는 잘라낸 잣나무 가지를 집어서 거기에다 촛불을 매단 다음 그걸 세바스찬에게로 가져갔다. 그러고는 과자 상자를 곁에 세워 두고 그가 깨어나기를 기다렸다.

잠시 후 세바스찬이 눈을 뜨자, 그녀는 초에 불을 밝혔다. 세바스찬을 눈을 반짝이며 그걸 바라보았다.

"오늘은 크리스마스이브란다. 너 잊었니?"

그녀는 과자 상자를 그에게로 밀었다. 세바스찬은 과자를 보고 환성을 질렀으나, 이내 이불을 덮으며 쓰러지듯 하더니 열에 들떠 잠에 빠져들었다.

유리안느는 그대로 촛불을 밝혀 두었다. 그녀의 생각은 의사의 집과 성 사이를 이리저리 헤매 다녔고, 시선은 냉기가 감도는 방을 떠돌았다. 그녀의 시선이 흰 벽에 못 박혔다. 그걸 성 안에 있던 방으로 상상하기는 아주 쉬웠다. 원하기만 하면 쾌적하게 앉아 있을 수 있는 방이 아닌가?

순간 무엇인가 알 수 없는 힘으로 자기 자신을 붙들어 두고 있는 이 집에 대해 맹목적인 증오감이 들끓어 올랐다. 그녀는 손에 얼굴을 파묻고 긴장에 싸인 채 꼼짝도 않고 앉아 있었다. 조금만 움직여도 안정을 잃고 화풀이로 뭔가 때려 부술 것만 같았다.

그러나 그런 생각도 점차 사라지고, 유리안느의 뺨에는 어느새 눈물이 흘러내렸다.

카타리나에게도 선물을 해야겠다는 생각에, 그녀는 다시금 쓸쓸하고 얼음장처럼 차가운 자신의 방으로 들어갔다. 옷장을 뒤져 보자, 비단 천으로 된 손수건 세 장이 나왔다.

그녀는 느릿느릿 층계를 내려갔다. 부엌에서는 석탄불 튀는 소리가 들리고, 카타리나는 손을 떨어뜨린 채 부뚜막에 앉아, 입을 굳게 다문 채 깊은 잠에 빠져 있는 것이었다.

유리안느는 그녀 곁에 손수건을 놓아두고 살그머니 밖으로 빠져나왔다. 다시 크리스마스트리를 손본 다음 헤클리프에게 줄 선물을 책상 위에 놓아두었다.

그러고는 구석에 앉아 기다렸다. 시계의 째깍거리는 소리뿐, 아무 소리도 들리지 않았다.

"그를 기다리고 있군."

그녀는 낮은 소리로 중얼거렸다. 밑도 끝도 없는 놀라운 기분이었다.

'무엇 때문에 기다리는 거지? 그와 함께 크리스마스를 축하하려는 건가?'

화가 났다. 그녀는 일어서다가 다시 주저앉았다. 가슴이 두근거렸다. 스스로에게 변명을 해 보기로 했다.

'다른 어디보다도 여기가 따뜻하고 아늑하기 때문에 여기 앉아 있는 거야. 헤클리프 씨가 돌아오는 소리가 들리면 올라가야지.'

그녀는 서가에서 무슨 책인지도 모르는 책을 손에 잡히는 대로 한 권 꺼내, 뜻도 모르는 채 읽기 시작했다. 시계가 열 번을 치고, 다시 열두 번을 쳤다.

그녀는 깜빡 잠이 들었다가 책이 바닥에 떨어지는 소리에 놀라 잠을 깼다. 자정이 지난 지가 오래였다.

'헤클리프 씨는 벌써 오래 전에 집에 돌아왔을 거야.'

그녀는 잠에 취해, 자기 침대로 가고 싶은 생각뿐이었다. 그러나 딱딱한 침대는 아무리 해도 따뜻해지지가 않았다.

마을에서 알 수 없는 소음이 들려왔다. 그녀가 이런 시각에 깨어 있었더라면 언제나 들을 수 있는, 그런 상관도 없는 밤의 소음이었다. 그녀는 눈을 크게 뜨고 누워 있다가 결심이라도 한 듯 몸을 일으켰다. 그녀는 추위에 몸을 떨며 잠옷 바람으로 복도를 살금살금 내려갔다.

헤클리프 방의 거칠고 낡은 나무문에 귀를 기울였으나 아무 소리도 들을 수가 없었다.

'그는 아직도 돌아오지 않았구나. 어쩌면 방 안에 있을지도

몰라.'

아무래도 그에게 좋지 않은 일이 일어난 것 같았다. 유리안 느는 절망적인 불안감에 싸였다.

문고리에 손을 대 보았다. 추위와 흥분 때문에 그녀는 조심할 수가 없었다. 문이 열렸다. 유리안느는 문지방에 잠시 그대로 서 있었다. 어떻게 하여 그런 용기가 생겼는지 자신도 알 수가 없었다.

집 안의 모든 문들이 삐걱거린다는 걸 그녀는 알고 있었다. 그녀는 문을 열 때 문들이 그렇게 삐걱거렸다면 문을 닫을 때도 역시 그럴 거라고 생각했다.

유리안느는 몸을 움직일 수가 없었다. 열어 놓은 그녀의 방에서 흘러나오는 불빛이 자신의 모습을 드러나게 해주고 있다는 생각이 들었다.

만약 헤클리프가 방 안에 있다면 틀림없이 그녀를 보았으리라.'

그녀는 헤클리프의 침대로 다가가기 시작했다. 이 세상의 어떤 힘이라도 지금의 그녀를 제지할 수 없었을 것이다. 마치 수수께끼 같았다. 꿈을 꾸고 있다고 여겨졌다. 억누를 수 없는 호기심에 사로잡혀, 그녀는 침대 위로 몸을 굽혔다. 침대는 비어 있었다.

유리안느는 자기 방으로 다시 살금살금 되돌아와선 곧 깊은 잠에 곯아 떨어졌다.

마차 소리에 놀라서 잠이 깼을 때는 벌써 아침이었다.

헤클리프는 밤을 꼬박 밝히며 힘든 일을 하고도, 아침 식사 때는 아주 만족스러운 표정을 하고 있었다. 그는 자청해서 어려웠던 분만 얘기와 북 슈타인필트까지의 험한 길 얘기를 했다. 마치 어린아이같이 즐거워하면서……

유리안느는 놀란 듯한 표정으로 그를 쳐다보았다. 그가 그렇게 기분이 좋은 것을 볼 때마다, 그녀는 언제나 이상스러운 두려움에 빠져들곤 했다.

그녀에게 그는, 봄이나 늦가을에 가끔 찾아드는 위험스러운 날씨처럼 여겨졌다. 그런 날씨는 언제나 무서운 바람을 몰고 오는 사자(使者)가 아니었던가?

식사가 끝나자, 그들은 헤클리프의 서재로 갔다. 그는 묵묵히 촛불에 불을 붙인 다음 카타리나를 불렀다. 그녀는 얼굴을 붉히면서, 불에 구운 거위 냄새를 풍기며 들어왔다. 책상 위에는 아직도 끈에 묶인 꾸러미가 놓여 있었다.

"이건 당신 거예요. 카타리나."

헤클리프가 말했다.

카타리나는 그것을 받았으나, 내용물을 풀어 보지는 않았다.

"고맙습니다. 헤클리프 님."

카타리나는 서둘러서 다시 방 밖으로 나가더니, 현관까지

나간 다음 소리를 지르듯이 말했다.

"아가씨도 고마워요. 손수건을 주셔서……."

그 소리에 헤클리프는 눈을 크게 떴다. 하지만 말은 없었다. 유리안느도 자기 몫의 선물을 싼 종이를 풀었다. 검은 비로드 옷감이었다.

그녀는 깜짝 놀랐다. 고맙다는 말을 하려 했지만, 그녀는 너무나 당황한 나머지 우스꽝스럽게도 어린애 같은 부끄러움이 느껴져 선뜻 말을 하지 못했다.

"고맙습니다."

유리안느는 결국 이 말밖에 할 수가 없었다. 그 말을 하면서도 얼굴이 붉어졌다.

그녀가 헤클리프 쪽으로 책을 밀어 놓자, 그는 힘차고 검게 그은 손으로 조심스럽게 그걸 잡았다. 마치 그것이 깨지는 물건이라도 되는 듯이…….

"내 거예요?"

그는 어쩔 줄 몰라 했다.

유리안느도 더듬거렸다.

"더 좋은 걸 찾을 수가 없었어요. 늘 여기에만 있으니."

그가 책을 펴서 책장을 넘기며 중얼거렸다.

"선물을 받아 본 건 난생 처음이군."

유리안느는 재빨리 몸을 돌렸다.

"세바스찬에게 가 봐야겠어요."

그녀는 옷감을 팔에 걸고 뛰어나갔다.

세바스찬은 침대에 앉아 집짓기 장난감을 가지고 놀고 있었다. 흥분해서 거의 숨도 쉬지 못할 정도로 놀이에 열중해 있었다.

"선생님이 주셨어."

세바스찬은 고개를 들지도 않고 말했다.

유리안느는 자기 방으로 돌아갔다. 옷감을 옷장에 넣기 전에 그걸 다시 한참 들여다보았다. 전혀 기쁜 마음이 우러나지 않았다. 뭔가 새로운 불신감이 솟아났다. 고맙다는 생각 대신에 이상한 느낌이 들었다. 그런 선물은 멋진 옷을 살 수 없는 가난한 사람들이 부인이나 딸에게 주는 것이라는 생각이 들었던 것이다.

생각은 그렇게 하면서도, 그녀는 결국 천을 풀어서 몸에 걸쳐 봤다. 황홀한 기분으로 그녀는 거울을 들여다보았다. 그 부드러운 검은 비로도로 옷을 지어 입어보고 싶어졌다. 그러나 그녀는 천을 몸에서 걷어 낸 다음 다시 말아서 옷장 속에 깊숙이 처넣었다.

'그만두겠어. 그에게선 선물을 받지 않을 테야. 그의 선물은 필요 없어.'

그녀는 밑도 끝도 없는 갈등에 빠진 채, 마음속으로 한 가지 계획을 세워 보았다. 그것은 걷잡을 수 없이 독단적인 계획이었다.

그믐날이었다. 점심 식사 때 그녀는 느닷없이 헤클리프에게 말했다.

"세바스찬도 이제는 고비를 넘겼어요. 그렇지요? 이젠 돌봐주지 않아도 되겠지요? 어떨까요?"

생각에 골몰해 있던 헤클리프가 천천히 그녀를 보았다.

"그렇군요."

그가 멍하니 대꾸했다.

유리안느는 그 눈을 바라보았다. 그 눈 속에는 차츰 그녀의 말이 무슨 뜻인가를 이해하는 빛이 보이기 시작했다. 그녀가 오래도록 잊을 수 없는 분명한 눈길이었다. 밝은 날씨가 점점 흐려져 가는 것 같은 그런 눈길…….

몰려드는 구름으로 잔광이 꺼져가듯, 헤클리프의 얼굴에는 우울한 이해의 빛이 가늘게 흔들리고 있었다.

유리안느는 큰 소리로 고집스럽게 말했다.

"다시 가겠다고 마트리 씨와 약속을 했어요."

"그래요? 잘 됐군요."

그는 이렇게 말했을 뿐이었다. 그리고 아무 일도 없었다는 듯 식사를 계속했다.

그녀가 식탁에 앉아 있을 때, 요셉이 헤클리프에게 보내오는 편지를 갖고 왔다. 썰매 파티에 초대한다는 내용이었다.

헤클리프는 그걸 유리안느에게 넘겨주었다.

그걸 읽고 나서, 그녀는 기대에 부풀어 그를 쳐다보았다.

"함께 가실 거죠? 그렇지요?"

그녀는 그러다가 갑작스레 열정적인 목소리로 말했다.

"파란 하늘을 보세요! 멋질 거예요. 춥지 않을 거예요. 우리 온 고원을 달려 봐요!"

헤클리프가 천천히 머리를 들며 말했다.

"가 봐요. 꼭 가도록 해요."

"선생님도 가세요. 그렇게 하실 거죠?"

그는 머리를 세차게 흔들었다.

"왜 가시지 않으려는 거예요?"

"그럴 시간이 없어요."

"환자도 없는데요."

그는 그녀를 뚫어질 듯이 바라보다가 포크를 놓고 일어섰다.

"재미있게 즐겨요."

그는 벌써 문지방에 서 있었다.

문이 짤깍하고 닫혔다. 유리안느는 그 문을 멍하니 바라보았다.

'그가 비웃는 것 같군.'

그녀는 얼굴이 창백해졌다.

잠시 후 유리안느는 자리에서 일어서서 갑작스레 웃어댔다. 그녀의 얼굴은 승리감으로 물들었다.

'그가 질투를 한다……'

가슴이 세차게 뛰기 시작했다. 그러나 그녀는 그런 감정을 떨쳐 버렸다.

'그는 나를 사랑하지 않아. 그런데 왜 질투를 하겠어?'

그 생각은 아주 자명한 사실 같아 보였는데도, 그걸 분명히 확신할 수가 없었다.

그녀가 며칠 전부터 품고 있던 계획이 다시 고개를 들었다. 그녀는 헤클리프를 결정적인 시험대에 올려놓아야 한다고 생각했다.

'오늘 마트리 씨에게 청혼을 받아들이겠다고 얘기해야지.'

계획의 위험성이 확실하게 느껴지면서도 그녀는 망설이지 않았다.

끝없는 어둠 속으로 빨려 들어가는 기분이었지만, 더 이상 선택의 여지가 없었다.

한 시간 뒤에 그녀는 마트리와 함께 썰매 안에 앉아 있었다. 헤클리프는 결국 나타나지 않았다.

마트리는 어깨를 으쓱했다. 비웃음에 찬 그의 일그러진 입을 보자, 그녀는 순간 때려 주고 싶은 충동에 휩싸였다.

유리안느는 먼 곳으로 눈을 돌리고 말았다.

요셉은 구식의 썰매에 말채찍을 휘둘러댔다. 고원은 파란 하늘 아래 끝없이 희고도 넓게 펼쳐져 있었다.

"더 빨리요!"

유리안느가 재촉했다.

그들은 나는 듯이 여우 길과 족제비 흔적을 가로지르고, 까마귀 떼를 놀래 주었다. 수건으로 묶은 유리안느의 머리칼이 바람에 휘날렸고, 그녀의 눈은 생기에 넘쳐 반짝였다.

느닷없이 헤클리프의 말이 다시 생각났다.

'재미있게 즐겨요.'

그 말소리가 떠오르자 그녀는 우울해졌다. 걷잡을 길 없는 슬픔이 몰려왔다.

"유리안느, 추워요? 돌아가도록 할까요?"

그녀는 소스라치게 놀라서 몸을 돌렸다. 여태까지 마트리를 까마득하게 잊고 있었던 것이다.

그녀는 아주 낯선 사람처럼 그를 꼼꼼히 뜯어보았다.

"아니에요. 더 가요."

그들은 채석장까지 달려갔다가 거기서 계곡 저 멀리 시가지가 내려다보이는 데까지 계속 달렸다. 이젠 돌아가야겠다고 마트리가 말했으나, 유리안느는 대답을 하지 않았다.

깊은 실망의 그림자가 그녀의 얼굴에 나타났다. 마트리의 눈길에도 뭔가 확실하지 않은 조소의 빛이 흘깃 엿보였다.

그리고는 슬쩍 미소를 띠었다. 자기의 물건이 아주 안전하다는 걸 확인하는 그런 미소였다.

시간이 많이 지나서 성에 도착했을 때는 벌써 검은 밤나무 위에 초저녁 별들이 걸려 있었다. 성은 기분 좋은 온기에 젖어 환하게 불이 밝혀져 있었다. 층계를 올라가며 유리안느는 눈을 두리번거렸다.

"새들은 다 어디 갔죠?"

"모두 풀어 줬소."

"왜요?"

"서로 사랑하지 않는 것 같아서."

"그래요……. 저와 상관없어요."

그녀는 냉랭한 어조로 말했다.

그러나 그녀 자신이 혼란에 빠졌다는 사실은 상관없는 일이 아닌 것 같았다.

'그가 정말로 나를 사랑한다면?'

그녀는 이상스러운 관계가 맞이하게 될 결과를 꿰뚫어볼 수가 없었다. 하지만 기다릴 작정이었다.

그러나 적어도 오늘 밤엔 이 아름다운 집의 아늑함에 몸을 맡기고 싶었다. 그녀는 일종의 장난기 어린 가벼운 기분으로 그런 생각을 했던 것이다. 그런 것에 대해 속죄해야 된다는 기분은 조금도 없었다.

마트리는 그녀를 그녀의 방으로 안내했다. 우선 그녀의 침대 머리맡에 걸린 사진이 눈에 띄었다. 어머니의 초상화였다.

"기념으로 드립니다."

그녀를 뚫어지게 쳐다보며 그가 말했다.

"고맙습니다."

그녀는 짤막하고 불안정한 말투로 대답했다.

마음속에서 날카로운 불신감이 자라나서 그녀에게 소곤거렸다.

'의심을 없애 버릴 양으로 별 수단을 다 쓰는군. 그 선물도 어쩌면 과거를 보상하는 보상금일지도 몰라.'

그녀는 미소를 지었다. 어른들의 행동이 속이 빤히 들여다보일 때 아이들이 짓는 그런 미소였다.

마트리와 방에서 찻잔을 마주하고 앉았다. 따뜻함과 아름다운 방 안 분위기에 휩싸여 그의 청혼을 정말로 진지하게 받아들이고 싶었다.

그는 그녀의 속마음을 눈치챈 듯 언변 좋게 이런저런 얘기를 늘어놓았다. 게다가 우아한 몸놀림이 그녀를 매혹시켰다.

그녀는 어린 시절이 생각났다. 의사 집을 생각할 때는 몸이 떨렸다.

지금까지 그녀에게 구혼을 해 온 남자는 아무도 없었다. 그런데 마트리만이 교묘한 방법으로 구혼을 했다. 그녀는 그

점을 꿰뚫어보면서도 점점 그가 그녀를 압도해 오는 것을 방관했다.

그녀는 점점 그의 화술에 빨려들고 있었다. 담배를 피우는 습관이 있는 건 아니었지만, 그날 밤 그녀는 담배를 계속 피워댔다. 방은 연기로 가득 찼다. 그리고 사실은 그가 벌써부터 입을 다물고 있었는데도 마트리가 아직도 계속 떠들고 있는 것처럼 느껴졌다.

'지금 그에게 얘기를 한다면 모든 건 결판이 나는 거야. 내가 지금 어떤 상태인지 알고 있어. 그러면 혼란과 괴로움의 상태가 끝장나는 거야.'

조그만 벽시계가 시간을 알렸다.

유리안느는 기계적으로 시계 소리를 세고 있었다. 여섯 시였다.

'아직 나는 성년(成年)이 되지 않았어. 헤클리프 씨가 후견인으로 반대를 할 수도 있겠지?'

헤클리프에 대한 생각은 이상한 아픔을 안겨 주어 따뜻한 방에서도 몸이 떨리기 시작했다. 그를 생각할 때마다 느껴지는 감정이 다시 되살아나고, 그럴 때마다 그녀는 깊은 나락으로 빠져들었다.

다시 정신이 들었을 때는 깊은 잠 속에서 깨어난 것 같은 기분이었다. 냉기가 느껴져서 소름이 끼쳤다. 맑은 정신으로 사람을 죽이는 살인자와 같은 그런 오한이었다.

그때 요셉이 들어왔다.

"식사 준비가 다 됐습니다."

그들은 몸을 일으켰다. 문 쪽으로 가면서, 유리안느는 지나가는 말처럼 입을 열었다.

"제게 언젠가 결혼 신청을 하셨죠? 그걸 받아들이겠어요."

말을 끝내자, 그녀는 기절할 때처럼 머릿속이 텅 빈 것 같았다. 그녀는 재빨리 그를 앞서서 방을 빠져나왔다. 그녀에겐 마트리가 어떻게 생각하든 전혀 상관이 없었다.

그녀는 묵묵히 긴 복도를 걸어갔다. 식당 앞에서 몸을 돌리자, 유난히 광채를 내는 그의 눈길이 보였다. 그녀가 그걸 유심히 주의해서 봤더라면, 아마도 그 눈초리에 몸이 얼었을지도 모를 그런 시선이었다.

노부인이 벌써 식탁에 앉아 있었다. 힘차고 위풍당당한 눈길이었으나 부인은 아무 말도 없었다. 마트리는 가볍고 쾌활한 대화를 이끌어 갔다.

유리안느는 어느 때보다도 그가 더욱 미워졌으나 아무 내색을 하지 않았다. 크리스마스트리에 촛불을 켜기 위해 마트리가 식당 밖으로 나갔다.

그 틈에 노부인이 입을 열었다.

"결심을 하기가 그렇게 힘이 들었나요, 유리안느? 전의 애기를 잊지 말아요. 상심해서 죽는 사람은 없어요. 남자도 그렇고……. 그 점을 명심해요."

마트리가 돌아왔다. 나무를 바라보며 유리안느는 노부인의 말을 되씹어 보았으나 이해가 되지 않았다. 그 말이 정확히 누구를 지적하는 건지 알아낼 수가 없었기 때문이었다. 노부인은 일찌감치 자기 방으로 갔다.

"자네들끼리 축제를 벌이게나. 내게는 연말연시 따위는 아무 의미도 없어."

문이 닫히자, 마트리가 물었다.

"약혼식은 언제 할까요?"

유리안느는 그가 말하는 것 이상으로 그를 잘 알고 있었다. 조급한 그의 행동이 그런 낌새를 채게 했던 것이다. 그녀는 차분하게 대꾸했다.

"헤클리프 의사에겐 좀 있다가 알리도록 하세요."

분노의 그림자가 그의 얼굴 위로 스쳐갔다. 그녀는 이런 기회를 포착했다.

"저를 사랑하세요?"

그가 몸을 일으켜 세우며 그녀를 포옹하려 했으나, 그녀는 그의 어깨를 눌러서 다시 의자에 앉혔다.

"기다리세요. 제가 어머니와 닮았기 때문에 저를 사랑하는 거죠? 그렇지 않아요? 말하자면 어머니의 대용물이죠?"

"유리안느!"

그의 외침 소리 속에는 놀라움, 격분, 고통 따위가 이상스럽게 뒤범벅되어 있었다. 그녀도 덩달아 불안스러워졌다.

결국 그녀는 혀에 맴돌던 질문을 내던지고 말았다.

"이젠 만족하시죠? 이번에도 그렇지요? 완전한 승리가 아닌가요? 이런 말을 다 하려 했는데……. 그래도 의사 선생님을 미워하시겠어요?"

그는 펄쩍 뛰면서 소리를 쳤다.

"도대체 누가 그러던가요? 내가 그를 미워한다고? 무슨 생각을 하고 있는 거요, 유리안느? 그와는 오랜 친구지간인데."

유리안느는 이상스러울 만큼 조용한 모습으로 미소를 지었다. 그는 그녀의 팔을 잡고 열정적으로 키스를 퍼부었다. 힘찬 입맞춤이었다. 그녀를 미심쩍게 하지 않으려는…….

밤중에 그녀는 눈을 뜬 채 열에 들떠서 누워 있었다.

'내가 왜 그런 짓을 했을까?'

그녀는 절망적인 생각에 빠져 침대에서 벌떡 일어나 맨발로 방 안을 돌아다니기 시작했다. 회한의 고통이 너무나 컸다. 이 밤을 무사히 살아서 넘길 것 같지가 않았다. 그녀는 상처 입은 짐승처럼 다시 침대로 기어들어갔다.

서릿발 이는 새해 아침을 그녀는 노려보았다.

'난 그와 결혼하지 않겠어. 절대로. 그럴 수가 없어.'

그녀는 수백 번도 더 되뇌며 얼굴을 유리창에 댔다. 유리창에 긴 성에가 그녀 이마의 열로 녹아내렸다. 얼굴은 물기와 눈물로 뒤범벅이 되어 갔다.

다시금 방 안을 돌아다니기 시작했다.

'왜 그와 결혼하고 싶지 않을까?'

그녀는 고집스럽게 스스로에게 물어보았다.

'다른 사람보다 똑똑한 사람이 아닌가? 게다가 부자이고, 차차 정이 들게 될 거야. 그러면 근심 걱정은 끝날 거고, 그가 없으면 내가 어떻게 될까? 헤클리프 의사 집에서 언제까지나 있을 수도 없지 않은가?'

그녀의 생각은 거기에서 막혀 버렸다.

'도대체 뭣 때문에 결혼을 해서는 안 된다는 거야?'

그녀는 다시 창에 몸을 기댔다. 성에가 희미한 아침 햇살로 인해 반짝거렸다. 아무런 생각도 없이 그녀는 손으로 창 위에 그림자를 그렸다. 단번에 모든 고통이 사라졌다.

유리안느는 약속을 지킬 결심을 했던 것이다.

'우리는 곧 결혼할 거야.' 하고 그녀는 생각했다.

차갑고 억센 힘이 다시금 용솟음치기 시작했고, 뜬눈으로 밤을 지새웠지만 아침 식사 때는 상냥한 말씨로 얘기할 수가 있었다.

그녀는 방 안에 있는 물건들을 차례차례 둘러보았다. 마트리가 오전의 밝은 햇살을 받으며 그녀에게 방 안을 구경시켜 주고 나서, 눈 덮인 정원에서 헤클리프의 집까지 바래다주었다.

결혼식을 할 때까지는 거기서 살면서 헤클리프를 도와주겠다는 그녀의 얘기에 그는 반대하지 않았다.

유리안느는 혼자서 현관에 들어서자, 저절로 안도의 숨이 쉬어졌다.

열이 내려 침대에 앉아 열심히 집짓기 놀이를 하고 있는 세바스찬을 들여다본 다음 그녀는 자기 방으로 가서 불을 지폈다. 얼마 되지 않는 세간이나마 정리하고 싶었던 것이다.

온 정신을 다 쏟아서 옷장과 짐을 정리하고, 옛날 편지들을 불태우면서 그녀는 하루를 보냈다.

다음 몇 주일 동안은 환절기로 여러 가지 병자가 생겨, 그녀는 자기 처지를 생각해 볼 틈이 없었다. 마트리와는 거의 만나지 않았다. 사실상 염두에도 없었다.

뒷날 그녀가 이때를 회상해 볼 때, 몇 주일 동안 몽유병자처럼 살아간 것같이 생각되었다. 아담이 그녀의 이름을 불렀던 날의 기억도 거의 남지 않았다.

그날 저녁에 그녀는 음식점 앞을 지나가고 있었다.

아담이 컴컴한 현관에 서 있었다. 바람이 눈을 몰아 복도에까지 휘몰아쳤다.

"이리 와!"

아담이 거칠게 말하며, 그녀를 음식점 안으로 끌고 들어갔다. 방은 텅 비었고, 스텐드 뒤에서만 희미한 램프 불이 타고 있었다.

아담은 맥주잔을 가득 채웠다. 맥주는 오래된 것이어서 거품도 일지 않았다.

"마셔!"

그는 명령하듯 거칠게 말했다. 그녀는 겁이 나서 그대로 따랐다. 신 맥주와 썩어가는 나무 냄새가 역겨웠다.

"됐어. 그게 이별주야."

그는 잔을 구석으로 던져서 산산이 부숴 버렸다.

"아담!"

유리안느가 소리를 질렀다.

"취했군요."

"난 떠나."

그는 몸짓으로 먼 곳을 가리켰다.

"다시는 돌아오지 않을 거야."

"설마 아버지와 같은 짓을 하려는 건 아니겠죠?"

유리안느는 겁이 나서 다짐을 받듯 물었다.

그 말에 그가 마구 웃어댔다.

"무슨 상관이지? 지금까지 내 걱정은 하나도 하지 않았잖아? 난 너를 다른 일로 불렀어."

그는 주머니에서 지갑을 꺼냈다.

"오늘 이 집을 팔아 버렸어. 그 안에 동생 몫이 들어 있어. 당신들이 그 애를 돌봐주겠지? 그렇지?"

"우리가?"

그녀는 너무나 놀란 나머지 큰 소리로 묻지도 못했다.

아담은 그녀에게 지갑을 넘겨주었고, 그녀는 그걸 받아 넣었다. 그리고 두 사람은 입을 다물었다.

계집애 하나가 살금살금 들어와서 재빨리 식탁에서 빵을 훔쳐갔다. 아담은 그녀에게 이마를 찡그려 보였지만, 아무 말도 하지 않았다.

그러다가 갑자기 큰 소리로 말했다.

"결혼식은 언제지?"

"무슨 결혼식?"

"네 결혼식 얘기지. 의사 선생님과 결혼하는 거지?"

"아니야!"

유리안느는 필요 이상으로 소리를 질렀다.

"잘못 생각한 거야."

그는 씩씩거렸다.

"내게는 숨길 필요가 없어. 난 떠난단 말이야. 여기서 어떤 일이 벌어지든 내게는 상관이 없다구."

그들은 다시 입을 다물었다. 흘러넘친 맥주가 냄새를 풍기며 곰팡이 낀 바닥으로 스며들었다.

아담은 벽에 기대어 눈을 감고 있었다. 유리안느는 그가 잠이 든 줄 알고 살짝 빠져나가려고 했다.

그러나 한 발짝도 내딛기 전에 그가 눈치를 챘다.

"그대로 있어. 얘기할 게 있어."

그가 말했다.

아담이 무슨 말을 하려는 걸까, 하고 유리안느는 의아해 했다.

그가 눈을 감은 채 거칠게 말했다.

"의사 선생님과 결혼해야 돼."

"그만해 둬."

그녀는 마음이 아팠지만, 거의 간청하듯이 말했다.

아담은 주먹으로 식탁을 치면서 외쳐댔다.

"의사 선생도 그러길 원하고 있어. 그걸 모르겠어?"

그녀는 아담과 마찬가지로 목소리를 높였다.

"그게 거기하고 무슨 상관이야?"

아담은 유리안느의 말을 듣지도 않고, 조금도 개의치 않는 다는 투로 계속했다.

"다른 쪽과는 그만둬. 그는 의사 선생님의 적이야. 그걸 모르겠어?"

아담이 유리안느의 어깨를 흔들어댔다. 그의 숨결이 너무

가깝게 느껴져서 몸서리가 쳐질 지경이었다. 그의 입에서 풍기는 맥주와 위스키 섞인 냄새가 역했다. 아담은 여전히 그녀를 꽉 붙잡고 있었다.

"그 사람은 의사 선생님을 괴롭히는 도구로 네가 필요할 뿐이야."

"미쳤어!"

유리안느는 마구 소리를 질렀다. 그의 얼굴을 한 대 갈겨 주고 싶었다.

그런데 노여움과 구역질이 나면서도, 그의 말이 옳다는 생각을 버릴 수가 없었다. 그의 말이 옳았다.

그때 그가 그녀를 풀어 줬다.

"이젠 가 봐."

그는 갑자기 지친 듯 말했다.

"세바스찬에게 줄 돈은 잃어버리지 마. 나는 아침 일찍 떠날 거야."

아담은 몸을 돌려서 위스키 잔을 채우고는 단숨에 마셔 버렸다. 유리안느는 아랑곳하지도 않고······.

저녁 식사가 끝났다. 세바스찬이 방으로 가 버리자 그녀는 헤클리프에게 돈지갑을 건네주었다.

그와 얘기를 나누는 동안, 문득 헤클리프와 아담이 닮았다는 생각이 들었다. 딱히 설명할 수는 없었지만, 검은 피부와 푸른 눈이 몹시 닮아 보였다.

'일종의 난폭함이지……. 무이라 설명할 수 없는, 어떤 마력적인 힘이야.'

그녀는 식탁 위에다 돈을 세어 놓았다.

"이거면 세바스찬의 학비가 되겠어요?"

그는 머리를 흔들었다.

"하지만 상관없소 이 돈이 없다 해도, 세바스찬은 여기 계속 있을 거니까. 우리는 언제까지나 그 애를 데리고 있읍시다."

'우리라고 했어.'

유리안느는 생각했다. 잠결에 듣듯, 그녀는 그 소리를 들었다.

그 말을 생각해 보면 볼수록 점점 깊은 절망감에 빠져들었다. 그녀는 지친 나머지 맥이 빠져 버렸다.

'될 수 있으면 빠른 시일 안에 헤클리프 씨에게 얘기를 하라고 마트리 씨에게 말해야지.'

그렇게 생각을 하면서도 그녀는 다음 날도 또 다음 날도 성에 갈 수가 없었다. 아직도 찌르는 듯한 자책감에서 벗어나지를 못했던 것이다.

그녀는 점점 신경질적이고 흥분된 상태로 빠져들어 갔다. 격렬한 노동으로만 그걸 이겨 낼 수가 있을 뿐이었다.

어느 날 밤 그녀가 환자에게 다녀오는 길이었는데, 마트리가 울타리에서 뛰어나와 다가왔다. 노동자들이 울타리에 숨어서 동네 아가씨를 기다리는 것처럼 그녀를 기다리고 있었던 것이다.

"왜 그렇게 오지 않았지, 유리안느?"

그가 속삭였다. 어둠 속에서 그의 눈이 열에 들떠서 번쩍이는 게 보였다.

"두 주일 동안이나 당신을 못 봤어."

그의 목소리는 흥분과 노여움에 떨고 있었다.

"보다시피 일이 너무 많아요."

그녀는 차분한 목소리로 대꾸했다.

"밤이 늦었어요. 집에 가야 돼요."

"그건 이유가 안 돼."

그가 딱딱하게 잘라 말했다.

"일요일에도 오지 않구선."

"일요일엔 잠을 잤어요."

그녀는 피곤하다는 듯 대꾸했다.

그녀의 손을 잡은 마트리의 손은 얼음장처럼 차가웠다. 손이 가늘게 떨리고 있었다.

"뭣 때문에 성으로 이사하지 않소? 여기 일이 당신을 완전히 지치게 했소. 당신이 그렇게 고생하고 있다는 걸 헤클리프는 왜 모른단 말이오?"

마트리가 다그치듯 물었다. 그는 그녀의 얼굴과 온몸이 긴장으로 굳어져 있다는 사실을 어둠 때문에 눈치 채지 못하고 있었다.

그녀는 결심을 한 듯 이렇게만 말했다.

"좋아요. 내일 저녁에 오셔서 헤클리프 씨와 얘기하세요. 이젠 됐지요?"

"만족스럽지 않소. 그렇지가 않단 말이오."

그가 그녀를 살피면서 멍하니 되뇌자, 그녀가 그의 눈길을 놓치지 않고 단도직입적으로 말했다.

"하지만 그게 당신이 원했던 것이 아니었던가요?"

그는 그녀의 말에 아무 말도 하지 못하고 입을 다물고 말았다.

"안녕히 주무세요."

유리안느는 형식적으로 인사를 하고는, 필요 이상으로 부드러운 목소리로 덧붙였다.

"오늘은 정말로 피곤해요. 내일 저녁에 오시도록 하세요."

그는 그녀를 붙잡으려고 하지는 않았다.

다음 날 새벽에 누가 창문에 돌을 던지는 소리가 나서 그녀는 잠에서 깼다. 창문 아래에 아담이 서 있었다.

배낭을 메고, 구식 여행 가방을 들고는 뭐라고 손짓을 하며 말없이 그녀를 올려다보았다.

"잘 가요."

유리안느가 소곤거리듯 작은 소리로 말했다.

"같이 가자고요."

그가 뜨거운 목소리로 외쳤다.

그녀가 머리를 흔들자, 그는 가 버렸다.

그녀는 오랫동안 그의 뒷모습을 바라보았다. 바람 부는 길을 바람과 싸우면서 그는 걸어가고 있었다. 그가 조그만 점으로 되었다가 멀리 회색의 고원으로 빨려 들어갈 때까지 그 뒷모습을 지켜보았다.

유리안느는 창틀에 기댄 채 별다른 슬픔도 느끼지 않으면서 눈물을 흘렸다.

오후 진찰 시간이 끝난 뒤에 책상을 빙빙 돌며 헤클리프가 말했다.

"보험료 지불인들에게 진찰권을 보내야 할 텐데, 아주 잊고 있었어요. 보나마나 엉망이 됐을 거요. 나는 이런 일엔 재주가 없다는 걸 알 거예요."

"그렇지 않아요. 꼭 그런 건 아니에요."

어린아이 같은 기분으로 그는 계속 말을 이어갔다.

"나는 자신을 잘 알고 있어요. 원래 서류 정리에는 엉터리거든. 내 대신 좀 해 주겠어요, 유리안느?"

"그러죠. 해 드릴게요."

한숨 돌렸다는 듯이 헤클리프는 문고리를 잡은 채 말했다.

"내 서재에서 해요. 책상과 큰 탁자가 있으니 펴 놓고 하는 게 쉬울 거요."

유리안느는 깜짝 놀랐디.

오늘 저녁에 마트리가 올지도 모른다. 그때 그와 마주치고 싶지는 않았다.

그래서 그녀는 성급하게 말을 받았다.

"그냥 여기서 하겠어요."

"여긴 추운데. 벌써 서류는 그쪽에 옮겨 놨어요."

오후 왕진에서 돌아오자, 그녀는 곧 일을 시작했다. 마트리가 오기 전에 끝내려고 했던 것이다.

그녀는 저녁 식사를 할 때 건성으로 말했다.

"오늘 마트리 씨가 잠깐 들르고 싶다고 전하라던데요."

자기가 그렇게 침착하게 말할 수 있는 게 이상스러웠다. 내 일이 아니고, 다른 사람 얘기 같군……. 그런 생각이 들었다.

헤클리프가 머리를 들고 화가 난다는 투로 물었다.

"마트리가? 오늘?"

유리안느는 서둘러 식사를 끝냈다. 그를 피하고 싶었다.

"일을 해야겠어요."

그녀는 밖으로 나와서 문을 닫고 당장의 위험을 피하기라도 한 듯 안도의 숨을 내쉬었다.

얼마 뒤에 초인종이 울렸다. 유리안느는 깜짝 놀랐다.

'내가 문을 열어 줄게. 카타리나.' 하는 헤클리프의 목소리가 들려왔다.

열병에라도 걸린 듯이 그녀가 서류를 정리하고 소인을 찍는 동안, 마트리와 헤클리프가 함께 식당으로 들어가는 소리가 들렸다.

'큰일인데. 여기선 얘기가 다 들리는데, 견딜 수가 없어.'

그녀는 밖으로 나가려고 조용히 문 쪽으로 갔다. 그러나 문고리에 손을 대기도 전에 그녀는 다시 한번 서류가 흩어진 책상 위를 돌아보았다.

'내가 해 주지 않으면 아무도 정리를 할 수 없겠지……'

헤클리프에 대한 동정에 찬 노여움이 그녀를 휩쌌다. 자신의 속마음과 싸우면서 그녀는 서류 뭉치로 되돌아갔다.

'듣지 않으면 되겠지……'

그녀는 큰 소리로 서류를 세기 시작했다. 듣지 않으려고 하면 할수록 그녀의 귀는 옆방의 얘기 소리에 점점 민감해져 갔다. 옆방의 대화는 낯선 사이인 양, 여행담이나 학문적인 문제로 옮아가고 있었다.

"자넨 논문을 포기했나? 유감이네. 자네의 논문을 읽은 지도 5년이나 됐군. 파리의 한 서점에서 봤지. 대단한 논문이더군. 신경의학 분야에선 자네의 연구 업적을 고대할 텐데."

마트리의 말소리가 계속 들려왔다.

"그래? 사람들이 그러던가?"

헤클리프는 간단하게 응답했다.

"그렇다네. 자네가 어떤 사람이냐고 묻더군."

헤클리프는 거칠게 웃음을 터뜨렸고, 마트리의 목소리엔 갑자기 날카롭고 당황한 기색이 뒤섞였다. 그의 말소리를 듣는 데 굉장히 신경을 써야만 했다.

"뭣 때문에 자네는 아까운 재주를 이런 벽촌에서 썩히는가?"

헤클리프는 대답하지 않았으며, 마트리 혼자서 계속 말을 이어나갔다.

"자네가 원하기만 하면 멋진 장래가 기다릴 텐데. 여기에 눌러앉아 있는 게 이해가 안 가네."

만약 벽으로 차단되어 있지만 않았더라면, 유리안느는 그에게 그런 말을 하지 말라는 눈짓을 보내고 싶었다.

마트리는 초조한 나머지 침착성을 잃은 것 같았다.

"아직도 늦지는 않았네. 왜 고집을 부리나? 뭣 때문에 이런 데서 썩나?"

오랜만에 헤클리프의 대답이 들려왔다. 그의 목소리는 여느 때와는 달리 무척 날카로웠다.

"자네야말로 뭣 하러 이곳으로 되돌아왔나? 무슨 바람이 불어서 여생을 이곳에서 보내려 하나?"

유리안느에게는 두 남자가 지금 조소와 적의를 감추고 짐짓 미소 짓는 모습이 보이는 듯했다.

헤클리프가 먼저 평정을 되찾았다. 유리안느는 그의 자제력이 자랑스럽게 여겨졌다.

"난 새 논문을 시작했다네. 보여 주지."

그가 급히 의자에서 일어서는 소리가 들렸고, 문이 열리더니 그가 들어왔다. 유리안느에게는 아무런 관심도 없다는 듯 그는 서랍에서 깨알 같은 도표가 그려진 종이 뭉치를 끄집어내 갔다.

한참 동안 옆방에서 종이 넘기는 소리와 간간이 중얼거리듯이 설명하는 헤클리프의 목소리, 그리고 마트리가 질문을 하거나 반론을 제기하는 소리가 들려왔다.

시계가 아홉 번을 쳤다. 유리안느는 거의 일을 끝내고 있었다. 서두르기만 하면 10분 후엔 방을 떠날 수도 있었으나, 그러기에는 이미 너무 늦었다. 나가고 싶지가 않았던 것이다.

그녀는 느릿느릿 정리를 끝내고 소인 찍힌 서류를 챙겨 뒀다. 그러면서 마트리의 방문이 다른 뜻이 있는 게 아니라, 아무런 목적도 없는 의례적인 방문이라고 헤클리프가 믿을 수 있을까 하고 자문해 보았다.

그녀의 초조감은 시시각각 더해 갔다.

'마트리 씨가 곧 그 얘기를 하지 않으면 내가 해야지.'

그녀는 스스로에게 다짐했다.

그런 생각을 하자, 그녀는 문을 닫고 문지방에 버티고 서서 얘기하는 자신의 모습이 그려졌다. 이런 상상에 골몰하느라, 두 사나이 사이에 무슨 대화가 이어졌는지 알 수가 없었다.

이윽고 옆방에서 흐르고 있던 깊은 정적이 깨졌다.

헤클리프가 거칠고 무뚝뚝하게 묻는 소리가 들려왔다.

"이젠 얘기하지 그래? 무슨 일로 내게 왔나?"

얼굴이 갑자기 핼쑥해진 유리안느는 두 손으로 자신의 입을 가렸다.

마트리가 침착하게 대답을 했다.

"자네 말이 옳네. 얘기하지. 언제나처럼 자네의 논문에 너무 정신을 빼앗겨서, 내가 이곳에 무슨 일로 왔는지도 잊고 있었네."

유리안느는 속이 상해 속으로 소리를 질렀다. 마트리는 얘기를 계속했다.

"유리안느와 약혼한다는 걸 알리고 싶었다네."

헤클리프는 아무 말이 없고, 마트리가 계속 말했다.

"자넨 유리안느의 후견인일세. 그녀는 아직 완전한 성년이 되지 않았지만, 자네가 그녀의 결심을 방해하지 않을 줄 믿네."

유리안느는 숨을 죽이고 헤클리프의 대답을 기다렸다. 그러나 아무런 대답도 들려오지 않았다.

마트리는 조금 머뭇거리다가, 앞서보다 훨씬 크고 빠른 말투로 계속 말했다.

"우린 갑작스레 합의를 봤네. 곧 결혼했으면 싶네."

그의 목소리는 다그치는 것 같기도 하고, 아주 냉담하게 통보하는 것 같기도 했다.

"유리안느가 내 편을 택한 것에 대해 자넨 아무런 이의가 없겠지? 내가 어떻게든 그 일을 관철시킬 작정이란 걸, 자네에게 설명할 필요도 없겠지?"

그렇게 말하던 마트리가 갑자기 입을 다물었다. 아마도 헤클리프가 그만두라고 세차게 손짓을 했기 때문인 것 같았다.

유리안느는 차가운 벽에다 이마를 댔다.

"자넨 후회하는 것 같군."

마트리의 말소리가 들렸다. 이 말이 끝나고 또다시 침묵이 흘렀다. 뭔가 위협적인 것이 숨어 있는 듯했다.

마트리가 다시 말을 꺼냈을 때, 그의 목소리는 한층 불안해져 있었다. 유리안느는 그가 악령(惡靈)에라도 쫓기며 사력을 다하고 있다는 느낌이 들었다.

"오늘의 상황은 그 당시와는 전혀 다르다고 생각하네. 당연한 이야기가 아닌가? 자네는 그 여자와 1년 동안이나 함께 지냈고, 자네의 입장을 그녀에게 충분히 밝힐 수 있었네. 둘은 함께 일을 했고, 서로를 잘 알고 있네. 이번에는 자네가 물러나야겠네."

유리안느는 점점 마트리를 조소하기 시작했다. 헤클리프에 대해 느껴지는 것도 미움뿐이었다.

'왜 아무 말도 하지 않을까?'

끊임없이 그 생각만을 했다.

이런 고통스런 대화를 끝장내고 싶다는 충동을 그녀는 간신히 억눌렀다. 하지만 그녀는 두 주먹으로 문을 두드리고 싶은 강렬한 욕망에 사로잡혔다.

그때 느닷없이 마트리가 째지는 듯한 목소리로 말했다.

"자네도 그녀를 사랑하고 있지?"

유리안느는 너무나 놀라서 눈을 멍하니 떴다.

"아니야."

헤클리프는 태연한 목소리로 대답했다.

그 순간, 유리안느는 검은 소용돌이로 빠져들고 말았다. 무슨 얘기가 계속 진행되고 있는지도 들리지 않았다. 그녀는 책상 앞으로 다가가서 서류 뭉치를 움켜잡았다. 그리고 아직도 묶여지지 않은 서류 뭉치 하나를 던져 버렸다. 그리고는 뛰어나가 대문을 열었다. 바람이 몰려왔다. 그렇게 거센 바람은 아니었지만, 지붕에 쌓인 잔설을 휘몰아 가고 나뭇가지는 계속 삐걱거렸다.

자신이 문 닫는 소리를 혹시 집 안의 누군가가 듣지 않았을까 하는 의심도 일지 않았다. 그녀는 무턱대고 어두운 밤 속으로 달려갔다. 자신도 모르게 새벽녘에 아담이 가 버린 길 쪽으로 들어섰다.

그녀의 생각은 분명한 한 점으로 귀착되어 갔다.

'나는 헤클리프 씨를 사랑하고 있어.'

생각에 잠겨 있던 그녀는 언덕에서 발걸음을 멈췄다. 그리고는 자신감에 넘쳐서 얼굴을 높이 쳐들었다.

'이제 분명히 알게 되었어.'

그렇게 생각하니, 단단한 돌덩어리라도 때려 부술 수 있을 것 같았다. 강렬하고 후련한 열망과 희열이 그녀를 휩쌌다.

그러다가 그녀는 다시 절망의 심연 속으로 빠져들어 갔다.

'그런데…… 그는 나를 사랑하지 않아.'

'아니야.' 하고 대답하던 그의 둔탁한 목소리가 자꾸만 되풀이되어 들려왔다. 그래서 그에게 자꾸 화를 내 보려고 했지만 그렇게 되지가 않았다.

그대로 죽어 버리고 싶은 순간이 지나가고, 다시금 희열과 억센 용기가 파도처럼 밀려왔다.

'나는 그이를 사랑하고 있어.'

유리안느는 되풀이해서 스스로에게 다짐했다.

행복에 겨워 흐르는 눈물이 그녀의 얼굴을 부드럽게 적셨다. 그가 그녀를 사랑하든 하지 않든 그녀에겐 아무 의미도 없다는 생각이 들었다. 그건 너무나 끈덕지고 강렬한 감정이었다. 그녀는 거기서 영원히 깨어나지 않을 것처럼, 그런 감정에 몸을 맡겨 버렸다.

유리안느는 느릿한 걸음으로 집으로 돌아왔다. 대문 열쇠를 갖고 있었기 때문에 그녀가 들어오는 소리를 들은 사람은 아무도 없는 것 같았다. 어쩌면 그녀가 나갔던 사실도 눈치채지 못했을지 모른다.

그녀는 조용히 진찰실로 들어가서 불을 켜고 약장을 뒤지기 시작했다. 그리고는 필요로 하는 걸 찾아냈다. 그녀는 조그만 약병을 끄집어내서는 불빛에 대고 내용물을 검사했다.

그녀는 유리잔에다 물을 가득 채우고 그 흰 가루약을 쏟은 다음 조심스럽게 빈병 마개를 닫아 약장에 집어넣었다. 그리고는 가루약을 물에 녹인 다음 머뭇거리면서 잔을 잡았다. 그러다가 그걸 다시 책상 위에 세워 두고 또다시 약장을 뒤지기 시작했다. 하지만 빈 모르핀 병 외에 다른 독약은 아무것도 없었다.

그녀가 다시 잔을 잡을 때의 눈길이 거울 속에 비쳤다. 낯설고 생소한 얼굴이어서 스스로도 놀랄 지경이었다. 그 얼굴은 너무나 핼쑥했다.

그녀는 오랫동안 자신의 눈동자를 진지한 표정으로 들여다보다가 미소를 지으면서 잔에 든 액체를 쏟아 버렸다. 그리고는 물로 잔을 부시고 조심스럽게 닦아 냈다. 그녀의 모든 동작은, 마치 그 낯선 얼굴로부터 명령이라도 받고 있는 것처럼 느껴졌다.

그녀는 불을 끈 다음 방으로 돌아가서, 짐을 꾸리며 밤을 밝혔다. 새벽녘에야 침대에 누워 잠깐 잠을 잤고, 깨어났을 때는 기분이 상쾌했다.

유리안느는 오전 내내 헤클리프 곁에서 일을 했다. 평소의 멍한 태도와는 달리 너무나 침착하게 행동했다. 도리어 헤클리프 쪽이 불안하고 멍청하고 흥분한 것처럼 보였다.

그가 느닷없이 말을 꺼냈다.

"어제 저녁엔 정말 수고가 많았어요. 고마워요."

"아니에요."

그녀는 이상할 정도로 공손한 태도로 대꾸했다.

그런 그녀의 모습에 놀란 헤클리프가 그녀에게로 몸을 돌렸다. 그녀는 멍한 눈길로 그를 마주 보았다.

그때 언제나 그녀를 휩싸고 있는 강렬한 느낌으로 그를 면밀하게 관찰했더라면, 그의 눈에 절망과 곤혹의 그림자가 스쳐지나가는 것을 그녀는 알아차렸을 것이다.

그는 거의 화를 내는 듯한 태도로 몸을 다시 돌렸다.

진찰 시간이 끝난 후, 그는 달리 할 일도 없으면서 책상 주위를 서성거렸다. 그러다가 머뭇거리듯이 그녀에게 말을 걸었다.

"마트리가 당신의 약혼 소식을 알려주더군요."

"고맙습니다."

생각했던 대로, 헤클리프의 목소리에는 아무런 감정도 담겨 있지 않았다.

그는 가방을 꾸려서 방을 나가며, 담담한 어조로 말했다.

"그러면 여기에서의 당신 일도 오늘로 끝내야겠어요."

"아니에요. 여길 떠날 때까지는 계속 도와드리겠어요."

그녀는 침착하고 부드러운 말씨로 대꾸했다.

그녀의 목소리에 숨겨진 새로운 음조(音調)에 그는 어리둥절해 하는 것처럼 보였다. 그는 그녀에게 멍한 눈길을 보내고는 진찰실에서 나갔다.

방을 치운 뒤에 유리안느도 밖으로 나갔다. 망설이지도 않고 그녀는 곧장 성 쪽으로 구부러져 들어갔다. 무언가에 이끌리듯이…….

그러나 성으로 들어가지는 않고 정원을 건너갔다. 약속이라도 한 듯이 작은 연못에 마트리가 앉아 있었다. 마트리는 습기 찬 땅바닥에 무릎을 꿇은 채 담장 위에 달라붙은 이끼를 떼어 내고 있는 중이었다.

그는 유리안느를 보자마자 몸을 일으키더니 팔을 활짝 벌리며 그녀에게 다가왔다. 하지만 그녀는 그를 그냥 지나쳐서 돌 위에 앉았다.

마트리가 걱정스럽게 그녀를 바라보며 말했다.

"어디 아프오, 유리안느? 안색이 매우 좋지 않군요."

"아니에요, 괜찮아요. 아프지 않아요. 얘기를 좀 드려야겠어요. 선생님, 난 결혼할 수가 없겠어요."

마트리는 뭔가 알아내려는 아이들 같은 표정으로 그녀를 찬찬히 뜯어보았다. 그러더니 미소를 지으면서 대수롭지 않다는 표정으로 물었다.

"왜 안 된다는 거요?"

유리안느는 차분하게 그를 쳐다보기만 할 뿐 아무 말도 하지 않았다.

그는 이해가 간다는 표정을 지으며 조심스럽게 물었다.

"과거의 일을 아직도 용서하지 않고 있군요?"

그의 질문에 아랑곳없이 그녀는 담담하게 말했다.

"여기를 떠나고 싶어요."

"유리안느!"

그가 소리를 질렀다.

"이곳에 있기가 싫다면 모든 걸 팔아치우고, 원한다면 외국으로 갑시다. 그러면 직업도 가질 수 있고…… 또 음악 공부도 계속해요. 유리안느, 하고 싶은 건 뭐든지 할 수 있소. 하지만 내게서 떠나지는 말아요."

그의 말투 속에는 자기 소유는 어떻게 하든 놓치지 않으려는 남자들의 절망적인 고집스러움이 숨겨져 있었다.

유리안느가 머리를 흔들며 말했다.

"저는 당신을 사랑하지 않아요. 그런데 어떻게 결혼을 하겠어요?"

그는 어깨를 으쓱하며, 냉담한 어조로 말했다.

"사랑이란 한 순간에 생기기도 하고, 한 순간에 없어지기도 하는 거요."

그러자 그녀는 경멸에 가득 찬 눈길로 그를 쳐다보았다. 그리고 몸을 일으키며 말했다.

"왜 저와 결혼을 하려는지 알았어요."

"알기는 뭘 안다는 거요? 당신은 몰라요. 난 당신을 사랑하고 있어요."

마트리는 하얗게 변한 얼굴을 쳐들며 소리를 질렀다.

그의 이런 외침은 그녀의 내부에 불신감만 불러일으켰다.

세상 풍상을 다 겪은 듯이 그녀는 침착하게 말했다.

"당신은 승부만을 사랑한 거예요. 일단 먹이를 잡으면 더 이상 사랑하지 않을 거예요."

그가 눈에 띌 정도로 몸을 떨고 있는 것이 보였다. 그걸 보는 순간, 그녀에게는 말할 수 없는 즐거움이 몰려왔다.

"약속을 어기게 된 게 유감스러워요. 너무 성급한 약속이었어요. 약속할 때는 미처 몰랐어요. 어젯밤에야 겨우 깨달았어요."

"뭘 깨달았다는 거요?"

그는 조용하지만 뭔가 알아내려는 듯한 목소리로 물었다. 하지만 그에게 대답할 필요는 없다고 그녀는 생각했다.

"안녕히 계세요."

그녀는 뒤도 돌아보지 않고 그곳을 떠났다.

집 앞에서 노부인이 모포를 뒤집어쓰고 햇볕을 쬐며 앉아 있었다. 노부인을 보자, 유리안느는 맥이 쑥 빠져 버렸다. 그녀는 부인의 팔에 몸을 던지고 섧게 울었다. 노부인은 아무 말도 몸짓도 하지 않았으나, 모든 걸 알고 있고 이해하는 것만 같았다. 그녀는 갑자기 몸을 일으켜서 뛰다시피 하며 달아났다.

철문이 닫혀 있어서 그녀는 소스라치게 놀랐다. 후회라든 가 슬픔의 감정은 조금도 없었다. 도리어 깊숙이 감춰져 있던 고집스런 힘이 그녀를 더욱 무장시켜 주었던 것이다.

헤클리프는 저녁 식사 때도 돌아오지 않았다.

"아마 어려운 분만을 돕고 있을 거야."

유리안느는 중얼거렸다.

식사가 끝난 후 잡담을 하면서도, 세바스찬은 조그만 소음 만 들려도 마을 쪽으로 귀를 기울였다.

그녀는 소년을 올려 보낸 다음 방에 앉아 책을 읽기 시작했다.

매우 불안스런 밤이었다. 하루 종일 온화하게 불던 바람이 다시 강풍으로 변했다. 열 시가 조금 지나서야 카타리나가 노크를 하고 물었다.

"선생님은 어디 가셨어요?"

그녀는 치맛단을 손으로 꼬면서 말했다.

"잘은 모르겠지만, 아마 조산(助産) 때문에 가셨을 거예요."

그렇게 대답은 했지만 걷잡을 수 없는 불안감이 되살아나서, 그녀는 무뚝뚝한 카타리나라도 붙잡고 얘기를 나누지 않으면 견딜 수 없을 것 같았다.

그녀는 평소보다 훨씬 친절하게 말했다.

"의사 선생님은 늘 늦게 오시잖아요. 마음 놓고 주무세요."

카타리나는 그래도 고집스럽게 서 있었다.

"무슨 일이죠?"

유리안느는 놀라서 물었다. 카타리나가 눈을 휘둥그렇게 뜨고 그녀의 짐을 바라보고 있다는 것을 알았으나, 아무 말도 하지 않았다.

카타리나의 돌처럼 딱딱한 얼굴이 차츰 풀어지는 게 재미있으면서도 당혹감이 느껴졌다.

순간, 카타리나가 느닷없이 울음을 터뜨렸다. 그리고는 넋두리를 하듯이 말했다.

"의사 선생님이 더 이상 녹초가 되는 걸 볼 수가 없어요. 어린 여자의 코끝에서 휘청거리는 걸 더는 눈 뜨고 못 보겠어. 그러다간 병이 나고 말지."

유리안느는 당황해서 소리를 질렀다.

"도대체 무슨 얘기를 하고 있는 거예요, 카타리나?"

그녀는 치맛단을 꽉 붙잡은 채 말했다.

"나 말이에요? 지금 나는, 아가씨가 의사 선생님의 머리를 돌게 했다는 얘기를 하는 중이에요. 당신이야! 바로 당신이 말예요. 의사 선생님을 아주 주저앉게 했어요. 그 얘기지, 딴 얘기가 뭐가 있겠어요."

카타리나는 흐느끼며 층계를 뛰어 내려가 부엌문을 닫아 버렸다.

유리안느는 머리를 흔들었다.

'이상한 사람이야……'

그녀는 다시 책을 펼쳤으나 불안감만 점점 더해 갔다. 결국은 더 이상 견딜 수 없어 밖으로 뛰쳐나갔다. 거센 바람이 불어와 얼굴을 때려 숨을 쉴 수가 없었다.

마을에서 헤클리프를 찾는다는 게 헛일이라는 걸 알면서도 그녀는 고집스런 아이들처럼 집집마다 기웃거렸다. 그러면서 행여 그의 깊고도 거친 목소리가 들려오지 않나 하고 귀를 기울였다. 마을은 통째로 잠이 들어 개조차 짖지 않았다.

'어쩌면 성에 들어가 있을지도 몰라.'

유리안느는 눈에 익은 철문을 격렬하게 흔들어댔다. 마트리가 돌아온 이래로 처음으로 빗장이 벗겨졌다. 그걸 보는 것이 즐거웠다. 그녀는 잠시나마 '자유'라는 행복감에 젖어들었으나, 이어 새로운 불안감이 파도처럼 밀려 들어왔다.

유리안느는 성벽을 따라 걸어갔다.

'이곳으로 지나갈 거야. 북 슈타인펠트로 갔을지도 모르거든.'

그녀는 담 옆 관목 속에 몸을 숨겼다.

'그가 지나갈 때까지 여기서 기다리겠어.'

그녀는 생각에 빠져들었다. 나긋나긋한 정감이 그녀를 감쌌다. 거기서 한 시간이 넘도록, 앞으로 닥쳐올 여행길의 세세한 일까지 상상하며 시간을 보냈다.

계획은 확정됐다.

'우선 고모들에게로 가는 거야. 거기서 일자리를 얻는 거지.'

그동안 자신이 훌륭한 간호사가 되었다는 자신감이 생겼다. 일자리를 얻는 건 어려울 것 같지 않았다. 나머지 돈은 시험 준비를 하는 강습소를 다니는데 쓸 작정이었다. 그녀의 머리는 침착하고도 명료해졌다.

'그러면 그를 잊게 될 거야.'

하지만 가슴을 에는 아픔이 절대로 그를 잊지 못할 거라고 말하고 있었다.

얼굴을 두 손으로 감싼 채 그녀는 다시 깊은 좌절감에 빠져들어 갔다. 몸이 점점 얼어 갔다. 그러는 동안 산등성이 위로 뿌연 새벽이 밝아 오기 시작했다.

그녀는 새로운 희망에 차서 그걸 바라보았다.

'이젠 그이가 오겠지. 그이를 기다려야지.'

그녀는 그가 걸어올 거라고 예상되는 길 쪽으로 시선을 던진 채 미동도 하지 않았다.

눈앞의 초원이 밝아 왔다. 헤클리프는 아직도 지나가지 않았다.

유리안느는 할 수 없이 천천히 집으로 돌아왔다. 카타리나는 부뚜막에서 코를 골며 깊은 잠에 빠져 있었는데, 그 얼굴은 눈물로 얼룩져 있었다.

유리안느는 찻물을 올려놓으면서 그녀에게 동정의 시선을 보냈다.

서둘러서 차를 마신 다음 나머지를 보온병에 넣고 크림과 설탕을 타서 헤클리프의 책상 위에 올려놓았다. 그리곤 의자 팔걸이에 머리를 올려놓고 잠이 들어 버렸다.

그녀는 벨 소리에 놀라 잠을 깼다. 30분 후면 진찰 시간이었다. 그녀는 얼굴을 유리창에 바짝 대고 아홉 시가 되기를 기다렸다가, 흰 간호복을 꺼내 입고 대기실로 들어갔다.

"의사 선생님은 안 계십니다. 가벼운 상처나 병이 심하지 않은 분은 조용히 진찰실로 들어오세요."

"그러지요. 그러고말고요. 우린 아가씨가 의사 선생님만큼 해 낼 수 있다는 걸 알고 있습니다."

한 늙은 노동자가 말했다.

"아니에요. 아직 멀었어요."

유리안느는 그렇게 대꾸하면서도 칭찬하는 소리에 얼굴이 붉어졌다.

일을 하는 동안에 그녀의 걱정은 말끔히 가셨다. 벌써 여섯 명의 환자를 치료했다.

그때 마차가 굴러오는 소리가 들리더니, 헤클리프의 목소리가 대기실에 울려 퍼졌다.

"곧 나오겠소. 오늘은 사람이 별로 없군요."

여러 사람의 목소리가 그의 질문에 대답했다.

"다른 사람들은 벌써 끝났거든요. 아가씨가 다 처방해 줬습니다."

유리안느는 가슴이 두근거려, 붕대를 매고 있는 손이 떨렸다. 그녀는 그가 들어올 때 얼른 머리를 들었다.

"끝냈군. 별다른 일은 없었소?"

"특별한 것은 없었어요."

그녀는 침착하게 대답했다.

"석회석에 가벼운 찰과상을 입은 환자가 한 명 있었어요."

헤클리프가 나타나자, 그녀는 붕대를 두 번씩이나 다시 갈아 맬 정도로 동작이 굳어졌다.

환자들이 가 버리자, 그녀는 바닥으로 눈길을 돌린 채로 말했다.

"아직 아침 식사 전이시죠? 저기 병에 차를 넣어 뒀어요."

"고맙군요."

그는 냉담할 정도로 공손하게 대꾸했다.

순간, 그녀의 얼굴에 피가 몰렸다. 그가 흰 가운을 입고는 손을 씻기 시작하는 모습이 거울 속으로 보였다.

그때 그녀가 나직한 목소리로 소곤거리듯이 말했다.

"제가 여길 떠나는 게 좋을 것 같아요."

잠시 침묵이 흘렀다. 그가 대야에 담긴 물을 쏟아 버리며, 착 가라앉은 목소리로 말했다.

"그럴 줄은 몰랐는데……."

그가 수건을 집어 들며 덧붙여 말했다.

"당신의 물건들을 성으로 보낼까? 아니면, 그쪽에서 와서 가져가도록 할까요?"

"성으로 가는 게 아니에요."

그가 급하게 몸을 돌리며 물었다.

"가지 않는다니?"

"안 가요."

유리안느는 그의 책상에 몸을 기댔다. 눈길을 떨어뜨린 채……. 그리고 잠시 후에 다시 헤클리프를 바라보았다. 아무 것도 겁날 것이 없다는 듯이, 모든 감정을 눈에다 모으고…….

'이 사람은 아무것도 몰라…….'

"그렇다면 어디로 가려고 하는 거요?"

어쩔 줄 모르는 어린아이 같은 말투였다. 유리안느는 이제야 그가 어떤 상태에 빠져 있는지 알 것도 같았다.

그의 머리칼은 물기에 젖어 축축하고, 얼굴은 구레나룻 수염으로 뒤덮였으며, 눈은 움푹 들어가고, 구두는 찐득거리는 오물 투성이였다.

'들판을 뛰어왔겠지……'

그녀는 우울해졌다.

"고모님들께 가겠어요. 거기서 간호사가 되든, 그 비슷한 일자리를 찾아보든 하겠어요."

그의 눈동자가 점점 놀라움으로 커져 갔다.

"그렇다면 마트리와 결혼을 하는 게 아닌가요?"

"안 해요. 그런 건 집어치우겠어요."

헤클리프는 유리안느를 뚫어지게 바라보았다.

"진찰 시간이 끝나거든 내 방으로 와요. 아니, 지금 바로 갑시다."

그녀는 묵묵히 흰 간호복을 벗어 그걸 못에다 걸었다.

'이것과도 이별이군.'

그녀는 다시 한번 깨끗하게 청소가 된 방을 둘러보았다.

헤클리프는 책상에서 몸을 돌리고 서 있었다. 그녀는 천천히 방에서 걸어 나왔다.

그때 카타리나가 튼튼한 구식 여행 가방을 양손에 들고 층계를 내려왔다.

그녀는 유리안느는 쳐다보지도 않고 곧장 진찰실로 가서 노크를 했다.

헤클리프가 밖으로 나왔다.

"무슨 일이에요?"

"저는 갑니다."

카타리나는 큰 소리로 흐느끼기 시작했다. 헤클리프가 그녀의 팔을 잡고 진찰실로 데리고 들어갔다.

잠시 후 문이 다시 열리고, 카타리나가 몸을 꼿꼿이 한 채 여전히 흐느끼며 밖으로 나왔다.

헤클리프가 그녀의 등 뒤에서 소리를 질러댔다.

"그렇다면 지금 바로 가요. 제기랄! 가고 싶거든 누구든지 마음대로 가 버려요."

그리고 문을 닫아 버렸다.

카타리나는 대문으로 다가갔다.

"13년간이었어…… . 그런데 이제 가야만 돼. 쫓겨난 셈이지…… ."

그녀는 넋두리를 시작했다. 자기 발로 나가려고 한다는 사실을 완전히 잊고 있는 듯…… .

"그것 때문이야. 처음에는 제 어미가 그러더니만, 이젠 딸이……."

카타리나는 몸을 돌리더니, 난폭하고 위협적인 눈길로 진찰실 문을 노려보았다.

"하지만 알게 되겠지. 알게 될 거야."

그리고는 발로 대문을 쾅 닫고 나가 버렸다.

유리안느는 동정과 긴장이 뒤섞인 눈으로 그녀의 뒷모습을 바라보았다.

'불쌍한 카타리나.'

그녀는 마음이 갑자기 약해진 데 놀랐다.

'이런 상황에서 나까지 가 버리면, 헤클리프 씨와 세바스찬은 어떻게 될까?'

그녀는 자기 자신에게 물었다. 그리고 그녀는 시계를 쳐다보았다.

'열한 시군. 이젠 식사를 준비해야 되겠군.'

유리안느는 결심한 듯 부엌으로 들어갔다. 부엌은 어디나 할 것 없이 깨끗하게 정돈되어 있었다.

그녀는 부뚜막에 앉았다. 한번도 요리를 해 본 적이 없었기에, 불안한 마음으로 감자와 당근, 샐러리를 넣어 수프를 끓였다. 그리고 우유 한 통이 눈에 들어왔다.

'푸딩은 만들 수 있어…….'

그녀는 마음이 약간 가벼워졌다. 냄비에서 수프가 끓고 푸딩도 만들어졌을 때, 그녀가 부른 마차가 그녀 대신 카타리나를 태우고 떠나는 소리가 들렸다.

유리안느는 어깨를 움츠리며 생각했다.

'내일은 내가 떠나야지.'

그때 세바스찬이 부엌으로 뛰어 들어왔다.

"정말이야? 카타리나가 떠났다며? 보따리를 싸서……. 말 좀 해 줘."

세바스찬은 가방을 식탁 위에 올려놓고 의자 위로 뛰어다니기 시작했다. 그러다가 생각에 잠겨 뜀박질을 멈췄다.

"오늘은 아줌마가 요리를 하는 거야?"

"그렇단다. 너도 보다시피."

소년은 미심쩍다는 듯이 부뚜막 위에 있는 냄비를 들여다봤다.

"도대체 요리는 할 줄 아는 거예요?"

세바스찬이 나가자, 그녀는 식탁을 차리기 시작했다.

그때 헤클리프가 들어왔다.

"여기 있어요!"

그는 그녀에게 조그마한 노트를 내밀었다. 그가 갑자기 들어오는 바람에 유리안느는 너무나 당황해서, 그가 무엇을 주는지도 알아채지 못했다. 그는 빠른 말씨로 계속 말했다.

"시작하려면 돈이 많이 필요할 거요. 여기 수표책이 있으니,

필요한 대로 내 구좌에서 찾아 써요."

유리안느는 멍청하게 그를 쳐다보았고, 그는 얼굴을 붉히
며 말했다.

"사실 나는 돈이 있어요. 글을 좀 썼더니……. 그게 그 일의
선금이에요."

그때서야 그녀가 하고 있는 일이 갑자기 그의 눈에 보인
모양이었다.

"지금 도대체 뭘 하고 있는 거예요?"

"식사 준비를 했어요."

그는 생각에 잠겨 앞을 응시했다.

"좀 드셔야죠. 제가 요리를 했거든요."

유리안느는 즐거운 기분으로 말했다.

"당신이?"

그의 놀라는 모습엔 아랑곳하지 않고 그녀가 말했다.

"그러면 누가 했겠어요? 카타리나도 없는데."

"불쌍한 여자야. 못된 것 같으니라고. 하지만 잘 되었어요."

그가 낮은 소리로 중얼거렸다.

유리안느는 식탁을 다 차리고도 방 밖으로 나가지 않았다.
그녀의 모든 신경은 온통 헤클리프에게 쏠려 있었다.

'이 순간처럼 그와 가까웠던 적이 없었어.'

그녀는 생각했다.

헤클리프도 나가지 않았다. 방 안에 끝없는 정적이 흘렀다. 집 위로 날아가는 새떼 소리조차 들리지 않았다.

유리안느는 천천히 눈을 감았다.

'내 감정을 이 사람이 알아도 상관없어.'

보지 않아도 전신으로 느낄 수 있었다. 그의 눈길이 얼마나 절망에 가득 차서 자신을 바라보고 있는지……

그녀는 별안간 큰 소리로 울음을 터뜨렸다. 한참 동안 울면서도, 그녀는 손 하나 까딱하지 않고 눈물이 흐르는 대로 내버려 두었다.

"무슨 일이에요? 어떻게 된 일이에요?"

그가 병든 아이라도 달래듯이 말을 했다.

그녀는 눈을 떴다. 그가 천천히 다가오는 것이 보였다.

"무슨 일이에요?"

그는 다시 한번 되뇌었다. 이번에는 나직하고 곤혹스러워하는 목소리였다. 그 순간에 그는 뭔가 이해가 된다는 듯한 표정을 잠시 지었다.

'아니야. 아니고말고.'

그는 정신을 차리지 못한 채 중얼거렸다.

"그건 사실이 아니에요."

"정말이에요."

그녀는 가라앉은 목소리로 말했다.

그의 입술이 움직이는 게 보였다. 하지만 그 입술에선 아무 말도 흘러나오지 않았다.

그는 결연한 태도로 몸을 돌려 창문으로 다가갔다. 그녀는 가만히 있었다.

사랑이 가득하게 고인 눈길로 그의 넓은 어깨, 검은 머리칼, 갈색의 힘센 손을 그녀는 바라보았다. 그녀는 완전한 행복을 느끼고 있었다.

분명하지는 않지만, 이 순간이야말로 앞으로 어떤 일이 벌어져도 그들 두 사람을 영원히 연결시켜 주리라는 확신에 휩싸였다.

갑자기 그가 몸을 돌려 그녀에게로 다가왔다. 그의 눈은 어두웠다. 그녀는 아무런 저항도 없이 어둠 속으로 빨려들어 갔다.

갑자기 그녀의 몸이 마루에서 들리는 것 같더니, 이어 세찬 몸짓으로 그의 품안으로 안겨들었다. 그것은 숨이 막히고 기절할 것 같은 격렬한 포옹이었다.

그는 아무 말도 하진 않았으나, 그의 가슴이 망치처럼 그녀의 가슴에 부딪쳐 오는 걸 그녀는 느낄 수 있었다.

그들은 문이 열리는 소리도 듣지 못했다. 세바스찬이 문지방에 서서 이상하다는 듯 그들을 바라보고 있었다.

세바스찬은 그런 모습으로 서서 잠시 아랫입술을 깨물다가 소리를 질렀다.

"채석장에 가 보셔야 돼요, 선생님."

유리안느는 깊은 잠에서 깨어난 사람처럼 세바스찬에게 고개를 돌렸다.

"빨리요! 일꾼 세 사람이 돌에 깔렸대요. 짐차가 와 있어요."

"들었어요?"

유리안느가 속삭이듯이 말했다.

헤클리프가 건성으로 고개를 끄덕거리자, 유리안느는 그의 팔에서 미끄러져 나왔다.

"가요!"

그녀가 그의 소매를 잡아끌었다.

"그래요."

그는 마지못해 말했다.

"그래요, 갈게요."

몽유병자처럼 유리안느를 따라 진찰실로 들어간 그는 유리안느가 건네준 가방을 서둘러서 꾸렸다.

"함께 가겠어요?"

그가 물었다.

"물론이죠."

눈을 반짝이며 문지방에 서 있는 세바스찬은 개의치도 않고, 그는 다시 한번 그녀를 안고 긴 입맞춤을 했다.

그리고 그들은 허둥거리며 집 밖으로 나섰다.

유리안느와 헤클리프를 채석장으로 데려갈 짐차 위로 세바스찬이 기어오르는 걸 아무도 말리지 않았다.